旅夜書懷　나그네가 밤에 쓰는 감회

언덕의 가느린 풀 미풍에 나부낄 새

높이 솟은 돛단배에서 홀로 밤을 지샌다

별 드리운 평야 광활하고

달 솟아오른 큰 강물 출렁이누나

細草微風岸

危檣獨夜舟

星垂平野闊

月湧大江流

知彼子明
爭天求霸

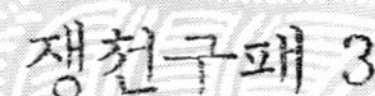

쟁천구패 3

임준욱 新무협 판타지 소설

초판 1쇄 찍은 날 § 2005년 3월 25일
초판 1쇄 펴낸 날 § 2005년 4월 6일

지은이 § 임준욱
펴낸이 § 서경석

편집장 § 문혜영
편집책임 § 장상수
편집 § 이재권 · 한지윤

펴낸곳 § 도서출판 청어람
등록번호 § 제1081-1-89호
등록일자 § 1999. 5. 31
어람번호 § 제2-0558호

주소 § 경기도 부천시 원미구 심곡1동 350-1 남성B/D 3F (우) 420-011
전화 § 032-656-4452 팩스 § 032-656-4453
http://www.chungeoram.com
E-mail § eoram99@chollian.net

ⓒ 임준욱, 2005

ISBN 89-5831-411-7 04810
ISBN 89-5831-408-7 (SET)

爭天求覇

젊은 사자(獅子), 패(覇)를 가슴에 품고

3

Fantastic Oriental Heroes

임준욱 新무협 판타지 소설

도서출판
청어람

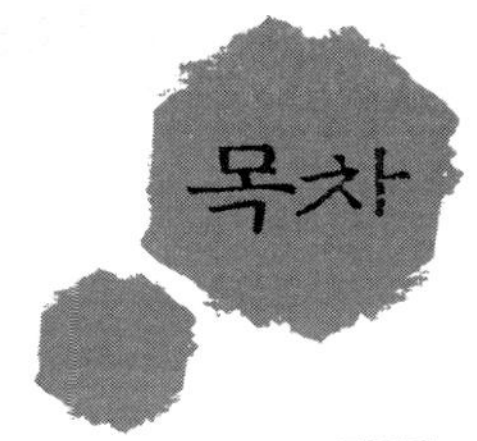

목차

■1장■
쓸데없이 가지면 무겁다

쓸데없이 가지면

무겁다

　　　　　　　　　　　우쟁천은 책을 덮고 목을 뒤로 꺾으
며 중얼거렸다.

　"조조는 유독 마지막 이 용간(用間)편에 별다른 주석을 달지 않았다.
왜? 너무나 원론적이고 당연한 말이어서 덧붙일 말이 없었다? 과연, 나
라 간의 전쟁에 있어서 간첩을 활용하는 일은 당연한 일이다. 적을 알지
못하고 전쟁에 임하는 자는 패하기 마련이고, 전쟁이 하루 길어지면 백
성이 흘려야 할 피와 땀이 그만큼 많아진다. 지피지기(知彼知己)하기 위
해, 하루라도 빨리 이기기 위해 용간은 필수적이다. 하지만 강호의 싸움
은 나라 간의 전쟁과 그 양상이 다른 것. 간자를 쓸 일이 있을까?"

　우쟁천은 미간을 찌푸렸다.

　고 노인이 탁자 맞은편에 앉으며 물었다.

　"왜? 이해하기 어려운 구석이라도 있느냐?"

　우쟁천은 탁자 위의 화로에서 주전자를 내려 고 노인과 자신의 찻잔에

차를 따랐다.

"꼭 그런 건 아닌데, 왠지 거부감이 일어서요."

고 노인은 호기심을 느끼며 우쟁천의 찡그린 얼굴을 살폈다. 무공에 미쳐 다른 일은 생각도 하지 않던 우쟁천이 진지하게 책을 읽기 시작한 지 열사흘이 지났다. 하루에 한 편씩 종이를 씹어 먹고 되새김질을 하듯 책을 읽던 우쟁천이 다른 날과는 다른 반응을 보이기 때문이었다.

"거부감이라 하면?"

"이 마지막 십삼편은 용간에 대한 것입니다."

"용간이라면 간첩의 활용을 말하는 것이지?"

"그렇습니다. 손자는 이 용간의 대의(大意)로, 모략으로써 싸우지 않고 이기는 법을 염두에 두었습니다. 소의(小意)로는 피를 덜 흘리고 신속하게 이기는 방법으로써의 용간을 말하고 있습니다."

"굳이 전쟁을 해야 할 상황이라면, 싸우지 않고 이기고 피를 덜 흘리고 빨리 이기는 것이야말로 최선이 아니냐? 무엇이 걸린단 말이냐?"

우쟁천은 머리를 긁적이며 주저하다가 대답했다.

"돈으로써 유혹하고, 나를 믿고 따르는 마음을 이용하여 간첩을 만드는 일이 왠지 찝찝하게 느껴져서……."

고 노인은 미간을 찌푸리고 고개를 저었다.

"결국 떳떳하지 못하고 사내답지 못하단 소리지? 쯧쯧! 이 할아비는 병법 같은 것에 관심이 없어서 잘 알지 못한다. 하지만 한 가지는 분명하다. 진정 사내다운 자는 스스로를 죽여서라도 대의(大義)와 신념을 이루는 자다. 네 자신의 떳떳함을 죽여 많은 사람이 피를 덜 흘릴 방법이 있는데 그 방법을 쓰지 않는 것이야말로 사내답지 못한 것이야. 그것이야말로 대의를 망각한 송양지인(宋襄之仁), 호탕한 척하는 소인들이나 취할 바지."

"잘 모르겠습니다. 그리 말씀하시니 송양지인인 듯도 하고 달리 생각하면 목적을 위해 수단 방법을 가리지 않는 것 같기도 하고……."

"그리 생각할 수도 있겠다. 하지만 그 목적이 대의냐, 사익이냐를 먼저 따져 보는 게 옳지 않겠느냐? 방편 때문에 대의를 저버리는 것은 어리석은 일이다. 방편은 방편일 뿐이니, 마음에 들지 않으면 방편을 달리하면 되는 것이다."

우쟁천은 뺨을 긁적이며 생각에 잠겼다. 고 노인은 뺨을 긁적이는 행위에 어떤 의미가 있는지 알고 있었다. 그래서 더 이상 말하지 않고 찻잔을 비운 후에 자리를 떴다. 우쟁천은 그것도 알지 못하고 미간만 찌푸리고 있었다.

'사내다움이란 남에게 보여주는 것이 아니다. 내 자신의 떳떳함일 뿐이다. 옳다고 믿는 신념에 따라 행동하는 것이라면 남들이 나를 악인이라 불러도 당당해야 한다.'

생각에 잠겨 있던 우쟁천은 누군가가 어깨를 두드리는 바람에 벌떡 일어섰다.

"뭘 그렇게 놀라?"

황염이었다.

"아! 생각에 빠져서. 근데 무슨 일이에요?"

"음! 널 지명한 손님이 있구나."

"예에? 또요?"

황염이 어두운 낯빛으로 고개를 끄덕였다.

"어제 왔던 그 허연 인간보다 더 음침해 보이더구나. 안 된다고 했지만 난동을 피울 것 같아서."

우쟁천은 쓸쓸하게 웃으며 고개를 끄덕였다. 누군지는 모르지만 호의를 갖고 왔다거나 스스로의 실력이 궁금하여 찾아온 손님이 아닌 것은 틀림없었다. 어제 찾아온 통통한 백의중년인이 그랬다.

"알았어요. 나갈게요. 염 아저씨한테 전해주시겠어요?"

"그래."

황염이 먼저 나가자 우쟁천은 번운을 들었다.

고 노인이 말했다.

"조심해라."

"예, 다녀올게요."

접수대 앞에 한 흑의중년인이 뒷짐을 지고 서 있었다. 강시처럼 마른 체형에 키는 멀대같이 큰 사내였는데 눈 주위가 유독 검고 코끝이 날카로워서 까마귀를 연상시켰다.

"우쟁천입니다. 저를 지명하셨다구요?"

사내가 눈빛을 번득이며 우쟁천의 전신을 훑어보았다.

"등룡관의 우쟁천이 너 하나냐?"

우쟁천은 부드럽게 웃으며 고개를 끄덕였다.

"쟁천이란 이름이 흔하던가요? 제가 어제의 그 우쟁천이 맞습니다. 삭주에서 오셨지요?"

사내는 부정하지 않고 고개를 끄덕였다.

"그렇다. 삭주의 구모상이다."

"흐흠! 저희 등룡관은 지명 비무를 하지 않는 것을 원칙으로 하고 있습니다. 그리고 손님처럼 강한 기운을 지니신 분과는 비무하지 않는 것을 원칙으로 하고……."

구모상은 손을 뻗어 우쟁천의 말을 가로막았다. 그리고 품속에 손을 넣어 세 장의 전표를 꺼냈다.

"긴말할 필요 없다. 신원전장의 전표 삼십 냥이다."

"성격이 시원시원하시군요, 손님. 어제는 납득시켜 드리느라고 한참 고생했습니다만."

우쟁천은 웃으며 전표를 갈무리하고 사내의 전신을 살피며 물었다.

"병장기는?"

사내는 검은 낯빛보다 더 검은 손을 내밀었다. 우쟁천은 더 묻지 않고 오호 비무실을 향해 손을 뻗었다. 사내가 먼저 움직였다. 우쟁천이 발걸음을 빨리하여 문을 열어주었다.

"잠시만 기다리시지요. 곧 들어가겠습니다."

사내는 가볍게 고개를 끄덕이고 비무실 안으로 들어갔다. 우쟁천은 문을 닫고 통로 안쪽에서 바라보고 있던 염우빙에게로 다가갔다.

염우빙이 물었다.

"누구라더냐?"

"삭주의 구모상이라던데요."

"구모상? 금시초문이로구나. 하지만 삭주라 했으니 결국 오성방 사람이겠지. 들어본 적도 없고 기세도 그리 강해 보이지 않으니 별다른 걱정은 하지 않는다만, 그자의 손은 걸려. 아마도 독사장류의 사공을 익혔을 것이다. 경을 발할 때는 부딪쳐도 상관없지만 그 외에는 맞지 않는 게 좋겠다. 시간을 끌면 위험하니 탐색은 짧게 하고 신속하게 끝내라."

"알았어요."

"그런데 오늘 과제는 무엇으로 하려느냐?"

"허실(虛實)입니다."

"발경 말이냐?"

"예. 지난 며칠 동안 골몰한 게 그겁니다. 들키지 않고 해내야 할 텐데. 가볼게요."

우쟁천은 미소를 지어 보이고 오호실로 돌아갔다. 그 순간 통로에서 서성이던 황염 등이 사호실로 달려갔다.

비무실 안으로 들어가 보니 구모상이 이미 비무실 중앙에 자리를 잡고 있었다. 구모상은 우쟁천이 번운을 벽에 기대어놓는 것을 보고 눈을 번득였다.

"내게는 도를 쓰지 않겠다는 뜻이냐?"

"어제 그분은 도를 쓰셨습니다만 손님은 적수공권. 저도 권법에 취미가 있는 터라……."

구모상이 코웃음을 친 후 싸늘한 목소리로 말했다.

"흠! 그것도 좋겠지. 사람들은 내 인상만 보고 무서워하지만 나는 원래 무서운 사람이 아니다. 하지만 흑독장(黑毒掌)으로 단련된 내 손은 달라. 눈이 없고 마음이 없으니 내 온후한 마음과는 달리 잔혹하기만 하다. 하지만 나이를 불문한다는 점에서는 공평하기도 하지. 달라는 대로 주었으니 죽어도 원망하지는 마라."

우쟁천은 웃으며 고개를 끄덕였다.

"손님의 안전을 위해 최선을 다하겠습니다. 그럼."

우쟁천이 시작해 보자는 듯 두 손을 들어올리자 구모상은 눈빛에 살기를 더하며 두 손의 손가락들을 활짝 펼쳤다.

삭주 근역을 벗어나 활동한 적이 없는 까닭에 널리 무명(武名)을 날리지는 못했으나 실제로 구모상은 오성방에서도 손꼽히는 실력자였다. 삭주 사람들은 그를 흑오귀수(黑烏鬼手)라고 불렀다. 항상 검은 옷을 입는데다가 몸이 날래고 손속이 잔혹하여 그런 별호가 붙은 것이다. 남들에게 두려움을 주는 별호를 지닌 자, 그 별호를 좋아하는 자, 장차 대방주가 될 진두수의 보표를 맡은 자, 그런 자가 바로 구모상이었다.

"간다!"

구모상은 마치 선심이라도 쓰는 듯 시작을 알렸다. 그러나 그 소리가 끝나기도 전에 검은 신형은 이미 우쟁천의 앞에 이르러 있었다. 그와 동시에 주변의 공간까지 검게 물들이는 듯한 검은 손이 우쟁천의 심장을 향해 다가오고 있었다.

우쟁천은 당황하지 않고 왼발을 뒤로 빼어 굳건하게 지탱하고 천뢰무망의 식으로 신속하게 주먹을 내뻗었다.

쾅!

두 사람 모두 변화를 버리고 쾌를 취했고, 그래서 떨어지는 것 또한 부딪친 것만큼이나 빨랐다.

"큭!"

구모상은 오른쪽 어깨를 붙잡고 이 장이나 물러섰다. 충돌의 결과라기보다는 예상 밖의 결과에 대한 놀라움과 경계의 뜻으로 자발적으로 물러선 것이었다.

구모상은 어깨를 휘돌리며 중얼거렸다.

"그 나이에 예비식도 없이 발경을 쓴다? 영백의 말이 과장은 아니었군."

우쟁천은 가볍게 미소 지으며 자세를 바로 했다. 그 순간 구모상은 어깨를 주무르던 왼손을 내리고 갑자기 앞으로 쇄도했다. 그의 신형은 검은 연기처럼 흐려졌다가 눈 깜짝할 사이에 흩어져 버렸다.

파드드득!

왼쪽 어깨 뒤에서 옷자락 떨리는 소리가 들리는 순간 우쟁천도 오른발로 바닥을 찍었다.

휘뤼뤼뤽!

까마귀라는 별호처럼 나는 듯이 우쟁천의 등 뒤로 돌아가 손을 내뻗었던 구모상은 허공을 후려치고 눈을 치떴다. 우쟁천이 자신보다 더 빠른 속도로 눈앞에서 사라져 버린 것이었다.

구모상은 다섯 번이나 연달아 바닥을 찍어 계속해서 자리를 바꾸었다.

눈동자가 까뒤집어질 정도로 사방을 살폈지만 구모상은 우쟁천의 신형을 찾지 못하고 거무스레한 그림자의 뒤만 쫓았다. 마치 홀로 비무실에서 날뛰고 있는 것만 같았다.

등 뒤에서 식은땀이 주르륵 흘러내렸다. 연신 자리를 바꾸어도 실체를 확인할 수 없다는 것은 자신보다 더 빨리 움직일 뿐만 아니라 항상 등 뒤에 있다는 뜻이었고, 결국 우쟁천이 손만 내뻗으면 앞으로 나뒹굴 수밖에 없다는 의미였다.

구모상은 벽을 향해 몸을 날렸다. 그리고 벽을 등진 채 제자리에 섰다. 그 순간 우쟁천이 벽을 박차고 날아가 구모상의 맞은편에 섰다.

"신법은 제가 조금 낫군요. 계속하시렵니까?"

구모상은 거칠어진 호흡을 가다듬으며 두 손을 검게 물들이는 것으로 대답을 대신했다.

'가봐도 소용없다더니, 허튼소리가 아니었어. 하지만 아직은 포기할 때가 아니지.'

구모상은 벽에서 천천히 등을 떼고 느린 걸음으로 우쟁천에게 다가섰다. 쾌식에는 쾌식으로, 신법에는 신법으로 대항했으니 느린 움직임에는 빠른 신법을 쓰지 않을 것이라고 기대한 탓이었다. 우쟁천은 그 기대에 부응하듯 경계의 태세를 취할 뿐 자리를 이동하지는 않았다.

슬금슬금 다가서던 구모상이 갑작스레 두 손을 내뻗었다. 검은 손 그림자가 구모상의 상반신을 뒤덮었다. 그것이야말로 흑독장의 절초가 오성방에 이르러서 발전된 흑독칠첩장(黑毒七疊掌)이었다. 구모상의 상반신이 검은 수영에 가려져 보이지 않았다. 그 순간 우쟁천도 두 손을 내뻗었다.

파파파파파파팡!

첩풍축운이 일곱 개의 검은 손을 하나하나 막아내는 순간 구모상의 눈빛은 절망으로 물들었다. 저릿저릿한 두 팔을 서둘러 물리자 한줄기 미약한 기운이 따라왔다. 우쟁천이 첩풍축운 속에 숨긴 암뢰무형의 기운이었다.

"크윽!"

구모상은 오른쪽 어깨를 붙잡고 벽까지 물러섰다. 그의 입술 사이에서 한줄기 핏물이 흘러나왔다.

우쟁천은 포권을 취하고 말했다.

"손님, 이쯤에서 끝내시는 게 좋겠습니다. 괜찮겠습니까?"

구모상은 얼굴을 일그러뜨리며 힘겹게 고개를 끄덕였다.

우쟁천이 간격을 좁히지 않고 그 자리에서 말했다.

"그럼 평가를 해드리지요. 손님의 경우, 태원 어느 방파에서나 환영할 실력입니다. 태원에 자리잡을 생각이 있으시다면 복검방을 권해 드리지요. 십로주 정도의 자리는 거뜬히 차지할 것으로 보입니다."

구모상은 우쟁천을 노려보며 으드득 소리가 날 정도로 이를 갈았다.

우쟁천은 신경 쓰지 않고 품속에 손을 넣어 전표 두 장을 꺼내 들었다.

"흘린 땀이 적으니 이 정도는 돌려 드릴… 생각도 했습니다만, 흔쾌히 내어주신 것이니 고맙게 받도록 하겠습니다."

우쟁천은 꺼낼 때와는 달리 급히 전표를 숨겼다.

구모상은 우쟁천을 노려보다가 문으로 다가갔다. 그가 막 문을 열 때 우쟁천이 급히 말했다.

"손님! 혹시 내일 또 오실 분이……."

우쟁천이 말을 맺기도 전에 구모상은 문을 쾅 소리가 나게 닫아버렸다.

우쟁천은 입술을 동그랗게 말고 한숨을 내쉬었다.

"휘유! 미친놈, 거기서 돈은 왜 꺼내? 큰일날 뻔했네."

우쟁천이 문을 열고 나가니 황염과 염우빙이 미소를 지어 보였다. 황염이 말했다.

"파드닥 날뛰더니 털 빠진 오골계 꼴이 되어 나가더구나."

"잘 보이던가요?"

"음. 구멍 크게 뚫었잖아."

우쟁천은 웃으며 염우빙에게로 고개를 돌렸다. 염우빙은 우쟁천의 어깨를 토닥이며 말했다.

"과제는 실패였지?"

우쟁천은 머리를 긁적이며 말했다.

"역시 혼자 연습하는 것하고 실전하고는 판이하게 다르네요. 시험해 볼 엄두도 못 냈어요."

"오늘은 상대가 나빴다. 빼어난 실력은 아니나, 그자가 익힌 것은 독사장 계열의 사공. 허수를 뻗는 순간 부딪치기라도 하면 네가 다칠 수밖에 없었어. 그리고 한 가지 더. 스스로를 수세로 몰아놓고 허실을 시험한다는 건 어려운 일이지."

우쟁천은 자신의 이마를 쳤다.

"아차! 그러네요. 막기에 급급한 상황이니 그건 정말 쉬운 일이 아니군요."

"오늘 저녁에는 비무 대신 그것에 대해 논무를 한번 해보자."

염우빙은 우쟁천의 어깨를 꾹 쥐었다가 풀어주며 방으로 돌아갔다. 우쟁천은 염우빙의 등을 바라보며 고개를 갸웃거렸다.

"요즘 이상하게 친절하단 말이야, 꼭 떠날 사람같이."

우쟁천은 감사하다는 말과 함께 돈을 받고 물었다.

"성함을 말씀해 주시겠습니까? 기록을 남겨야 하는 터라."

진두수는 전낭을 품속에 넣으며 대답했다.

"삭주 오성방의 진두수다."

"단혼마장(斷魂魔掌) 진 대공자?"

우쟁천이 눈을 살짝 치켜뜨자 진두수는 빙긋 미소를 지으며 말했다.

"마장이라? 단혼장이면 되는데. 그런데 내 이름이 여기까지 알려졌나?"

우쟁천은 진두수의 물음에 대답하지 않고 장부에 이름을 적으며 중얼거렸다.

"괜히 돈 먼저 받았네. 진 대공자인 줄 알았다면 더 받아야 수지가 맞는데. 하! 아깝다."

미소를 짓던 진두수가 눈썹을 치켜 올리고 우쟁천을 노려보았다. 명성에 주눅 든 것이 아니라 돈을 더 받아내지 못한 것에 대한 아쉬움이 더 크게 드러난 말이기 때문이었다.

우쟁천은 진두수의 눈을 외면하고 그의 뒤에서 참담한 표정을 짓고 있는 영백과 귀수를 바라보며 가볍게 미소를 지었다. 두 사람이 살기를 드러내며 노려보았다. 우쟁천은 그 눈빛들도 외면하고 오호 비무실을 향해 손을 뻗었다.

"따라오시지요."

진두수가 차가운 낯빛으로 먼저 움직이자 영백과 귀수가 뒤따랐다. 우쟁천은 비무실 앞에 이르러서 영백과 귀수를 바라보며 난색을 표했다.

"참관은 허용되지 않습니다만."

전낭이 들어 있는 가슴 어림을 힐끔 보는 우쟁천의 눈길을 확인하고 진두수는 차갑게 웃으며 말했다.

"더 받아내지 못한 돈을 여기서 만회하겠다는 말이지?"

우쟁천이 웃으며 대답하려는 순간 등 뒤에서 염우빙의 목소리가 들렸다.

"꼭 참관을 시켜야겠다면 이쪽도 참관인을 들여야 하겠소만, 괜찮겠소?"

돈을 더 받아낼 기회를 놓쳐 버린 우쟁천이 얼굴을 구기는 순간, 진두수가 염우빙의 무정한 눈을 빤히 바라보다가 형식적으로 포권을 취했다.

"풍뢰신권 염 대협? 뵙게 되어 영광입니다. 그런데 대협께서 방금 하신 말씀이 여차하면 참견하시겠다는 뜻은 아니겠지요?"

염우빙은 우쟁천을 바라보며 피식 웃어 보이고 대답했다.

"이 사람 또한 강호인, 사나이끼리의 정당한 비무에 끼어들 생각은 추호도 없소."

진두수는 우쟁천을 바라보며 눈웃음치며 물었다.

"푼돈에 목숨 거는 이 개구리 같은 친구가 죽어도?"

염우빙은 진두수가 말하는 개구리가 세상 넓은 줄 모르는 개구리, 곧 정저지와(井底之蛙)에서 연유했음을 알아차리고, 이미 우쟁천에게 쓴맛을 본 영백과 귀수를 보며 미소 지었다.

"명성이나 자만심 같은 하잘것없는 잡귀들이 때로는 인간성을 갉아먹고 어두운 마음을 부추기기도 하오. 내가 신경 쓰는 일은 그것뿐. 정당한 비무라면 쟁천이 죽는다 해도 참견할 생각 없소. 물론 죽지도 않겠지만. 등룡관의 개구리는 나중에 용이 되거든."

돌려서 말했지만 정당한 비무라는 말을 두 번이나 언급했다. 곧 지고 나서 수하들과 합세하여 우쟁천을 핍박하지 말라는 뜻이고 정당한 비무로 우쟁천이 질 리 없다는 확언이기도 했다. 속뜻을 알아들은 진두수는 차게 웃으며 말했다.

"빨리 끝내고 다시 염 대협께 비무를 청할까 하는데 받아주시겠습니까?"

"능력만 된다면 기꺼이! 그때는 등룡관의 고용인 입장을 떠나서 이 사람 개인 자격으로 받아들이겠소."

결국 오호 비무실에 든 사람은 모두 다섯 명이었다. 황염 등의 등룡관 사람들은 급히 사호실로 달려갔다.

잠시 후, 대낮부터 천둥벼락이 쳤다. 암운이 끼듯이 조용해졌다가 우박이 떨어지는 듯한 소리가 들리고 폭풍이 휘몰아치는 듯한 바람 소리가 이어졌다. 벽이 부서질 듯 퉁퉁거리고 문짝이 들썩거렸다. 그렇게 일각이 흘렀다. 다시 한 번 천둥 소리가 들리더니 잠시 후 오호 비무실의 문이 열렸다.

진두수가 창백한 얼굴로 문을 나섰다. 귀수와 영백이 나오고 그 뒤로 역시 창백해진 우쟁천과 느긋한 표정의 염우빙이 나왔다.

우쟁천은 문 앞에 서 있는 사람을 확인하고 눈을 치떴다.

"어? 관주 아저씨! 무슨 바람이 불어서 예까지 나오셨어요?"

그 순간 찬바람이 쌩쌩 부는 듯한 차가운 기운을 내뿜으며 문으로 나아가던 진두수가 돌아섰다. 그는 적기룡을 부릅뜬 눈으로 노려보다가 문 밖으로 나갔다.

적기룡은 의혹에 찬 눈빛으로 문을 바라보다가 접수대의 장부를 집어 들었다. 그가 돌아서서 우쟁천에게 물었다.

"복검방으로 모자라 이젠 삭주의 오성방까지 건드리느냐?"

"쳇! 제가 뭘 어쨌다구요. 복검방에서 소개받아 왔다면서 비무를 청하는데 어떻게 해요? 책임지라면서요?"

적기룡은 우쟁천을 노려보다가 눈을 감았다. 다시 눈을 뜬 적기룡은 평소의 무정한 눈빛을 되찾고 안으로 들어가 버렸다.

"쳇!"

우쟁천이 화난 얼굴로 적기룡의 등을 바라보자 염우빙이 그의 어깨를 쓰다듬었다.

"너도 알고 있잖아? 오성방과는 연관되고 싶지 않은 거야."

"아차! 그렇군요. 그 생각을 미처 못했어요. 으이그!"

우쟁천은 머리를 긁적이다가 염우빙을 바라보며 물었다.

"그런데 왜 비기라고 그랬어요? 쉽게 감당할 수 있는 상대도 아닌데?"

염우빙은 웃는 얼굴에 어울리지 않게 퉁명스러운 어조로 말했다.

"그래서? 지금 일부러 비겼다는 소리야?"

"뭐, 꼭 그렇다고 말할 수는 없지만……."

"보고 싶었다, 장마의 무공. 오래 끌어주었으면 했어."

"도움이 됐나요?"

"뭐, 꼭 그렇다고 말할 수는 없지만…… 오성방이 장마의 위세를 이어 받지 못한 이유는 알 것 같더라. 장마 적대승이 흑도인이라고 하여 평가 절하 받고 있다만, 그가 당시의 천하제일장이라는 것은 틀림없는 사실이야. 장마의 정수는 이제 끊겨 버린 것이나 마찬가지야, 그 진두수를 봐서는."

우쟁천은 웃으며 눈을 흘겼다.

"에이, 꼭 그런 이유만은 아닌 것 같은데요? 혹시 관주 아저씨의 입장 때문에?"

"크흐! 눈치챘냐? 그것도 그렇지만, 그렇게 하지 않았다면 네가 귀찮 아질 가능성이 크기 때문이기도 하다."

"귀찮아질 가능성?"

염우빙은 우쟁천의 어깨를 감싸 안으며 안으로 걸어 들어갔다.

"넌 아직 세상을 몰라. 이 세상은 말이다, 사나이라는 말로는 해결이 되지 않는 많은 일들이 있지. 지면 깨끗이 인정하고 다음을 기약하는 인 간이 있는가 하면, 세상이 자기 것인 양 착각하고 패배를 인정하지 못하는 인간도 있어. 후자의 인간은 무슨 수를 써서든지 결과를 이긴 것으로 만들려는 경향이 있지.”

“진두수가 후자의 인간이란 말인데, 그러면 어때요? 또 오면 또 깨버리면 되지.”

염우빙은 자신의 방문을 열며 말했다.

“그러니까 넌 어리다는 거야. 다음에 온다면 혼자가 아닐 거다. 오늘처럼 정중하게 돈 내고 비무를 신청하지도 않을 거고. 너 하나 죽는 것으로 끝날 일이 아니란 소리지. 너 하나 때문에 황염 같은 친구들이 곤욕을 치를 수도 있어. 결과를 감당할 수 있겠어? 그렇게까지 일을 만들지 않으려면 생각할 여지를 주는 게 좋은 거다.”

“조금만 더 힘냈으면 이길 수 있었다? 다음번에는 반드시? 그런 건가요?”

염우빙은 침상에 털썩 주저앉으며 대답했다.

“치욕을 주지 않는 것이 중요해. 너 내가 왜 스스로를 드러냈는지 알겠어? 너는 시작하기도 전에 돈 몇 푼 때문에 그를 약 올렸다. 안 그래도 기분이 나쁜데, 무명소졸인 너에게 져봐라. 꼭지가 돌겠지? 절대 인정하고 싶지 않을 거다. 너를 지워 버리려고 할 거야. 하지만 네 곁에 약간의 명성을 지닌 내가 있음으로 해서 위안을 받을 수 있었을 거다. 염우빙이 가르친 아이다, 라고 생각하면 최악의 경우 비기는 정도는 감수할 수준이라고 생각할 수 있었을 거다. 알겠어?”

우쟁천은 마룻바닥에 주저앉아 얼굴을 구기며 물었다.

“하! 참! 비무 한 번 하는데 그렇게 복잡한 생각까지 해야 하는 거예요?”

“인간관계, 역학 관계가 그래서 어려운 거다. 그것이 골치 아프다고 생각되면 벗어날 길은 한 가지뿐, 절대강자가 되면 된다. 어떤 방식으로

든 다시는 연관되고 싶지 않을 정도로 압도적인 실력을 갖추면 돼. 그런 면에서 강자가 된다는 것은 세상을 단순하게 살 수 있는 특권을 지닌다는 의미도 되지. 하지만 절대강자가 된다는 것이 말처럼 쉬운 일이 아님은 잘 알 거야. 결국 어중간한 상태에서는 신념이나 사나이다움을 고집한다는 것은 사치다. 특히나 우리 같은 칼끝 위의 인생들에게는 죽음과 직결되는 문제야. 그러니 너도 무공에만 미쳐 있지 말고 요 며칠 독서에 열중한 것처럼 두루 공부하고 경험하는 것이 좋아. 알겠어?"

우쟁천은 문득 염우빙의 얼굴을 빤히 바라보며 웃었다.

"만날 술만 먹는 줄 알았는데, 생각도 하면서 사시는군요?"

"큭! 조금은 존경해 줄 마음이 생겼어?"

우쟁천은 웃으며 고개를 저었다.

"존경까지야. 근데 요새 어디 아파요?"

"뭐야, 인마?"

"며칠 전부터 이상하게 친절하단 말이야. 정말 이상해. 혹시 어디 딴데 갈 생각이라도 하는 거 아니에요?"

염우빙은 피식 웃으며 깍지 낀 두 손을 베개 삼아 벌렁 드러누웠다.

"관주께 허락을 얻었다. 본격적으로 시작하게 되면 너하고 노닥거릴 시간이 별로 없을 것 같구나."

"우와! 그럼 머지않아 진보된 풍뢰신권을 볼 수 있겠네요?"

"성과가 있으면 그렇겠지. 쉬운 일은 아니잖아?"

"아저씨라면 할 수 있을 거예요, 반드시!"

"그렇게 말해 주니 조금은 힘이 되는구나."

"성공해 놓고 치사하게 숨기고 그러면 안 돼요."

염우빙은 부드럽게 미소 지으며 눈을 감았다.

　　　　　*　　　　　　*　　　　　　*

　부드럽게 허공을 가르던 검이 세차게 돌변하였다가 한순간에 멈추자 검극이 파르르 떨렸다. 검신을 타고 흐르던 푸른 기운이 찰나에 검극을 벗어나 푸른 매화 한 송이를 그려내는 순간 검은 다시 세차게 요동쳤다. 허공을 수놓았던 한 송이 청매화의 꽃잎들이 검극에 휘말려 산산이 흩어지고 그 꽃잎 하나하나가 다시 푸른 매화가 되어 그 영역을 넓혀 나갔다. 검극은 신이 난 듯 사방을 휘젓고 또다시 피어올라 흩어진 매화들은 허공 한가득 매화 꽃밭을 이루었다.

　쩡!

　허공을 휘젓던 검이 일순간 정지했고 만발했던 매화꽃들이 일순간 사라졌다.

　"후우우! 좋아."

　모정운은 그의 애검 매우(梅友)를 검집에 넣고 눈을 감았다.

　"소방주!"

　모정운은 그를 부르는 목소리와 급한 발걸음 소리에 눈살을 찌푸렸다.

　'쯧! 어떻게 목소리 하나만으로 사람 기분을 이렇게 잡쳐 놓을 수 있을까? 재주도 좋군.'

　모정운은 심호흡을 멈추고 눈을 떴다. 그리고 기분 나쁜 기색이 여실하게 드러나는 표정으로 마조영을 바라보았다.

　"무슨 일인데 그렇게 호들갑을 떠는가?"

　마조영은 어쩔 줄 몰라 하는 표정으로 모정운은 눈길을 피하고 기어들어 가는 목소리로 말했다.

　"오성방의 소방주 일행이 떠났습니다."

　모정운은 마루로 걸어가 걸터앉으며 말했다.

“떠났다? 내겐 말도 없이? 흥! 근본이 천하니 바닥을 쉽게도 드러내는구나. 별다른 전언은 없었고?”

모정운의 눈길이 다시 자신에게로 향하자 마조영은 옷소매로 식은땀을 닦아내며 조심스럽게 대답했다.

“분위기가 하도 흉흉하여 말을 섞을 기회조차 얻지 못했습니다.”

“그래?”

모정운은 피식 웃으며 수건을 들어 얼굴을 닦았다.

“자네 친구라는 그자에게서 따로 들은 말은 없나?”

“그, 그게 등룡관에서 창피를 당했다고…….”

모정운은 마조영에게 좀처럼 보이지 않았던 미소를 지었다.

“하하하! 창피를 당했다? 어떻게?”

“오성방의 진 소방주가 등룡관의 어린 녀석과의 비무에서 승패를 내지 못했다고 들었습니다.”

“비겼다? 흠! 그런가? 알았네. 어쨌든 잘됐구먼. 다시 볼 일이 없겠어. 가보게.”

마조영은 허리를 접어 보이고 연무장을 떠났다.

모정운은 턱을 쓰다듬으며 중얼거렸다.

“비겼다? 나와의 기세 다툼에서 한 치의 양보도 보이지 않았던 그 진두수가 비겼다? 우쟁천이라고 했지? 얼굴이라도 한 번 봐야 할 것 같군.”

모정운은 기분 좋은 미소를 지으면서도 고개를 저었다.

“진두수, 그자의 얼굴도 한 번 보았어야 했는데.”

진두수가 모정운을 찾아온 이유는 구걸하기 위해서였다. 그것도 거지의 구걸이 아닌, 가진 것이 적지 않으면서도 더 가지겠다는 부자의 구걸이었다.

오성방의 전신은 원래 장마 적대승의 아들인 십보추혼수 적목심의 일양방(一陽幇)이었다. 적목심의 사후 그의 다섯 제자 겸 수하들은 일양방을 오성방이라고 개칭하고 권력을 나누었다. 흩어지는 순간 삭주 근역의 패권을 잃을 수밖에 없다는 것을 잘 알고 있었기 때문에 그들 다섯은 그럭저럭 방을 유지해 나갈 수 있었다.

문제는 후계였다. 다섯 방주들은 진두수를 필두로 모두 열일곱의 자식들을 두었고, 그들은 동료면서 사형제였던 그들의 아비들과는 달리 경쟁 관계 속에서 자라났다. 결국 다섯 방주들이 건재한 지금은 문제가 표면으로 드러나지 않겠지만, 그들의 사후에는 권력 투쟁이 일어날 가능성이 농후했다. 진두수가 복검방을 찾은 뜻에는 그러한 배경이 있었다.

진두수의 제안의 간단했다. 장차 있을 권력 투쟁에 힘을 보태어 달라는 뜻이었고, 오성방을 다시 일양방으로 개칭한 후에 도움에 대한 합당한 대가를 치르겠다는 것이었다.

내색은 하지 않았지만 모정운은 내심 '내가 왜?' 라며 코웃음 치지 않을 수 없었다. 더구나 진두수가 복검방의 구성원들의 면면을 따져 보고 모정운을 자신과 동류의 인간으로 생각한 것에 대해 불쾌하게 생각하고 있었다. 그때 모정운이 떠올린 것이 바로 등룡관의 신성이었다.

그는 확답을 피하고 동생 모정풍의 일을 그럴듯하게 꾸며 진두수를 부추겼다. 삭주 근동의 패권을 잡을 실력이 있는지 확인시켜 달라고 했다. 진두수는 등룡관이라는 말을 듣자마자 불쾌한 표정을 드러냈었다. 그러나 모정운이 염우빙의 이름을 입에 담고 협력에 대한 답변을 유보하자 어쩔 수 없이 우쟁천을 찾게 된 것이고, 결과는 마조영에게서 들은 바와 같았다.

우쟁천이라는 존재에 대해 놀라기는 했지만, 지금 모정운의 심정은 통쾌하기 그지없었다.

"흠! 등룡관이라? 그건 배경이라고 할 수 없지. 어떨까? 그 친구를 끌어들여 볼까? 그렇게 되면 정풍은 물론 내게도 좋은 자극이 될 수 있을 텐데. 그리고 장차……."

진두수라는 존재는 불쾌하기 짝이 없었지만 그의 한마디는 모정운의 가슴속에 무겁게 자리잡고 있었다.

'모 소방주, 당신은 아버지가 이룬 것을 그대로 물려받기만 할 것이오? 사나이의 야망이라는 것이 당신에게는 없는 것이오? 우리 두 사람이 뜻을 같이한다면 장차 산서를 나누어 가질 수도 있을 것이오.'

전에 생각해 보지 못한 문제였다. 그 말 때문에 모정운은 지금 고민이 말이 아니었다.

아버지 모강천은 무(無)에서 조부의 염원을 이루어내고 복검방을 세웠다. 역사는 일천하지만 산서오세의 하나로 꼽힐 만큼 당당한 성취였다. 그 성취는 그에게 그대로 이어지리라. 하지만 태원은 산서오세 가운데 삼세가 모여 있는 곳. 뜻하지 않은 혈풍을 일지 않는 한, 더 이상 나아갈 수 없는 상황이었다. 그래서 꿈꾸지 못했던 것이다.

모정운은 젊었다. 아버지가 물려준 것에 안주하고픈 생각은 없었다. 야망을 품고 그것을 이루기 위해 노력하는 것은 무인의 피요, 젊은이의 특권. 모정운은 지금 진두수의 한마디에 흔들리고 있었다.

'우선 태원의 패권을 잡는다?'

지금처럼 고착화된 상황에서는 어려운 일이었다. 서로의 영역이 분명하게 나눠진 상태로 별문제없이 세월이 흐른 탓에, 먼저 피를 부르는 사람은 나쁜 놈이 될 수밖에 없었다. 하지만 운도장은 직계의 후손이 백가현이라는 여자 아이 하나뿐이었고, 남양당은 산서의 토박이가 아니었다.

'바람은 지나가면 그뿐 아닌가. 욕먹는 것은 잠깐이다. 잊혀지겠지.'

태원을 얻는 순간 산서가 크게 보이지는 않을 것이라는 생각까지 떠올리자 모정운은 무의식적으로 주먹을 불끈 쥐었다.

"형님, 무슨 생각을 그리 골똘히 하십니까?"

모정운은 정신을 차리고 일어섰다.

"왔느냐?"

모정운은 보름 넘도록 초심을 잃지 않는 모정풍의 결의에 찬 얼굴을 보며 희미한 미소를 지었다.

'결심은 굳어서 그런지 성취가 빠르다. 지금의 저 녀석과 함께라면 해 볼 만하지 않을까?

모정풍은 모정운의 얼굴에서 보기 드문 미소를 발견하고 의아해했지만 그 순간 모정운은 그의 애검 매우를 뽑아 들었다.

*　　　　*　　　　*

서점 문향 앞에 이른 화천상은 뜻밖의 광경에 눈을 치떴다. 심부름 다녀온 아이의 대답은 분명 유시 초 문향이었고, 아직 유시에 미치지 못한 시간이었다. 그런데 우쟁천이 먼저 와서 책을 읽고 있었다.

"어이, 바보!"

화천상이 불렀는데도 우쟁천은 십여 권의 책을 깔고 앉은 채로 책 읽기에 여념이 없었다. 화천상은 피식 웃으며 검지로 우쟁천의 이마를 밀어 올렸다. 우쟁천은 그때서야 화천상을 알아보고 말했다.

"여! 왔어?"

"뭐야? 바보가 선배 바보 여몽을 닮기로 했어?"

우쟁천은 화천상을 노려보며 꾸짖듯 말했다.

"감히 내가 존경하는 여몽 선생을 바보라고 불러? 그럼 넌 뭐냐? 천치냐?"

"킥! 여몽을 존경한다? 너답다."

"너 말이야, 사흘 동안 몇 권의 책을 정독할 수 있지? 네가 과연 무식하다는 소리를 듣다가 사흘 만에 노숙 선생과 같은 고수를 놀라게 할 학문을 쌓을 수 있어?"

우쟁천이 사별삼일(士別三日)이면 괄목상대(刮目相對)라는 고사에 빗대어 묻자 화천상은 잠시 말을 잃고 눈알을 굴렸다. 잠시 후 화천상을 볼을 긁적이며 웃었다.

"뭐, 그 사흘이 실제로 사흘은 아니지만, 굳이 그렇게 따지자면 수불석권(手不釋卷)한 여몽 선생이야말로 노력의 천재라고 할 수 있겠군. 인정! 자네의 존경하는 여몽 선생을 바보라고 불러서 미안."

화천상은 장난기가 감도는 우쟁천의 눈을 확인하고 그의 옆에 쪼그리고 앉았다.

"굳이 여기서 보자더니, 왜? 학문에 재미 붙였어?"

"재미라기보다는 필요성을 느꼈지. 열 살 때 논어를 읽은 이후로 학문을 기피했다. 재미없는 거 하기보다는 좋아하는 무공이나 실컷 익히자고 생각했지. 하지만 병법을 모르는 무인은 반쪽짜리인 것 같아서 손자병법 한 권으로 문외한 소리나 면해볼까 했는데, 막상 읽고 보니 그것만으로는 이해의 폭이 너무 좁더란 말이야. 그래서 늦었지만 처음부터 다시 해보기로 했어."

"문무겸전(文武兼全), 재현여몽(再現如蒙)인가?"

우쟁천은 펼쳐서 들고 있던 책을 덮고 말했다.

"재현여몽이라? 좋군. 그건 그렇고, 너 인자무적(仁者無敵)이라는 말을 어떻게 생각해?"

화천상은 책표지를 힐끔 보며 말했다.

"인자무적? 맹자(孟子) 양혜왕장구상(梁惠王章句上)편을 읽고 있었나?"

우쟁천이 하천상을 흘거보며 말했다.

"쳇! 묻는 거에나 대답해. 잘난 척하지 말고."

"킥! 그 무적이라는 말을 어떻게 해석하든지 간에 왕후장상들에게나 통하는 궤변이지 우리 같은 사람들과는 상관없는 말이야. 현실을 무시한, 고리타분한 유학자들의 공상일 따름이야. 인자든 현자든 간에 무식하고 배고픈 강도의 한 자루 흉도 앞에서는 무력하기 짝이 없지. 당장 현실이 혹독하기 그지없는데 그 훌륭한 인덕에 감화당할 시간이 어디 있겠어? 찌르고 보는 거지."

우쟁천은 화천상의 어깨를 찍어 누르듯 두드리며 활짝 웃었다.

"이야! 천상! 생각보다 사상이 삐딱하네. 좋았어. 맘에 들어. 줄곧 읽으면서 말이야, 고개는 끄덕끄덕하는데 가슴은 알쏭달쏭했단 말이야. 말은 분명히 맞는 것 같은데 주변 현실과는 상당히 동떨어져 있다는 느낌이 들었거든."

화천상은 우쟁천의 손을 먼지 털 듯 털어내며 말했다.

"그렇지? 인한 자는 적을 만들지 않는다? 흥! 세상에 삐딱한 놈이 얼마나 많은데. 부처도 적이 있었다. 강자만이 인자무적할 수 있는 거야. 현실에서 힘없는 자는 호구일 따름이야."

"맞아. 맞아. 인자가 무적인 세상이라면 얼마나 살기 편하게. 맹자는 패도와 왕도를 갈라서 말하고 있지만, 문무겸전이라는 말과 마찬가지로 패도와 왕도는 둘이 아니지. 힘을 누구에게 어떻게 쓰느냐의 문제고, 어떻게 절제하느냐의 문제일 따름이지."

화천상은 눈을 둥그렇게 치뜨고 우쟁천의 얼굴을 바라보았다.

"어이! 너, 우쟁천 아니지? 사실은 여몽이지?"

우쟁천은 고개를 번쩍 치켜들고 오만한 표정으로 말했다.

"여몽 선생이 내가 존경하는 분이기는 하지만 그릇은 내가 더 커. 언젠가는 이 두 손으로 천하를 쥘 사람이니까. 인의를 아는 자가 무적이 될 수 있는 세상을 내 손으로 만들 거니까."

"호! 천하최약세 산서무림의 무명소졸이 품은 꿈치고는 거창하네. 그 꿈이야말로 현실과 너무 동떨어진 것 아냐?"

우쟁천은 빙긋 웃으며 대답했다.

"뭐, 어때? 중요한 건 꿈이 어떻다가 아니라 꿈을 꾼다는 거 아냐? 난 복잡하게 계산하면서 살고 싶지 않아. 이루지 못한다 해도 꿈을 좇는 동안은 행복할 테니까."

"이루지 못해도 꿈을 좇는 동안은 행복하다? 과연 그럴까? 누가 그랬다지? 최선을 다했다면 실패도 아름답다고. 남이 말하면 공허한 위로고, 스스로 말하면 자기 기만이야. 어떤 경우에도 실패는 아름다울 수 없어. 목표를 정했으면 좀 복잡하게 살아도 끝내 이루어내는 게 아름다운 거지."

"그건 나하고 생각이 조금 다르네? 거창한 꿈을 실패없이 이룬다는 것은 신이나 할 수 있는 일 아냐? 실패란 바탕을 다지는 행위라고 봐. 나 역시 실패가 달가운 건 아니지만 최선을 다했을 때 최소한 무엇이 모자란 지는 깨달을 수 있는 것 아닌가?"

"그러니까 차근차근 해나가야지. 어때? 네 꿈, 반으로 쪼개서 나 줄래? 마구 지르고 보는 네 성격과 돌다리도 두드리는 내 성격이 서로 보완이 될 것 같은데."

"함께 꾸자고?"

"조금은 현실적이지 않아?"

"좋다. 뭐, 그렇게 하지. 가자. 기념주 한잔하자."

우쟁천은 깔고 앉아 있던 책 보따리를 들고 일어섰다. 화천상은 따라 일어나지 않고 우쟁천의 소맷부리를 잡았다.

"잠깐만 기다려. 올 사람이 있어."

"누군데?"

"보면 알아. 오! 때마침 저기 오네. 영차!"

화천상은 우쟁천의 소맷부리를 잡아당겨 일어섰다.

우쟁천은 화천상의 눈길이 이르는 곳을 향해 고개를 돌렸다. 그가 눈을 치떴다.

시장통이니 적지 않은 사람이 오가고 있었다. 그런데도 한눈에 화천상이 기다리는 사람을 알아볼 수 있었다. 오가는 모든 사람들의 눈길은 물론, 피곤했던 하루를 마무리하려던 태양마저도 눈길을 주는 듯한 백의소녀, 백가현이었다.

"오우!"

우쟁천의 얼굴에 화색이 돌았다. 화천상이 우쟁천의 입가에 감도는 미소를 보며 웃었다.

"너, 사실은 우리 가현이를……."

우쟁천이 화천상의 말을 끊고 그의 어깨를 두드리며 말했다.

"수고했다. 장차 책값이 장난이 아닐 것 같아서 걱정했는데 한시름 덜었어. 고마워."

"크으! 역시 그 뜻이었냐?"

화천상은 그의 예상과 다른 대답을 하는 우쟁천을 향해 고개를 저으며 쓴웃음을 지었다.

'이놈 눈에 가현이는 아직 애다. 역시 가슴인가? 이 정도면 취향이 아니라 집착인데?'

백가현이 다가왔다. 그녀는 책 보따리를 든 우쟁천의 모습을 보며 서늘하게 느껴지는 미소를 지었다. 어떻게 보면 비웃는 것 같기도 한 차가운 미소였지만 우쟁천은 아는지 모르는지 밝게 웃을 따름이었다.

백가현이 먼저 입을 열었다.

"우 공자, 안녕하……."

우쟁천이 감격에 찬 목소리로 말했다.

"백 소저! 고맙소. 결심하기가 쉽지 않은 일인데 정말 고마운 결정을 내려주었소!"

순간 백가현이 눈처럼 하얀 흰자위를 드러내어 화천상을 노려보았다.

화천상은 두 손과 고개를 마구 저었다.

"아니다. 난 아무 말 안 했어. 이 인간이 너 오는 거 보고 지레짐작한 거란 말이야."

극구 부인하지만 화천상의 얼굴에는 지우지 못한 웃음기가 남아 있었다. 백가현은 차가운 눈에 의혹을 더 담아 한동안 화천상을 노려보다가 우쟁천에게로 시선을 옮겼다.

"어? 그럼 실수로 잘못 계산했다는 돈, 돌려주려고 온 게 아니오?"

백가현은 우쟁천의 실망 어린 표정을 보며 다시 화천상을 보았다. 조금 전 극구 부인하던 그 약한 모습은 온데간데없이 당장에라도 박장대소할 것 같은 표정이었다. 백가현은 화천상을 흘겨보고 우쟁천을 다시 보았다.

'이 인간 정말 뭐야? 만날 때마다 내 속을 박박 긁어놓잖아?'

돈을 돌려주려고 온 것은 사실이었다. 거기에 고맙다는 말과 미안하다는 말을 덧붙여 줄 생각으로 온 것 역시 사실이었다.

이틀 전, 한동안 모습을 보이지 않았던 모정풍이 찾아왔었다. 백가현은 그의 태도에 충격을 받았다. 모정풍은 이미 옛날의 그가 아니었다. 지난날의 오만했던 태도와 끈적거리던 시선은 겉치장에 불과했다는 듯, 그는 발가벗고 선 사람처럼 부끄러움이 담긴 솔직담백한 태도로 말했다. 어울리는 사람이 되겠다고, 기다려 달라고.

달리 언급은 없었지만, 백가현은 모정풍의 태도가 우쟁천과의 비무에서 비롯되었음을 깨달았다. 우쟁천의 의도와는 상관없을지라도 백가현으로서는 고마워할 만한 일이었다. 그렇게 생각하니 그에게 바가지를 씌운 일이 한층 더 부끄럽고 미안했던 것이다.

하지만 막상 우쟁천과 대면하고 보니, 머리 속에 새겨두었던 감사와 사과의 말은 어느새 사라져 버리고 가슴속에서 울화만 치밀어 올랐다. 그것 역시 우쟁천의 의도와는 하등 상관이 없는 일이었다. 문제는 그녀가 여자라는 사실이었다. 무시당했다는 느낌, 번운도에 졌다는 생각을 하게 만들었던 우쟁천의 태도가 이번에는 돈에 졌다는 느낌을 들게 만들었다.

백가현은 갑자기 피식 웃음을 흘렸다.

'내가 오만한 거지? 이 인간을 남자로 여기지도 않으면서 다른 남자들처럼 나를 대우해 주지 않는다고 화를 내고 있는 거지? 하! 백가현아! 너 참 못됐구나. 분명히 네가 잘못한 일이야. 바로잡아. 더구나 이 인간 그래도 배려할 줄 알잖아. 실수로 잘못 계산한 돈? 흥! 일부러 바가지 씌운 것을 다 알면서……'

한편 우쟁천은 눈앞에서 말도 없이 천변만화하는 백가현의 표정을 보며 고개를 갸웃거렸다.

'뭐야? 무슨 표정이 이러냐? 비웃는 거야? 말을 해라, 말을.'

다시 현실로 돌아온 백가현이 본 것은 답답한 마음에 찡그리고 있던 우쟁천의 얼굴이었다. 그녀는 그 순간 쏘듯이 말했다.

"흥! 그게 언젯적 일인데…… 대범한 척하더니 아직까지 미련을 못 버리고 있었군요?"

'어머! 내가 또 왜 이래? 입이 비뚤어졌나?'

마음속 후회와는 달리 백가현의 얼굴은 얼음장같이 차가웠다.

우쟁천은 뒤통수를 긁적이며 말했다.

"대범하지 못해서 미안하오. 지나간 일은 대개 미련을 두지 않는데, 그 돈은 내가 번 것이 아니라 할머니가 남겨주신 것이니 좀 더 충실하게 써야 했다는 후회가 들더란 말이오. 돈은 돈일 뿐인데."

백가현은 차갑던 표정을 단번에 지워 버리고 담백하게 미소 지었다. 그리고 소매 속에서 봉투 하나를 꺼내 우쟁천에게 내밀었다.

"미안해요. 제가 장난이 심했지요? 말씀대로 잘못 계산한 돈 팔십 냥, 여기 돌려 드립니다."

"고맙소. 자! 갑시다. 내가 한턱내겠소."

백가현과 화천상이 동시에 웃음을 터뜨렸다.

"받자마자 한턱내는 게 충실하게 쓰는 건가요?"

우쟁천이 정색을 하며 말했다.

"친우를 대접하는 일, 당연하오. 하지만 오늘 쓸 돈은 소저가 돌려준 돈이 아니오. 요 며칠 동안 예상치 않았던 부수입이 좀 생겼소."

화천상이 호기심 어린 눈빛으로 바라보았다.

"부수입? 또 모정풍 같은 친구가 찾아왔었어?"

"어? 어떻게 알았어?"

"그것 말고 네게 부수입 생길 일이 어딨어? 등룡관의 보통 손님만 받으면 그 책값도 제대로 못 댈 텐데. 이번에는 누구야? 혹시 남양당 사람?"

우쟁천은 대수롭지 않게 대답했다.

"진두수라는 밥맛없는 인간인데, 알아?"

화천상이 눈을 치떴다. 그리고 치뜬 만큼 큰 목소리로 되물었다.

"진두수? 오성방의 그 진두수란 말이야?"

백가현 또한 놀란 눈으로 새삼스럽게 우쟁천을 살폈다.

'이런 멍한 인간이 진두수를 상대하고도 멀쩡하게 나돌아다닌다니, 역시 사람은 겉모습만으로 판단해서는 안 되는 거야.'

우쟁천이 대답했다.

"왜? 진두수가 그렇게 대단한 인간이야? 오성방의 소방주니까 배경이 듬직하다는 건 알겠는데, 배경 좋다고 실력까지 좋나? 별로던데."

화천상은 우쟁천의 전신을 훑어보았다.

"정말 다친 데 없어? 이겼단 말이야?"

"비겼지. 무리하지 말고 비기라고 그래서. 살을 주고 뼈를 깎는다는 각오로 임하면 질 일은 없을 것 같던데."

화천상은 놀란 표정 그대로 백가현을 바라보았다. 백가현은 놀란 내색을 하지 않기 위해 책을 읽듯 말했다.

"단혼마장 진두수는 모정풍 공자와는 비교할 수 없는 인물입니다. 모정운 공자 등과 함께 산서의 후기지수 자리를 다투는 사람이지요. 그와 모정운 공자, 비도회의 무형비도수(無形飛刀手) 용세강(龍世强), 그리고 남양당의 차자(次子)인 금강권(金剛拳) 운호상(雲昊尙), 네 사람을 일러 산서사대공자라고 하지요. 그들 모두 그냥 배경만으로 후기지수로 꼽히고 있는 것이 아닙니다. 장차 산서무림은 그들의 행보에 따라 재편될 가능성이 크지요."

"응? 그런가? 흐흠. 산서에는 인물이 많이 부족한가? 나도 별호 하나 지으면 산서오대공자에 꼽히겠는걸."

우쟁천이 어깨를 으쓱하는 순간 화천상이 물었다.

"그런데 삭주의 인간이 널 어떻게 알고 찾아왔는데?"

"응. 진두수의 호위한테 들었는데, 복검방에서 소개받았다 하더라고."

"복검방? 모정풍이 진 것을 스스로 떠벌리고 다니지는 않았을 텐데, 누구에게서 들었을까?"

백가현이 어두운 표정으로 말했다.

"모정운 공자일 거야."

화천상이 의혹 어린 눈빛으로 백가현을 바라보았다.

백가현이 두 눈을 반짝이며 대답했다.

"진두수가 태원에 왔고 또 복검방에 들렀다면 이유는 한 가지, 모정운 공자를 만나러 왔을 거야. 비슷한 부류라고 생각하고 있을 테니까."

"그럴 수도 있지. 그가 화산의 속가라 해도 방의 인물들 대부분이 흑도인들이니까 그렇게 생각하기 쉽겠지. 근데 그게 이유가 될까?"

"오빠! 오성방 상황 몰라? 자식들끼리 사이가 안 좋다 하잖아. 자식들이 열일곱이나 되면 아무리 삭주 근동을 군림하는 오성방이라 해도 갈라서 가지기에는 너무 작잖아? 진두수가 비록 후기지수를 다투는 인물이라도 독자야. 다른 네 방주의 후계자들은 모두 형제들이 있지. 장차 오성방의 후계자들이 서로 등을 돌린다면 진두수가 제일 불리해."

"아하! 동맹인가?"

"단순한 동맹이라고 볼 수 없지. 가시적인 성과가 있다면 오성방 내부에서도 알아서 숙이는 인간들이 있을 테니까 그걸 노렸을 거야. 하지만 모 공자는 자존심 강하기로 소문난 사람, 오히려 기분 나빴겠지. 그렇다고 해도 진두수는 면전에서 거절하기 껄끄러운 상대. 문전박대할 수 없는 상황에서 동생을 울려 버린 우 공자를 떠올린 걸 거야. 결과적으로 그의 의도대로 된 것이고."

가만히 듣고만 있던 우쟁천은 눈을 둥그렇게 뜨고 새삼스럽게 백가현을 바라보았다. 반짝이는 두 눈만큼이나 윤이 나는 이마가 도드라져 보였다. 만약 오른손에 책 보따리가 없었다면 자신도 모르게 머리를 쓰다듬어 주었을지도 모를 일이었다.

"좋아, 아주 좋아! 백 소저의 추측이 사실이든 아니든 간에, 몇 가지

빈약한 정보만으로 그만한 분석을 해낼 수 있다니 소저는 상당히 똑똑한 것 같소. 자! 갑시다. 내 똑똑한 소저한테 물을 것이 많소.”

우쟁천은 앞으로 손을 뻗으며 걷기를 종용했다. 백가현은 우쟁천의 얼렁뚱땅한 강요에 홀리듯 걸음을 옮겼다. 그러나 잠시 후 우쟁천에게 휘말린 것 같은 느낌에 얼굴을 붉히며 차갑게 말했다.

“우 공자는 분하지도 않나요? 결과적으로 모정운 공자에게 이용당한 것 아닌가요?”

“그게 무슨 상관이오? 그의 의도가 어떠했던지 간에 난 돈을 벌었고 강한 상대와 비무를 즐길 수 있었소. 그에게 휘둘린 게 아니라 내 자신의 의지로 한 일. 그것이 결과적으로 그에게 도움이 되었다니 서로 좋은 일 아니오?”

백가현은 우쟁천과 화천상 사이에서 보조를 맞추어 걸으며 말했다.

“서로 좋은 일? 그걸 그렇게 생각하나요? 흥! 오지랖도 넓군요.”

“응? 백 소저에게도 좋은 일 아닌가?”

“그게 저와 무슨 상관인가요?”

화천상과 백가현이 동시에 우쟁천을 바라보며 대답을 강요했다.

“가만히 듣고 보니, 태원의 삼대세력 가운데 산서사대공자가 없는 곳은 운도장뿐이구려. 백 소저는 무남독녀, 장차 운도장을 이어야 할 사람이지요? 결국 백 소저는 이번 일로 복검방 소방주의 마음을 엿볼 수 있었던 것 아니오? 모 소방주가 만약 진두수와 손을 잡을 사람이라면 나중에 골치 아플 텐데, 그게 아니라니 한시름 놓았잖소? 삼세정립은 계속되어야 한다.”

우쟁천이 왼손을 하늘로 뻗으며 장난스럽게 선언하는 순간 화천상과 백가현이 눈을 둥그렇게 치뜨고 우쟁천을 보았다.

우쟁천의 말 그대로였다. 백가현이 어린 나이임에도 불구하고 조숙하게 보이는 것은 한마디로 책임감 때문이었고, 여자라고 해서 주변 사람들이 기대하지 않는 것에 대한 반발심 때문이기도 했다. 그래서 오히려 운도장의 모든 일에 적극적으로 나서려 하고 있었고, 그 나이의 젊은 여인이 관심을 두지 않을 일들마저 두루 살피고 있었다. 만약 우쟁천의 말대로 모정운이 야망을 품고 진두수와 손을 잡는다면 그야말로 힘겨운 위협을 맞게 될지도 모를 일이었다.

백가현이 우쟁천의 의외의 분석력에 놀랐다는 듯한 눈빛을 드러내는 순간 화천상이 말했다.

"너, 이 음흉한 여몽 같은 놈! 감히 내 앞에서 바보로 위장하더니……."

우쟁천은 어깨를 들썩거리며 득의만만한 미소를 지었다.

"음하하하! 그걸 이제야 눈치챘구나, 헛똑똑아."

그때 화천상에게로 돌아갔던 그의 시선이 묘하게 비틀렸다. 화천상과 백가현은 그 의미를 몰라 우쟁천을 주시하는데 그는 가자미눈을 하고 허리를 뒤로 빼며 백가현의 뒤쪽으로 눈길을 주었다.

화천상과 백가현이 고개를 돌렸다. 막 옆을 스쳐 지나간 홍의여인을 발견하는 순간 화천상은 쓴웃음을 지으며 고개를 저었다.

예쁘다고 할 만한 여인이었다. 붉은 비단 궁장에 담비 털 조끼를 입고 화사하게 화장한 성숙한 여인이었다. 그러나 백가현과 비교할 정도의 미모는 아니었다. 차이가 있다면 풍만한 몸매가 드러난다는 것과 묘한 색기가 흐른다는 것 정도였다.

"병이야, 병."

화천상이 중얼거리는 순간 백가현이 얼굴을 차갑게 굳히고 걸음을 멈추었다. 그녀는 자신도 모르게 풀어져 버린 마음을 다잡고 차가운 어조로 말했다.

“우 공자, 깜빡 잊고 있던 일이 생각났습니다. 다음에 다시 뵙지요. 다시 만날 일이 있을지 모르겠지만.”

백가현은 화천상과 우쟁천이 말을 하기도 전에 건성으로 목례하고 사라져 버렸다.

우쟁천이 의아한 눈빛으로 백가현의 뒷모습과 화천상의 얼굴을 번갈아 보면서 중얼거렸다.

“응? 뭐야? 갑자기 왜 저러지?”

“으이구, 이 자식아. 또 가슴이냐? 넌 왜 가슴 큰 여자만 보면 정신을 못 차리냐? 도대체 이유가 뭐야?”

화천상은 그럴듯한 이유가 있을 리 없다고 생각하면서도 자신도 모르게 묻고 말았다.

“이유? 이유야 있지만 창피해서 말 못하지. 그런데 내가 비정상이야?”

“몰라, 인마! 어쨌든 가현이가 가버렸으니, 가자!”

“어디로?”

“어디긴 어디야? 화운정우각이지.”

우쟁천이 정색을 하고 고개를 저었다.

“안 돼. 화운정우각에 다녀오면 후유증이 너무 커. 연무에 지장을 줄 뿐만 아니라 꿈자리마저도 끈적거려. 며칠 동안 정신을 못 차린단 말이야.”

“그래서 좋은 거잖아?”

“그래, 확실히 좋긴 좋지. 하지만 여자의 향기가 지금 내 삶의 우선순위가 아냐.”

“우선순위 좋아하네. 맛은 제놈이 들이게 해놓고 빼? 일루 와!”

화천상은 화를 내며 우쟁천의 오른팔을 잡아끌었다.

춘삼월이라지만 태원의 밤은 여전히 쌀쌀했다.

"밤 날씨가 이 정도면 노숙도 견딜 만하겠지?"

남몰래 밤나들이를 다녀온 고 노인은 싸늘한 밤바람에 떠밀리듯 등룡관의 문 안으로 들어섰다. 그는 새삼스럽게 등룡관 구석구석을 살피며 천천히 걸음을 옮겼다. 접수대를 매만지고 벽을 쓰다듬었다. 그리고 마침내 그의 방 안으로 들어섰다.

"도대체 어디 갔다 오신 거예요, 말도 없이?"

전에 없던 고 노인의 부재가 걱정이 되었던 듯 우쟁천은 벌떡 일어나 소리쳤다.

고 노인은 우쟁천의 안도하는 눈빛을 보며 미소 지었다.

"음! 걱정했느냐? 사람 좀 만나고 왔다."

"예? 사람을 만나요?"

우쟁천이 놀라는 것은 당연한 일이었다. 그가 아는 한 고 노인은 등룡관 사람들 말고는 아는 사람이 없었다. 고 노인이 가끔이라도 사람을 만나고 다녔다면 지금처럼 걱정하지는 않았으리라.

"뭘 그리 꼬치꼬치 캐물어? 그냥 그렇다면 그런 거지. 차나 다오."

고 노인이 탁자 앞에 털썩 주저앉자 우쟁천은 화로에서 주전자를 내려 찻잔에 차를 그득 따랐다. 고 노인은 찻잔을 두 손으로 그러쥐고 온기를 즐겼다. 그리고 한 모금 입에 머금었다가 삼키고 행복한 미소를 지었다.

"아! 속이 따뜻해지는 게, 여간 좋은 게 아니구나."

고 노인이 눈을 감고 여운을 즐기는 모습을 본 후, 우쟁천은 안심하고 책으로 눈길을 돌렸다. 읽으려 해도 눈에 들어오지 않던 글자들이 머리 속에 박히듯 들어왔다.

"어디 보자, 손 한번 줘봐라."

고 노인의 말에 우쟁천은 다시 책에서 눈을 떼고 오른손을 넘겼다. 고 노인이 맥문을 잡고 지그시 눈을 감으며 말했다.

"운기하여 보아라."

우쟁천도 눈을 감고 기를 운용하기 시작했다. 잠시 후, 고 노인이 눈을 뜨고 말했다.

"좋구나. 때가 되었어."

"때라니요?"

"건곤보태신공의 후반부를 익힐 때가 되었다는 말이다."

"정말이지요?"

"오늘부터의 수련은 칼날 위에서 행하는 것이나 마찬가지다. 단 한 번이라도 실수하면 큰 위험이 따르니 만사에 냉정하게, 그리고 감각적으로 대응하여야 한다. 수련 중의 너와 나는 정신적으로 연결이 된 상태. 따로 말을 하지 않더라도 내 뜻을 잘 읽고 그대로 하여라. 제대로 행하지 못할 때의 결과는 나뿐만 아니라 너에게 치명적일 것이다. 알겠느냐?"

"후우! 그렇게까지 말씀하시는 걸 보니, 정신 바짝 차려야 할 것 같네요."

고 노인은 웃으며 우쟁천의 손등을 토닥거렸다.

"그래, 그렇게 생각해야 한다."

우쟁천의 능력을 누구보다도 잘 아는 사람이 고 노인이었다. 그런데도 그는 아무것도 모르는 사람처럼 우쟁천이 받아들일 수 있는 능력 이상의 기운을 토해냈다. 우쟁천이 가지고 있는 내공의 두 배에 달하는 공력이 일순간에 본신 내공과 어울려 기로를 휘젓고 다니니, 그의 기로는 홍수 직전의 장강대하와 같았다.

우쟁천은 폭주하는 기운을 다스려 보려고 안간힘을 다했다. 그러나 그만한 힘을 한 번도 경험하지 못했던 그에게는 어려운 일이었다. 우쟁천

의 기로가 마차 한 대 겨우 지나갈 넓이의 골목에 불과하다면 지금 그의
몸속에 흐르는 기운은 마차 세 대가 나란히 지나가려는 기세를 지니고
있었다. 그 세 대의 마차가 좁은 골목의 벽을 부수며 억지로 길을 넓혀
계속해서 앞으로 나아가고 있었다. 전신이 터져 버릴 것만 같았다. 정신
바짝 차리는 정도만으로는 견뎌낼 수 없는 고통이었다.

"ㅇㅇㅇㅇㅇㅇㅇ!"

입을 벌리는 순간 내장이 울컥 넘어올 것만 같아 이를 악다물었다. 바
로 그때 수백만 개의 바늘들이 우쟁천의 전신 모공 하나하나를 찾아 비
집고 들어왔다. 안에서 느끼는 고통만으로도 죽음 직전에 이른 상태였는
데 밖에서마저 새로운 고통이 찾아들고 있었다. 마치 고 노인이 우쟁천
을 죽이려는 것만 같았다.

'정신을 놓아버리면 된다. 그럼 편해질 수 있어.'

사념을 품는 순간 기로를 달리던 마차들이 미친 듯이 폭주하려 했다.

'안 돼! 할아버지가 내게 어떤 일을 하시더라도 거기엔 반드시 이유가
있다. 그 어떤 일이든 모두 나를 위한 거야. 정신을 놓으면 할아버지마저
죽는다!'

"ㄲㅇㅇㅇㅇㅇㅇㅇ!"

안간힘을 다해서 미쳐 날뛰는 마차들의 고삐를 움켜쥐었다. 어떻게든
속도를 늦춰보려고 고삐를 당겼다.

퍼퍼퍼퍼퍼퍼퍼퍽!

실제로는 들리지 않는 소리였지만, 미친 말들이 좁은 골목의 담벼락을
걷어차는 소리가 천둥 소리처럼 우쟁천의 머리를 후려 쳤다. 그 순간 세
대의 마차는 막다른 길까지 박차고 나아갔다.

쾅! 쾅! 쾅!

평소 우쟁천이 늘 되돌아왔던 기로였다. 하지만 미친 말들은 사정없이

그 벽을 걷어차고 또 걷어찼다. 벽이 우르르 무너졌다. 그리고 또 하나의 벽마저 무너져 내렸다. 노도와 같은 힘이 마침내 생사현관을 깨뜨려 버린 것이었다.

우쟁천은 그 거친 질주에 아득해지면서도 한편으로는 말로 표현할 수 없는 상쾌함을 느꼈다. 폐허처럼 너덜너덜해진 골목길은 이제 마차 세 대가 능히 지나갈 넓은 길로 변했다. 바로 그 순간 세 대의 마차들이 속도를 줄였다. 그리고 마차 한 대가 대열에서 이탈했다. 그 마차는 부서지고 깨어져 길도 없는 어둠 속으로 스며들었다. 그리고 또 한 대의 마차가 같은 전철을 밟아 어둠 속으로 사라졌다.

우쟁천은 그가 따로 제어하지 않아도 안정적으로 내달리는 마차를 느끼고 안도한 후 몽롱함 속으로 침잠하려 했다. 그러나 그 순간 또 다른 고통이 찾아왔다.

"크으으으으으!"

고 노인이 거두어 가버린 줄 알았다. 그러나 부서지고 흩어진 두 대의 마차는 수백만 개의 바늘이 되어 그의 전신 모공을 뚫고 지나갔다. 마치 자석의 음양극이 서로를 갈구하듯, 바늘은 바깥에서 뚫고 들어오는 바늘을 맞이하려는 기세로 거칠게 우쟁천의 전신을 헤집었다.

안팎에서 서로를 향해 달리던 바늘들이 마침내 만났다.

투투투투투투투툭!

전신에 수백만 개의 구멍이 뚫려 피가 새어나가는 것만 같았다. 더 이상 아프지 않았다. 바람이 솔솔 새어 들어오는 듯한 시원함과 함께 하늘을 유영하는 듯한 자유로움이 느껴졌다.

이상한 일이었다. 그토록 서로를 갈구하던 바늘들이 부딪치는 순간 합쳐지기는커녕 서로를 튕겨냈다. 그러나 안쪽에서 바깥으로 나아가던 바늘들의 힘이 더 세 바깥에서 안으로 들어오려는 바늘들이 밖으로 튕겨

나가 사라져 버렸다.

우쟁천은 마침내 전쟁이 종결되었음을 깨닫고 정신을 놓으려 했다. 그 순간 천둥 같은 목소리가 그의 머리를 두드렸다.

"천아! 이 할아비의 노력을 헛되이 하지 마라. 흩어진 기운을 모아!"

정신이 번쩍 들었다. 넓은 기로를 외롭게 달리던 마차가 우쟁천의 인도에 따라 또다시 질주하자, 그의 전신 모공을 뚫고 나와 그의 몸 주변을 떠돌던 바늘들이 다시 모공 속으로 파고들어 사라졌다. 그 바늘들은 다시 폐허가 되어버린 우쟁천의 단전으로 돌아가 합쳐졌고, 그것이 거친 물줄기가 되고 그 물줄기가 휘돌아 소용돌이가 되었다.

그리고 그 소용돌이 속에서, 숨어 있던 이무기가 한 마리 어린 수룡으로 다시 태어났다. 그 용은 소용돌이를 꼬리에 달고 단전을 벗어났다. 한 마리 어린 수룡이 거친 물줄기를 이끌고 우쟁천의 전신을 휘저었다. 수룡은 배가 고픈 듯 폐허가 되어버린 넓은 길의 모든 쓰레기들을 먹어치웠다.

우쟁천의 전신 기로를 깨끗이 청소해 버린 수룡은 자신이 태어난 단전의 바로 앞에 이르러 도망치듯 달리고 있는 한 대의 마차를 발견하고 탐욕스런 눈빛을 드러냈다. 수룡이 입을 벌리고 마차를 집어삼켰다. 수룡은 만족한 듯 속도를 줄이고 단전 속에 몸을 묻었다. 그 순간 수룡의 전신에서 칠채휘광이 뻗어 나왔다.

투투투투투투투툭!

윤기없고 거칠던 수룡의 비늘이 벗겨지고 하늘 빛깔 같은 푸른 비늘을 가진 청룡이 단전에서 튀어 올라왔다. 칠채휘광이 감도는 여의주를 문 청룡은 깨끗하게 단장된 그의 영역을 시찰하기 위해 다시 단전을 벗어났다.

지금까지와는 다른 부드러운 움직임이었다. 아직은 들떠 있었지만 용다운 위엄을 갖춘 도도한 움직임이었다.

우쟁천의 몸속에는 이제 천지의 기운을 양식으로 하는 청룡이 살고 있었다.

"왜 그러셨어요? 제가 견디지 못할 경우 어떤 일이 벌어지는지 모르세요?"

우쟁천은 고 노인이 누워 있는 침상 앞에 무릎 꿇고 앉아 슬픔에 찬 눈으로 고 노인의 힘없는 노안을 바라보았다.

고 노인은 힘겹게 미소 지으며 대답했다.

"잘 견뎌낼 것이라고 믿었다."

우쟁천은 힘없이 늘어진 고 노인의 손을 두 손으로 감싸 쥐고 말했다.

"그렇게까지 하실 필요 없었어요. 제가 그런 걸 바랄 것 같아요? 시간이 흐르면 자연히 이루어질 일이잖아요?"

"그 시간이란 것이 네게는 있지만 나에겐 없다. 그런 눈으로 보지 마라. 슬퍼할 일 아니다. 난 다만 내 눈으로 보고 싶을 따름이었다. 칠십 평생을 살면서 내가 이룬 것이라고는 단 하나, 너라는 존재뿐이다. 헛되지 않았음을 살아생전에 이 눈으로 확인하고자 했을 뿐이야."

"지금 그 몸으로 그런 말이 나와요?"

십 년은 더 늙어 보이는 얼굴이었다. 곧 죽을 것 같은 얼굴이었다. 힘이 전해지지 않는 눈빛과 뼈가 그대로 드러나 보이는 앙상한 손이었다. 우쟁천의 생사현관과 전신 세맥을 뚫어준 후유증이 너무나 심하게 드러나는, 가냘픈 육신이었다.

고 노인은 환하게 미소 지으려 노력하며 말했다.

"막 대협이 뭐라고 했더라? 그래, 가진 게 적으면 행보가 가볍다 했었지? 내 뜻이 그러하다. 쓸모없이 가지면 무거울 따름이야. 너도 알다시

피 이 할아비는 강호인이 아니다. 공력을 쌓아둔들 무슨 소용이 있을까? 쓸모없지. 걱정 마라. 지금 당장은 힘들어 보인다 해도 가벼운 내상일 뿐. 게다가 이 할아나 남겨두었으니 남은 세월 동안 기력이 달리는 일은 없을 것이야. 그러니 내 걱정은 접어두고, 내게서 얻은 것이 헛되이 낭비되지 않도록 완전히 네 것으로 만들기나 하여라.”

어려서부터 내공을 쌓아온 고 노인이었다. 여타의 실전 무공은 철저히 외면한 채, 오로지 건곤보태신공의 완성에만 몰두했고 평생의 공력을 결국 신공으로 치환해 낸 고 노인이었다. 순수한 내공의 깊이로만 따지자면 천하의 그 누구에게도 뒤지지 않으리라.

그런 고 노인의 내공 중에 팔 할이 우쟁천에게로 넘어왔다. 그 가운데 일부가 생사현관과 전신 세맥을 뚫는 데 소모되었다지만, 우쟁천이 평생 쌓아온 내공보다 더 많은 내공이 여전히 남아 있었다. 그것이 우쟁천의 내공과 온전히 합일되는 순간 그는 내공에 관한 한 그 누구도 부러워할 필요가 없을 것이다. 더구나 건곤보태신공은 천지자연의 기운에 가장 근접한 기운, 정순함을 이루는 일 또한 오랜 시간이 필요하지는 않으리라.

우쟁천은 여전히 걱정스러운 눈빛을 한 채 다짐받듯 물었다.

“정말이지요? 가벼운 내상일 뿐이지요?”

“걱정하지 말라니까. 열흘이다. 약속하마. 열흘 안에 일어나 보이겠다. 그러니 내 걱정 하지 말고 넌 공력을 순후하게 다스리고 한편으로는 떠날 준비를 하여라.”

우쟁천은 눈을 치뜨고 고개를 저었다.

“예? 떠나라고요? 그렇게 빨리 말입니까?”

고 노인은 정색을 하고 고개를 끄덕였다.

“이젠 더 이상 가르칠 게 없다. 우빙 또한 자신의 일로 바쁘니 여기 네가 있을 이유가 없어. 하루라도 빨리 떠나서 하루라도 빨리 돌아오너라.

나 죽기 전에 돌아와 완성된 모습을 보여다오. 네 이름 쟁천, 하늘과도 싸울 놈이라는 뜻에 어울리는 강자가 되어 오너라.”

우쟁천은 대답없이 고개를 숙였다. 고 노인은 힘없지만 단호한 기색으로 말했다.

“지금 당장 떠나보내고 싶다. 하지만 이 할아비가 일어서는 것을 보지 않고는 떠나지 못할 것 같아서 미루는 것뿐이다. 너는 내 분신이나 마찬가지야. 멈추지 마라. 머뭇거리고 두리번거리지 마라. 네 갈 길은 이미 정해지지 않았느냐?”

우쟁천은 마침내 고개를 끄덕였다. 고 노인은 그때서야 힘없는 표정으로 웃었다. 그리고 침상 머리맡을 더듬어 책자 한 권을 꺼냈다.

“건곤보태신공이다. 네가 아는 것이 태반이나 후반부의 실용편은 처음 보는 것일 게다. 그 부분은 나 또한 제대로 익혀보지 못해서 따로 가르칠 수 없구나. 반은 이론이니, 익히고 경험을 쌓아 완성시켜라. 그리고 이 할아비의 가형을 만나거든 책을 건네주어라.”

“그냥 드리면 됩니까?”

“음. 보면 무슨 뜻인지 알 게야.”

우쟁천은 책자를 받아 보물인 양 가슴에 품었다. 고 노인은 할 일을 끝냈다는 듯 편한 얼굴로 눈을 지그시 감았다.

*   *   *

무엇이라고 딱히 규정지을 수 없는 곳이었다. 삼면이 막혀 있고 전면에 문이 있는 것을 보면 방이라고 해야 할 것이나, 사람을 줄 세우면 수천 명은 들어갈 수 있는 넓은 공간을 방이라고 할 수는 없으리라. 특이한 것은 넓은 공간만이 아니었다. 그 공간 안에 강과 호수, 그리고 바다가 있고, 또 산이 있었다. 곧 그 공간 자체가 특정한 지역을 축소해 둔 입체 지도와 같았다.

그 넓은 공간 안에 살아 숨 쉬는 존재는 오직 한 사람, 백의무복을 입은 은염노인뿐이었다. 노인은 그 공간의 중앙에 자리한 넓은 대(臺) 위에서 눈을 감은 채 정좌하고 있었다. 그 대 위에 침상이 있고 탁자가 있는 것으로 보아 노인은 그곳에서 살고 있는 것 같았다.

노인이 눈을 떴다. 그저 노인일 뿐이었는데 눈을 뜨니 분위기가 확연히 달라졌다. 노인답지 않은 흑백이 뚜렷한 두 눈에서 차가운 한광이 뿜어져 나오자 감히 마주 보지 못할 만큼 강인한 기세가 전신에서 흘러나왔다. 오른쪽 뺨에 난 오래된 자상은 노인의 인상을 더욱 강하게 만들어 주었다.

노인은 일어서면서 중얼거리듯 말했다.

"하늘이 보고 싶구나."

누가 들으면 노인이 갇혀 있다고 생각할 말이었다. 그러나 그 말이 끝나는 순간 그르륵거리는 기계음과 함께, 실제로 노인의 머리 위쪽 천장이 열리기 시작했다. 틈이 점점 넓어지고 그 사이로 밝은 빛이 들어와 노인의 몸을 감쌌다. 그 빛은 곧 노인이 있는 대 전체를 물들이고 다시 그 주변을 밝혔다.

노인은 뒷짐을 진 채 하늘을 올려다보았다. 구름 한 점 없는, 시리도록 푸른 하늘이었다.

서늘한 바람 한 점이 흘러 들어와 가슴까지 늘어진 노인의 은염을 건드렸다. 노인은 입가에 희미한 미소를 드리우고 중얼거렸다.

"좋군."

노인은 뒷짐 지고 있던 손을 까닥거렸다. 그 순간 침상 머리맡에 있던 은빛 장검이 노인의 손안으로 빨려 들어갔다.

챙!

하늘 빛 같은 청량한 소리가 들리는 순간 노인은 대를 박차고 허공으로 치솟아올랐다. 은빛 기운이 허공을 찌르는 순간 노인은 그 넓은 공간을 헤집고 다니기 시작했다.

허공은 노인의 몸무게를 느끼지 못하는 듯 노인을 품에 안았다. 번쩍 들어 나르니 노인은 어느새 십여 장을 이동하여 강을 밟았고, 또다시 들어 나르니 산 정상에 이르러 있었다.

노인은 맨발로 세상을 떠돌고 있었다. 산이 그의 것이고 강이 그의 것이고 바다 또한 그의 것이었다. 강산이 모두 그의 발 아래서 노인을 경배했다. 노인은 지배자였다.

검에서 쉼없이 흘러나오는 은빛 기운으로 허공마저 지배하던 노인이 대 앞에 이르러 멈춰 섰다. 노인은 왼손을 아래에서 위로 들어올리고 검을 던졌다. 대 위에 나뒹굴던 검집이 허공으로 떠오르는 순간 날아간 검이 검집과 하나되어 원래 있었던 침상 머리맡으로 돌아갔다.

노인은 다시 뒷짐을 지고 하늘을 올려다보았다. 그때 부드럽지만 또렷한 목소리가 들렸다.

"노주(老主), 소주(小主)가 들었습니다."

노인은 대답없이 고개를 끄덕이고서 대 앞을 흐르는 강줄기 옆의 바위 위에 걸터앉았다.

문이 열리고 한 장년인이 들어왔다. 장년인은 부드러운 몸놀림으로 큰 강줄기를 넘고 산을 넘고 대밭을 지나 노인의 앞에 이르렀다. 눈빛만으로 사람을 찍어 누를 것 같은 위맹한 인상의 장년인이었다.

장년인은 눈빛을 부드럽게 죽이고 공손한 자세로 허리를 접었다.

"아버님, 그가 나타났습니다."

노인은 바위에서 일어나 뒷짐을 지고 강물을 바라보았다.

“십 년만인가? 어디냐? 오대산이냐?”

“대동의 무주산(武州山)입니다.”

“무주산? 그렇다면 운강(雲崗)? 혼자라더냐?”

“예, 십 년 전과 마찬가지로.”

노인은 지그시 눈을 감고 중얼거렸다.

“일도는 역시 죽었는가?”

노인은 고개를 흔들고 장년인에게 말했다.

“사령당(四靈堂)의 기린(麒麟) 그 아이가 아직 전 내에 있지? 그 아이에게 백검당 아이들 몇 딸려서 보내라.”

“또다시 그 정도만 보내란 말입니까? 아버님이 하시는 일이니 의미없을 리 없겠지만, 그래도 전 이해할 수가 없습니다. 그는 이제 아버님의 상대가 될 수 없습니다. 그는 그저 강한 늙은이일 뿐, 무림에 그 어떤 영향력도 갖지 못한 외로운 노인일 따름입니다. 그토록 신경 쓰시면서, 어찌하여 늘 살려두시는 겁니까?”

노인은 대답없이 웃었다. 장년인은 어쩔 수 없다는 듯 허리를 접었다.

장년인은 품속에서 책자 한 권을 꺼냈다.

“무엇이냐?”

“경령이 보낸 강호정세록(江湖情勢錄)입니다. 동창에서 수고한 모양입니다.”

노인은 책자를 힐끔 보고는 다시 하늘을 올려다보았다.

“그것을 왜 내게 전하지? 이제 이 늙은 아비에겐 필요없는 물건이다. 네 것이야.”

장년인이 눈을 치떴다가 머리를 조아렸다.

노인은 손을 뻗어 산을 가리키고 강과 바다를 가리켰다.

“이것은 내가 이룬 것이다. 네 것이 아니야. 네가 이 방의 주인이 되면 내가 이룬 것을 바탕으로 천하를 네 것으로 만들어라. 북직례와 산동이 아니라 이 안에 천하를 담아. 제검천하를!"

장년인은 원래의 위맹한 눈빛을 드러내며 고개를 숙였다.

"그리할 것입니다. 천하를 제검전의 발 아래 두겠습니다."

노인은 고개를 끄덕이며 장년인의 두 눈을 응시했다.

"하루빨리 이 아비를 넘어서라. 물론 이 아비는 네게 만만치 않은 벽이 될 것이다. 네가 그 벽을 넘어서는 순간, 네 눈앞에 천하가 보일 것이다. 그리되면 이 아비는 편히 쉴 수 있다. 만검혼 개인의 자격으로 그를 맞이할 수 있을 것이다."

"오래 기다리시게 하지 않겠습니다."

노인이 다시 고개를 끄덕이자 장년인은 허리를 접어 보이고 문을 향해 몸을 날렸다.

노인은 다시 뒷짐을 지고 하늘을 노려보았다.

"걸린 게 많다 보니 내 가볍게 너를 찾지 못한다. 하지만 기다려라. 저 아이의 성취로 보아 머지않았어. 내가 곧 간다, 고승도!"

■2장■
칼바람 곡소리 삼고
구슬땀 눈물 삼아

칼바람 곡소리 삼고

구슬땀 눈물 삼아

　　　　　　　　　　대동을 지나 육십여 리를 북상하여
무주하를 도강하면 바로 그 앞에 무주산 운강석굴이 한눈에 들어온다.
　제검전 백검당의 현무검대주 손정목은 서너 발짝 앞에 서서 석굴을 바
라보고 있는 황의사내를 주시했다. 하늘에서 뚝 떨어진 듯한 정체불명의
사내, 그는 상부가 정한 손정목의 상관이었다.
　사내가 작지 않은 목소리로 중얼거렸다.
　"흠! 용문석굴(龍門石窟)에 감탄했기에 이곳 또한 기대하고 왔더니 생
각보다 규모가 작구만. 실망이야."
　손정목은 내심 사내의 의견에 동의했다.
　손정목은 예전에 용금당주 상철현과 함께 곽주에서 일을 보고 시간을
내어 오대산을 거쳐 대동 근역과 운강석굴을 두루 살핀 적이 있었다. 운
강석굴은 낙양의 용문석굴, 둔황의 막고굴과 함께 천하삼대석굴의 하나
로 일천 년 전 북위 시대부터 조성되기 시작한 유서 깊은 곳이다. 하지만

그 규모는 명성만큼 크지 않다. 무주산 남벽, 동서로 사여 리에 걸쳐 오십삼 개의 크고 작은 석굴이 있고 그 안에 또 크고 작은 불상들이 조각되어 있을 뿐이다. 사 년 전 손정목 또한 명성을 듣고 기대를 하였으나 한눈에 다 들어오는 실물을 보고 실망한 적이 있었다.

사내가 다시 말했다.

"뭐, 규모가 작으니 찾기는 쉽겠구만. 이보게, 손 대주."

사내가 돌아보지도 않고 손정목을 부르자 그의 주변에 있던 현무대 대원들이 얼굴을 구겼다. 손정목은 좌우와 등 뒤에서 그들의 싸늘한 반응을 느꼈다. 제검전을 떠나 지금의 자리에 서기까지 몇 번이나 느꼈던 반응들이었다.

현무검대. 젊은 검인들이라면 누구나 몸담고 싶어하는 제검전 산하 백검당에서도 최강으로 꼽히는 검대였다. 그 누구보다도 자존심이 강한 대원들이었다. 대원들은 자신들의 수뇌인 손정목을 예우도 없이 부리는 사내에게 강한 반감을 느끼고 있는 것이었다.

손정목 또한 이번 인사를 이해할 수가 없었다. 누가 생각해도 매끄럽지 못한 인사였다. 서로를 알 만한 시간이 있다면 문제될 것이 없지만, 얼굴조차 몰랐던 사람이 이번 임무에만 한정적으로 상관이 된다는 것은 상식 밖의 일이었다. 하지만 상부의 명령이었다. 그것도 당주가 아닌 그 위에서 내려온 명령이었다. 그마저 수하들처럼 기분 나쁜 기색을 드러낼 수는 없는 일이었다.

손정목은 싸늘한 분위기가 강해지기 전에 사내의 옆으로 다가갔다.

사내는 운강석굴을 바라보며 말했다.

"손 대주, 전에 와본 적 있나?"

손정목은 사내의 옆얼굴을 바라보았다. 삼십대 중반 정도 되어 보이는 선이 굵은, 강인한 인상의 사내. 스스로를 담철운이라고 소개한 그의 두 눈에서 불꽃이 피어오르고 있었다. 수하들의 싸늘한 반응에도 아랑곳하지 않고 담담함을 유지했건만 지금은 완전히 다른 사람이 된 것 같았다.

손정목은 그 한순간의 기세에 눌려 사내가 자신의 상관으로 임명된 것에는 그럴 만한 이유가 있다고 느끼면서 대답했다.

"사 년 전에 한 번 둘러본 적이 있습니다."

"그래? 몸을 숨길 만한 곳이 있던가?"

"인공적으로 뚫어놓은 곳이라 깊지 않습니다. 한 사람 거할 곳이야 많지만 숨어 있을 곳이 없는 것 같더이다."

"알겠네. 안쪽에 비종문의 인간들이 몇 있을 거야. 수하들 몇을 보내 찾아오게 하고 나머지는 쉽게 하지."

손정목은 절도있게 목례하고 대원들에게 지시했다.

일각도 지나지 않아 석굴 안으로 들어갔던 여섯 명의 대원들이 되돌아왔다. 그들 뒤로 사십대 중년인이 따라왔다.

날렵한 경장 차림에 승려들의 바랑 같은 천 가방을 등에 멘 그 중년인은 손정목과 담철운을 바라보며 포권을 취했다.

"비종문의 추혼당주 홍립이올시다. 어느 분이 책임자이신지?"

담철운이 웃으며 말했다.

"수고 많으시구먼. 담철운일세. 그런데 틀림없이 도마(刀魔), 그 인간이 맞는가?"

홍립은 말보다 증거라는 듯 품속에서 화선지 한 장을 꺼내어 펼쳤다.

"열흘 전 편관(偏關)에서 그린 것이올시다."

특징만 잡은 것이 아니라 초상화라고 할 만큼 섬세하게 그려진 얼굴이었다.

"흑의장포에 삼 척가량의 검은빛 감도는 도 역시 확인했소이다."

홍립은 확신 어린 어조로 덧붙여 말했다.

"잘 그렸군. 어디."

담철운은 고개를 끄덕이면서 품속에서 오래된 화선지 한 장을 꺼내어 홍립의 그림과 나란히 놓았다.

"흠. 강산이 한 번 바뀌었는데 늙지도 않았네. 지금 어디 있지?"

순간 홍립의 얼굴에 어두운 기색이 어렸다.

"그게, 천불동으로 들어갔는데 나오지를 않고 있소이다."

담철운은 눈살을 찌푸리며 손정목에게로 고개를 돌렸다. 손정목은 담철운의 의도를 깨닫고 홍립에게 물었다.

"들어가서 나오지 않았다? 천불동에 몸을 숨길 만한 공간이 있단 말이오? 혹시 놓친 것 아니오?"

손정목의 의문은 당연한 것이었다. 천불동은 이름처럼 규모가 거대한 석굴은 아니었다. 손바닥보다 조금 더 큰 불상 천여 개가 벽화처럼 바둑판 모양으로 다닥다닥 붙어 있어 그런 이름이 붙은 것일 뿐이었다.

홍립은 단호하게 고개를 저었다.

"아니오이다. 추혼당의 오십여 수하들이 도마의 얼굴을 숙지하고 석굴 안팎에서 지키고 있었소이다. 우리의 눈을 피해 벗어날 수는 없는 일이오. 이 사람 생각으로는 천불동 안에 알려지지 않은 또 다른 공간이 있는 것 같소이다."

담철운은 다시 운강석굴의 전경을 바라보며 중얼거렸다.

"오십이라? 겨우 사여 리에 불과한데 많군. 더구나 상대는 구마들 중에서도 최강이라는 도마. 비종문이 거치적거렸다면 애써 도주하기보다는 몰살을 시키고 사라졌을 거야. 흠! 뭐, 있으면 좋고 없으면 마는 거지. 좋아! 이왕 왔으니 며칠 기다려 볼까? 손 대주."

손정목이 절도있게 고개를 숙이자 담철운이 말을 이었다.

"밤새 달린다고 고생했으니 우선 석굴 하나 잡아 수하들을 쉬게 하지.

난 이왕 온 김에 구경이나 하겠어. 홍 당주, 안내해 주겠나? 천불동부
터."

홍립은 고개를 숙이고 석굴을 향해 손을 뻗었다. 담철운이 앞서자 홍
립이 한 발 뒤에서 그를 따랐다.

손정목은 홍립의 안내를 받으며 천불동 안으로 들어가는 담철운을 바
라보다가 그의 모습이 사라지자 돌아섰다.

"다들 들었지? 상대는 천하제일도로 보아도 무방한 도마. 최상의 상태
로 만나도 버거운 상대다. 쉴 수 있을 때 편히 쉬도록!"

"예!"

현무검대의 대원들이 한 사람처럼 동시에 대답했다.

"유도겸! 방태!"

두 사람이 손정목에게로 달려나왔다.

"동료들 모두가 함께 쉴 수 있는 동부를 찾아."

두 사람 가운데 호리호리하고 키가 작은 청년이 고개를 끄덕이면서 물
었다.

"대주, 그런데 저 도깨비 같은 인간은 어디선 온 종자랍니까?"

손정목은 정색을 하고 말했다.

"도겸! 말조심해라. 그 양반은 틀림없는 본전의 사람이고 상부의 명을
받은 우리들의 상관이다."

유도겸은 찡그린 얼굴로 마지못해 대답했다.

"예, 예."

"대답은 한 번만 하라."

"엡!"

유도겸은 부동 자세를 취하고 대답하고 나서 방태라는 청년에게 눈짓
하며 석굴을 향해 달려갔다.

다시 혼자가 된 손정목은 담철운이 사라진 천불동을 바라보며 당주의 말을 떠올렸다.

"나도 그가 어떤 존재인지 정확히 모른다. 다만 주군의 직속으로 사령당이라는 조직이 있다는 소리는 들었다. 거기에 속한 이는 사령당이라는 이름에서 알 수 있듯이 기린, 봉황, 용, 현무의 이름을 빌린 네 사람뿐이라고 하더구나. 이번에 네가 수행해야 할 사람이 그들 넷 가운데 기린검주라고 하더라."

공식 편제에도 없는 사령당. 비밀에 싸인 전주의 직속 조직이라 하니 담철운의 존재가 크게 느껴지긴 했다. 하지만 서로를 모르는 상태라면 부리는 사람이나 모시는 사람, 양자 모두가 힘들 수밖에 없다. 상부에서 그걸 모를 리 없을 텐데도 담철운과 현무검대를 묶어놓으니 손정목으로서는 불안할 수밖에 없었다.

'호흡조차 맞지 않는데, 그와 현무검대만으로 도마를 상대할 수 있을까? 어째서 원로들을 배제한 것인가? 살아서 돌아갈 수 있을까?'

그 또한 십여 년 전의 일을 들었다. 그 당시 도마는 운강석굴이 아닌 오대산에 나타났는데, 당시의 책임자였던 패검진천(覇劍震天) 구유선은 폐인이 되어 은퇴하고 말았다. 문제는 그 구유선이 당시에 이미 전의 십대고수에 속해 있었다는 사실이었다.

손정목은 자신이 흔들리면 대원들이 동요한다는 것을 깨닫고 남몰래 고개를 저었다.

*　　　　*　　　　*

우쟁천과 화천상이 또다시 문향 앞에서 나란히 앉아 있었다.

"뭐? 너도 떠나?"

화천상이 놀란 표정으로 묻자 우쟁천도 눈을 치뜨며 되물었다.

"너도? 그럼 너도 돌아가?"

"응. 집 떠난 지 오래잖아. 내일쯤 가려고."

우쟁천은 수긍하여 말했다.

"그렇군. 생각해 보니 너, 천하의 한량으로 세월만 보냈구나. 돌아가서 인간답게 살아야 할 때가 되었다."

화천상은 활짝 웃으며 고개를 끄덕였다.

"그랬지. 한동안 잘 놀았지. 근데 말이야, 너 어떻게 그렇게 정색을 하고 사람을 깔아뭉개냐?"

"뭐야? 내가 농담했단 말이야? 사실이잖아, 인마?"

"큭! 그런가? 생각해 보니 사실이군."

우쟁천이 볼을 붉적이며 물었다.

"너, 근데 정말 여기 왜 온 거야? 널 만나서 좋았지만, 너 한량처럼 살처지는 못 되잖아?"

화천상의 나이 역시 약관이 넘었다. 게다가 그는 천하십대표국의 하나이며 북직례 제일의 표국인 사해표국의 차자였다. 집안일을 돕는 것만으로도 쉴 틈이 없을 처지인데, 춘절이 되어도 돌아가지 않고 수개월이나 한량처럼 지내니 누가 보아도 이상한 일이었다.

"사실은 말이야, 고모부께서 제의를 해오셨다. 운도장을 맡아달라고. 알다시피 운도장은 원래 손이 귀하고 가현이는 무남독녀야. 그런데 난 차자이니 가업을 이을 필요가 없지. 그쪽 일은 좋아하지도 않고. 그래서 일단 분위기나 볼까 하고 와봤다."

"그랬구나. 결국 네 고모부는 산서오대공자를 외부에서 불러들일 생각을 하신 거로군."

“응? 그게 무슨 뜻이야?”

“봐봐! 복검방에는 모정운이라는 인간이 있지? 남양당에는 차자라지만 금강권 운호상이라는 잘난 친구가 있다며? 둘 다 산서사대공자에 속하는 전도양양한 인간들 아니야? 운도장만 없어. 그래서 균형을 맞추려고 널 불러들이고 싶으신 거다. 이 우쟁천이 칼 맞대기가 영 껄끄러운 화천상이라는 인간을 말이야. 결국 운도장을 등에 업으면 그 순간 넌 산서오대공자가 되는 거 아니겠어?”

“오! 날 그렇게 높게 평가해 주니 고맙군.”

우쟁천은 정색을 하며 화천상의 어깨를 토닥거렸다.

“과대평가가 아니지. 거기서 더 낮추면 나까지 떨어지잖아.”

“호오! 결국 나와 너는 동급?”

“음. 지금은 그렇지. 한 오 년 지나면 달라지겠지만.”

화천상은 빙긋 웃어 넘겼다.

“그렇지. 그때는 달라지겠지.”

“그게 무슨 뜻이야? 네가 더 강해질 거라고?”

“크크크! 그렇게 받아들였다면 그런 거겠지.”

우쟁천은 화천상의 미소 띤 얼굴을 노려보다가 결국 미소 짓고 말았다. 그리고 오른팔을 들어올리며 말했다.

“우리 오 년 후에는 진짜로 붙어보자. 나 정말 강해질 거다. 단순명쾌하게 살 수 있을 만큼 강해질 거야. 놀지 마라. 내가 더 강해질 수 있도록 너도 강해져.”

화천상이 왼팔을 들어올려 우쟁천의 오른팔에 맞부딪쳤다.

“두말하면 잔소리! 서로 자극하고 또 자극해서 주위에 견줄 만한 인간이 하나도 없을 때까지 강해지자.”

두 사람은 웃으며 고개를 끄덕였다.

우쟁천이 물었다.

"그런데 내일 돌아간다면 결론을 내렸다는 뜻이야?"

화천상은 쓴웃음을 지으며 고개를 저었다.

"일단 보류. 재미는 있을 것 같은데, 걸리는 게 많아. 고모부는 내심 가현이와 나를 엮을 생각을 하신 것 같아. 하지만 가현이와 난 서로 그런 감정이 없거든. 오빠, 동생으로 너무 자연스러워. 게다가 난 저쪽에 마음에 두고 있는 사람이 있고. 그리고 가현이는 운도장을 맡을 생각인가 봐. 똑똑한 아이니 몇 년 지나면 어렵지 않다고 봐. 데릴사위를 들일 수도 있는 일이고. 그래서 일단 가현이가 미래를 결정지을 때까지 몇 년 두고 보기로 했지. 하지만 지금 생각으로는 언젠가 돌아오게 될 것 같아, 운도장을 맡든 안 맡든 간에. 저쪽은 제검전이라는 존재 때문에 따분해. 지금 여기도 마찬가지지만 몇 년 지나면 이쪽은 재밌는 일이 생길 것 같단 말이야. 무인으로서 인생을 걸 만한 무언가가."

"그렇지? 지금처럼 경직된 세상에서 빈손으로 뭔가를 해보려면 시작은 역시 이곳이 좋겠지? 영차!"

우쟁천이 책 보따리를 들고 먼저 일어섰다. 화천상도 일어섰다.

우쟁천이 말했다.

"섭섭한 감이 있지만 여기서 헤어지자. 준비할 게 많거든."

"그래. 그런데 쟁천, 너 눈빛이 좀 변한 것 같다?"

우쟁천은 책 보따리를 가슴까지 들어 보이고 오른손 중지로 이마를 짚으며 말했다.

"이거 때문이 아닐까? 요새 지혜의 문이 활짝 열린 기분이거든."

"흥! 지혜의 문이 열리면 눈빛이 그렇게 탁해지냐?"

우쟁천은 화천상의 말이 그냥 놀리는 말이 아님을 깨달았다. 공력은 현저하게 높아졌으나 원래 그가 쌓아온 정순한 내공은 아니었기에 고 노인의 내공을 온전히 그의 것으로 하기 전까지는 원래의 눈빛을 찾기 어려울 것이다. 하지만 그것은 시간문제였다. 일단 내공의 정순함을 되찾으면 전과는 비교도 할 수 없는 경지에 달하리라.

"쳇! 요새 밤낮없이 공부에 열중하다 보니 조금 피곤한 것뿐이야."

"흠! 제대로 읽고나 그런 소리 하는 거야?"

"난 원래 천재였어. 그걸 너무 늦게 안 것뿐이야."

"큭! 잘났다. 바보 여몽! 또 보자."

"그래, 또 보자."

두 사람은 마치 내일 또 볼 사람처럼 담백하게 등을 돌리고 제 갈 길로 나아갔다.

마침내 약속한 열흘째 아침이 밝았다. 고 노인은 우쟁천이 방을 나서는 순간 눈을 뜨고 침통을 꺼내어 바르르 떨리는 손으로 스스로의 몸을 더듬어가며 침을 놓았다. 고 노인은 조금만 깊이 찔러도 죽는다는 백회혈을 마지막으로 침통을 놓고 눈을 감은 채 호흡을 가다듬었다.

죽은 듯 누워 있던 고 노인은 눈을 감은 채 침들을 회수했다.

"후우우!"

막혔던 숨통이 트이는 듯한 한숨이 흘러나오고 어두웠던 고 노인의 얼굴에 화색이 돌았다.

고 노인은 침상에서 일어나 앉았다.

"견딜 만하군."

다리와 나무다리로 번갈아 바닥을 찍어본 후 고 노인은 탁자로 걸어갔다. 먼저 차를 한 잔 따라 의자에 앉으니 백발과 주름살은 늘었어도 꼿꼿한 모습은 예전과 다름없어 보였다.

차를 반쯤 비웠을 때 우쟁천이 돌아왔다.

“어? 괜찮으세요?”

우쟁천은 급히 고 노인의 맞은편에 앉아 그의 얼굴을 유심히 살폈다. 고 노인은 웃으며 찻잔을 내려놓았다.

“장담하지 않았더냐? 아직은 조금 찌뿌듯하지만 내일이면 전과 다름없을 것이다. 그러니 너도 걱정하지 말고 떠나거라.”

우쟁천은 쓰게 웃으며 고개를 끄덕였다.

“알겠습니다. 하루 일찍 떠나면 하루 일찍 돌아오겠지요.”

“챙길 건 다 챙겼느냐?”

우쟁천은 대답 대신 방구석으로 시선을 옮겼다. 고 노인이 살펴보니 먼 길을 떠나는 사람의 짐이라고 확신할 만한, 대나무로 짠 짐바구니가 있었다.

고 노인은 고개를 끄덕이며 물었다.

“노인은?”

순간 우쟁천이 얼굴을 구겼다. 위조가 아닌 합법적인 노인을 구하기 위해 쓴 돈이 생각난 것이었다.

“제기랄! 없는 살림에 열 냥이나 날렸어요.”

“어쩔 수 없는 일이다. 위쪽은 관의 검문이 심하다. 노인 없이는 움직이기 어려워.”

“그렇다더군요.”

고 노인은 우쟁천이 싸둔 짐을 다시 바라보며 물었다.

“건곤보태신공와 천수불영도법은?”

“걱정 마세요. 논어와 맹자의 표지를 붙여서 책들 속에 숨겨두었어요.”

“편지는?”

“전해야 할 책 속에 넣었지요.”

“그래, 잘했구나. 반드시 그 양반에게 직접 전해야 한다.”

우쟁천은 장난스럽게 얼굴을 구기며 두 손으로 귀를 막는 시늉을 했다.

“도대체 몇 번을 말씀하셔야 안심하시겠어요? 딱지 앉아버렸네.”

고 노인은 낮지만 단호한 어조로 말했다.

“이놈! 강조하고 또 강조해도 지나치지 않은 일이다. 네 꿈이 걸린 일이야.”

우쟁천은 부드럽게 웃으며 대답했다.

“걱정 마시고 몸조리나 잘하세요.”

“그래. 했던 말은 더 이상 하지 않으마. 마지막으로 한마디 더 하자. 여기서 나가거든 우선 낭인향을 들러 곽동곡이라는 사람을 찾아라.”

“낭인향? 곽동곡? 그 사람이 누굽니까?”

“이놈! 그 말 끊는 버릇 좀 고쳐라. 어쨌든 곽동곡 그 사람은 네가 가야 할 곳, 지호촌(知胡村)에 있던 사람이다. 미리 말해 두었으니 찾아가면 가는 길을 알려줄 것이다.”

우쟁천은 얼마 전 고 노인이 만나고 왔다는 사람이 바로 곽동곡이라는 사람임을 깨달았다.

“지호촌? 특이한 마을 이름이네.”

“평범한 마을이 아니라 낭인들의 조직인 듯하더라. 가형이 그곳에 몸담고 있었다고 들었다. 거기서부터 수소문해 보아라. 세상 넓어도 거할 곳은 별로 없는 양반이니 어렵지 않게 찾을 수 있을지 몰라.”

“휘유! 그냥 거기 계시면 좋을 텐데.”

고 노인은 잠시 뜸을 들이다가 어렵게 말을 꺼냈다.

“어쩌면, 어쩌면 지호촌에서 네 아비 소식을 들을지도 모르겠다.”

우쟁천은 깜짝 놀라 눈을 치떴다.

"예에? 살아 있습니까?"

고 노인은 어두운 표정으로 물었다.

"죽었다 생각했느냐?"

우쟁천은 쓰게 웃으며 고개를 끄덕였다.

"어릴 때는 먼 곳에 간다는 소리를 믿었었지요. 하지만 오가는 데만 삼 년이 걸리는 곳이 도대체 어딥니까? 가끔 기침하는 소리를 들었습니다. 아무렇지도 않다고 말했지만 지금 생각하면 한참 동안 그치지를 않았습니다. 기침하고 나면 얼굴도 안 좋았구요. 그런데 살아 있단 말입니까?"

고 노인은 천천히 고개를 저었다.

"살아 있다는 소리는 하지 않았다. 네가 곽주로 갔던 그 당시에 이미 네 아비의 폐는 손을 쓸 방도가 없을 정도로 상해 있었어. 그런데도 그 멍청한 놈은 무공에의 열망을 버리지 않더구나. 지호촌이 바로 네 아비가 혈호도법을 만든 곳이다. 곽주를 다녀와서 그곳으로 간다 하고 떠났다. 혹시 거기 묻혀 있으면 절이나 해주어라."

우쟁천은 눈을 감고 힘없이 고개를 끄덕였다. 고 노인은 한동안 우쟁천의 침묵에 동조하다가 한숨을 내쉬었다.

"후우우! 되었다. 할 말 다 한 것 같구나. 갈 길이 머니 아침밥 먹고 바로 떠나거라."

"알겠습니다. 인사나 하고 오겠습니다."

"그래라."

우쟁천은 북받쳐 오르는 슬픔을 미소로 대신하고 방을 나갔다.

관주 적기룡을 제외한 모든 이들이 배웅을 나섰고, 우쟁천은 밝은 미소를 지으며 길을 떠났다. 고 노인은 우쟁천의 모습이 사라질 때까지 바라보다가 몸을 돌렸다.

"우욱! 컥!"

고 노인이 갑자기 입을 틀어막고 새우처럼 허리를 구부리며 간신히 문 기둥을 짚었다.

염우빙이 놀란 얼굴로 고 노인을 부축했다.

"어르신! 무슨 일입니까? 토혈을 하시다니요?"

염우빙이 고 노인의 팔을 어깨에 둘러메며 말했다. 고 노인은 손 한가득 받은 피를 바닥에 털어내며 미소 지었다.

"괜찮은 척하려고 무리를 했어. 열흘이면 그럭저럭 운신할 수 있을 거라고 생각했는데, 생각보다 내상이 깊었네. 할 수 없이 쓰지 말아야 할 곳에 침을 썼어."

염우빙은 고 노인을 들다시피 이끌어 방으로 달려갔다. 고 노인을 침상에 눕힌 후 염우빙은 질책 어린 목소리로 말했다.

"잘못하신 일입니다. 어르신 잘못되시고, 나중에라도 쟁천이가 사실을 알게 되면 가슴에 대못이 박히는 기분이 들 겁니다."

고 노인은 창백한 얼굴에 희미한 미소를 드리우며 눈을 감았다. 그리고 잠시 후 한숨을 내쉬었다.

"많지 않은 내 하루보다 창창한 그 녀석의 하루가 더 아까웠어. 걱정 말게. 죽지는 않을 거야. 설레거든."

"설렌다? 무슨 말씀이십니까?"

"떠나는 녀석에게 꿈을 떠넘기고 돌아올 날을 기다리는 일은 청승맞고 슬픈 일이지만, 한편으로는 설레지 않는가? 녀석이 돌아오면 반은 현실이 된 내 꿈을 보게 될 테니까. 이보게, 우빙."

"예, 말씀하세요."

고 노인은 간절한 눈빛으로 염우빙을 바라보며 말했다.

"다시 한동안 꼼짝 못할 것 같구먼. 미안하네만 자네가 좀 도와줘야겠어. 나 살아야겠네. 적어도 그 녀석 돌아올 때까지는 살아야겠어. 내 설렘을 보상받고 싶어. 그래야 여한을 남기지 않고 갈 수 있지 않겠나? 수고 좀 해주게."

고 노인 자신이 의원이니 수고하라는 뜻은 결국 음식과 대소변 수발 같은 간병 일을 의미하는 것이리라. 염우빙은 단번에 알아듣고 짜증 어린 목소리로 말했다.

"당연한 일을 가지고 그런 말씀 마세요. 우선 탕약부터 다려야 할 것 같으니 약방문이나 생각해 두세요. 지필묵 준비하겠습니다."

고 노인은 염우빙의 등을 바라보며 힘없이 미소 짓고 다시 눈을 감았다.

황염은 접수대에 앉아 꾸벅꾸벅 졸다가 톡톡 두드리는 소리에 눈을 떴다. 눈앞의 손님을 확인한 순간 그는 두 눈을 부릅떴다.

등룡관에서는 보기 드문, 사실은 전례가 없던 유형의 손님이었다. 여인, 그것도 젊은 사내들의 혼을 앗아갈 만한 아름다운 여인이었다. 그 여인이 황염에게 방긋 웃어 보였다.

황염은 여인의 미소에 전염이라도 된 듯 미소를 지었다. 하지만 그 미소 덕분에 황염은 아름다움에 취한 혼몽한 기분에서 벗어나 차분한 마음으로 여인을 관찰할 수 있었다. 방긋 웃는 그 모습은 젊은 사내들이라면 목숨을 걸 정도로 아름다웠지만 한 가지가 부족했다. 그것은 성숙함. 황염 같은 중년 사내의 욕구를 자극하기에는 풋풋한 젊음이 너무 강했던 것이다.

"어떻게 오시었소, 소저?"

여인은 등룡관의 내부를 둘러보다가 대답 대신 활짝 미소 지었다. 황염도 다시 미소를 지으며 여인의 답을 기다렸다. 그러나 그의 미소는 오래가지 못했다. 여인의 왼쪽 어깨 위로 삐죽 튀어나온 검파를 보고 강호의 금언 한 가지를 떠올린 것이다.

강호의 여인 중에 하수는 없다.

사내라면 실력과는 상관없이 꿈 하나를 좇아 대책없이 강호에 뛰어드는 일이 비일비재하다. 그것이 등룡관이 장사를 할 수 있는 이유이기도 했다. 하지만 여인들은 다르다. 무모함 대신에, 스스로가 납득할 만한 실력, 혹은 주위가 인정할 만한 실력을 지니기 전에는 함부로 강호에 뛰어들지 않는 게 보통이었다. 지금껏 등룡관에 여자 손님이 없었던 이유가 금언의 신빙성을 뒷받침할 수 있으리라.

황염은 껄끄러운 심사를 감추며 눈빛으로 대답을 재촉했다.

"우쟁천이라는 사람 좀 불러주세요."

혹시 비무를 신청하면 누구를 불러주어야 할지 걱정하고 있었던 황염은 안도의 한숨을 내쉬었다.

"쟁천이는 지금 없소만, 무슨 이유로?"

"없다니요? 언제 돌아오나요?"

"아! 그 녀석, 무사 수행한답시고 떠났소이다."

여인은 화사한 미소 대신에 아미를 찌푸리며 중얼거렸다.

"작은오빠를 이기고 단혼마장과 비겼다기에 얼굴 한 번 보려고 했더니, 인연이 없나 보네."

황염은 그때서야 여인의 정체를 알아차렸다.

'에구! 멍청하기는. 이만큼 예쁜 아가씨가 태원에 몇이나 된다고 못 알아봐?'

스무 살 남짓의 보기 드물게 어여쁜 여인, 범상치 않아 보이는 검, 거기에 화사한 미소. 그 세 가지만 연관시켜도 쉽게 알 수 있는 일이었다.

소화검 모제연이었다.

　황염은 실망하는 기색이 역력한 모제연을 보며 호기심을 풀기 위해 물었다.

　"복검방의 모 소저인 것 같은데, 우리 쟁천이를 찾는 이유는 무엇이오?"

　모제연은 찌푸렸던 아미를 풀고 황염에게 되물었다.

　"우리 쟁천이? 우 소협을 잘 아시나요?"

　"그렇다고 할 수 있소. 그 녀석 어릴 때부터 같이 살았으니까."

　"어릴 때부터? 그렇구나. 갑자기 생겨난 도깨비는 아니었네? 그럼 여기로 돌아오겠네요?"

　"돌아오긴 올 것이나 몇 년은 걸릴 것이오."

　"휴! 할 수 없지. 고마워요."

　모제연은 빙긋 웃고는 돌아섰다. 황염은 자신도 모르게 또 미소를 지었다가 모제연이 문밖을 나간 후에야 그녀가 처음부터 끝까지 자신의 할 말만 하고 나가 버렸다는 것을 깨달았다.

　"에휴! 이 나이 먹고도 예쁜 여자라면 사족을 못 쓰니, 쯧쯧. 죽어야 고쳐질런가? 응?"

　모제연이 막 시야에서 사라진 순간 문 앞에 새로운 사람이 나타났다. 아직 약관도 못된 것이 분명한 소년이었다. 검은 비단 장삼이 어색하게 느껴지는 순진한 얼굴을 한 소년이었는데, 비단옷과는 어울리지 않게 등에 잔뜩 짐을 지고 있었다.

　소년은 자신도 남자라는 듯 모제연이 사라진 방향을 바라보며 한동안 서 있다가 가슴에 손을 얹고 한숨을 쉰 후 안으로 들어섰다.

　황염은 소년을 바라보며 빙그레 미소 지었다. 그 눈빛이 마치 네 두근거리는 심정을 다 이해한다는 뜻 같아서 소년은 홍당무가 되었다.

"무슨 일로 오셨는가, 소협?"

소년은 홍조 띤 얼굴에 긴장감을 드러내며 포권을 취했다.

"소생은 곽주에서 온 오홍복입니다. 혹시 여기가 우쟁천이라는 사람이 사는 그 등룡관이 맞습니까?"

"응? 곽주? 이런! 멀리서 왔는데 어쩌나? 쟁천이는 이틀 전에 떠났는데."

오홍복은 당황한 기색으로 물었다.

"떠나다니요? 언제 돌아올 건데요?"

황염은 안쓰러움을 드러내며 사실을 말했다. 오홍복은 실망하여 어깨를 축 늘어뜨리고 중얼거렸다.

"떠난다고 연락이나 하고 떠나지. 이젠 어쩌지?"

황염은 접수대에서 나와 오홍복에게로 다가왔다.

"먼 길 오느라고 힘들었을 텐데 우선 짐을 내려놓고 한숨 돌리게."

오홍복은 점차 어두워지는 바깥을 보고 한숨을 쉬었다. 황염은 오홍복의 처진 어깨를 두드리며 웃었다.

"여기 있는 사람들은 모두 쟁천이의 가족이나 마찬가질세. 오늘은 일단 여기서 묵게. 어려운 문제가 있으면 말을 하고."

그때 문 앞에 또 다른 사람이 나타났다. 평범한 청의면복 차림에 어디서나 흔히 볼 수 있을 만한 인상을 지닌 사십대 후반의 장년인이었다. 그는 오홍복과는 달리 거침없이 안으로 들어와 황염에게 물었다.

"쟁천이 좀 불러주시오."

생전 처음 보는 사람이었다. 황염은 의아한 눈빛으로 장년인을 보았다가 오홍복에게로 눈길을 돌렸다. 마치 아는 사람이냐고 묻는 듯한 눈빛이어서 오홍복은 고개를 저었다.

"어라? 너, 홍복이 아니냐?"

오홍복은 의혹 어린 눈빛을 한 채 엉거주춤한 자세로 고개를 끄덕였다.

"맞습니다만, 누구세요?"

장년인은 문득 자신의 얼굴을 더듬어보고 미간을 찌푸렸다. 그러나 곧 빙긋 웃으며 오홍복의 머리를 쓰다듬었다.

"기억이 안 나는가 보구나."

장년인은 오홍복의 귀에 대고 소곤거렸다. 오홍복은 눈을 치뜨고 장년인을 뚫어지게 바라보았다.

"정말 그분이세요?"

장년인은 너털웃음을 터뜨리며 말했다.

"내가 그 막유풍이 틀림없으니 의심하지 마라. 관을 짜는 동안 계속 같이 있었고, 마차를 몰았고, 쟁천이와 함께 길을 떠나지 않았느냐? 그런데 쟁천이는?"

오홍복은 황염에게로 고개를 돌렸다.

"오늘따라 왜 이렇게 쟁천이 찾는 사람이 많아?"

황염은 미심쩍은 표정을 지으면서도 할 수 없이 세 번째로 같은 이야기를 했다. 막유풍, 즉 천면협도 막유수는 모제연이나 오홍복과 달리 환하게 웃었다.

"벌써 떠났어? 간만에 얼굴이나 보려고 일부러 들렀건만, 지난 일 년간 진전이 꽤 있었나 보군. 생각보다 빠른데."

막유수는 고개를 끄덕이다가 오홍복에게 물었다.

"그런데 넌 여기 웬일이냐? 몰골을 보아하니 이제 온 것 같은데?"

"스승님이 권하셔서 경사에 공부하러 가게 되었습니다. 가는 중에 쟁천이 형 얼굴이나 볼까 하고 들렀는데 공교롭게 되었네요."

막유수는 아쉬움 이상의 감정이 담긴 오홍복의 얼굴을 브고 물었다.

"공교로운 정도가 아닌 것 같은데? 문제가 있느냐?"

오홍복은 주저하다가 대답했다.

"집 떠나는 건 처음입니다. 여기까지는 배를 타고 어떻게 왔습니다만, 경사까지 어떻게 가야 할지 막막하여…… 수중에 평생 처음 만져 보는 큰돈도 있는데……."

막유수는 벙긋 웃으며 오홍복의 머리를 쓰다듬었다.

"내가 봐도 불안하다. 홀로 먼 길을 떠나면서 비단옷이 웬 말이냐? 어머니 정성이 느껴지긴 한다만, 강도 만나기 딱 좋은 모습이다. 하지만 격정 마라. 쟁천이가 없다면 나 또한 곧 경사로 돌아갈 것이다. 고 어르신을 뵙고 내일 아침에 함께 가자꾸나."

황염이 말했다.

"어르신은 지금 와병 중이시오."

막유수는 깜짝 놀라서 물었다.

"어디가 아프시오? 이럴 게 아니구나. 들어가 봐야겠다. 홍복아! 고 어르신은 쟁천이에게 친조부 같은 분이시다. 너도 인사 올려야 할 테니 같이 들어가자."

막유수는 황염에게 목례하고 성큼 안으로 들어갔다.

황염은 고개를 갸웃거리며 막유수의 뒷모습을 바라보았다.

"에이! 괜찮겠지. 쟁천이도 알고 어르신도 아는데, 수상한 사람일라고?"

＊　　　　＊　　　　＊

편관은 산서성 북동부에 위치한 변경이다. 일반인에게 있어서는 국경과 마찬가지여서 더 이상 나아갈 수 없다. 편관을 지나 오십여 리만 더 가면 만리장성에 닿기 때문이다. 곧 편관은 유사시에 장성의 보급 기지 역할을 하는 요충지라고 할 수 있었다.

우쟁천은 편관의 검문소에 호패와 노인을 제시했다. 군관은 호패와 노인을 건성으로 살피고 우쟁천의 등에서 달랑거리는 번운도를 바라보며 물었다.

"어디 가는가?"

"지호촌 가오."

일반인이 병장기를 지니고 군의 검문소를 지나갈 수는 없다고 생각했다. 하지만 곽동곡이라는 사람이 시킨 일이었다. 은근히 마음을 졸이고 있는데 군관이 호패를 돌려주며 말했다.

"노인은 맡아둔다. 나중에 돌아갈 때 지호촌의 퇴촌 허가서와 바꾸어 가도록. 통과!"

일반인은 갈 수 없는 곳인데도 우쟁천은 너무나 쉽게 통행을 허락받는 순간이었다.

'들어갈 때는 쉽다더니 곽동곡 그 양반 말이 사실이었군. 그런데 칼을 차고 있어야 갈 수 있는 곳이라? 도대체 얼마나 특별한 곳이기에?'

우쟁천은 몇 발짝 나아갔다가 멈춰 서서 편관의 검문소 앞에 펼쳐진 풍경을 바라보며 고개를 저었다. 이제야 겨우 싹이 트는 잡초들 말고는 아무것도 보이지 않는 황량한 땅이었다.

우쟁천은 한숨을 내쉬고 바닥을 살폈다.

'뭐야? 어디로 가야 되는 거야?'

황량한 땅에도 길은 있다. 잘 닦인 도로가 아니라도, 사람들이 거듭 밟고 간 자국이나 말과 마차들이 지나간 자국이 쌓이다 보면 그것이 곧 길이 되는 것이다. 우쟁천은 그 길을 쉽게도 찾았다. 인적이 드문 곳이지만 군사들의 이동이 적지 않은 곳이기 때문이었다. 문제는 길이 너무 많다는 것이었다.

우쟁천은 당황하여 방금 그가 지나온 검문소로 고개를 돌렸다. 군관과 군졸들은 한 번 지나간 사람에게는 관심도 없다는 듯 검문소 주변에 여기저기로 흩어져 있었다.

"이보시오! 지호촌, 어디로 가야 합니까?"

우쟁천이 묻자 한 병사가 귀찮다는 표정으로 창을 들었다. 우쟁천은 창끝이 가리키는 방향을 확인하고 대나무 등짐을 내려놓았다. 수통을 꺼내 물을 마시고 마포 주머니 속에서 양고기 육포를 꺼내 우적우적 썹으며 다시 등짐을 멨다.

이십여 장 정도를 걸어 작은 구릉 하나를 넘으니 등 뒤에 있는 검문소가 보이지 않았다. 우쟁천은 사방에 인적이 없다는 것을 확인하고 입가에 미소를 드리웠다. 그리고 오른발로 가볍게 바닥을 찍었다.

슉!

흑의장삼 뒷자락이 허공으로 들어올려져 펄럭이는 순간 우쟁천의 신형은 어느새 삼 장을 지나쳤다.

슈슈슉!

발을 찍을 때마다 늘어난 보폭이 어느새 오 장에 이르고 그 놀라운 보폭만큼이나 속도 또한 빨라져, 우쟁천은 눈 깜짝할 사이에 백여 장을 이동했다.

능광신법!

함부로 펼치지 말라는 막유수의 경고와는 상관없이, 공력이 모자라 익히고도 제대로 펼쳐 보지 못했던 비마의 절기가 황량한 벌판에서 진가를 드러내고 있었다.

안 그래도 차갑던 바람이 우쟁천의 뺨을 찢어놓을 것만 같이 스치고 지나갔다. 기분 좋은 통증이었다. 지금까지 느껴보지 못했던 속도감에 가슴이 벅차올랐다.

"좋아!"

우쟁천은 미소를 지으며 속도를 배가시켰다. 그의 신형이 그려내던 허공의 포물선이 점차 낮아졌다. 그와 함께 그의 몸도 바람과 바람의 틈새를 파고들 듯 순간순간 좌우로 비틀렸다.

바람을 찢고 그 틈새를 달린다!

능광신법이 강호일절이라고 불리는 이유였다. 대개의 신법들이 두 발끝의 경력만을 이용하는 것과는 달리, 능광신법은 두 손도 동시에 능동적으로 사용해야만 한다. 허공으로 치솟는 순간 먼저 수도로 허공을 가르고 그 틈새를 파고들어야 하는데, 그 순간에도 몸을 비틀어 저항을 최소화해야만 한다. 결국 속도 면에서는 그 어떤 신법도 따르지 못할 만큼 빠르지만, 익숙하지 못한 경우 보기에는 우스꽝스럽고 공력의 소모 또한 극심한 신법이 바로 능광신법이다. 우쟁천의 경우처럼 생사현관이 타통된 사람이 아니라면 백 장을 제대로 나아가지 못할 것이다.

쉐에엥!

귓가를 스치는 바람 소리가 광풍처럼 들렸다. 바람 소리가 거칠어질수록 우쟁천의 미소도 짙어졌다. 가만히 서 있으면 미풍에 불과한 바람, 그가 달리고 있기 때문에 광풍이 된 바람, 곧 그가 일으키는 바람이기 때문이었다.

'현관타통이 좋기는 좋구나. 진기가 끊임이 없다는 뜻이 이런 것이겠지? 등짐만 없다면 정말 기분 좋겠는데.'

한없이 펼칠 수 있을 것만 같았다. 마르지 않는 샘이 되어버린 단전이 끊임없이 진기를 뿜어내고 있었다. 발끝이 땅을 박찰 때마다 진기는 용수철처럼 땅을 밀어내고 있었다.

땅! 땅! 땅!

쇠망치 두드리는 소리가 들렸다. 우쟁천은 걸음을 멈추었다. 소리에 귀를 기울이고 그 방향으로 걸음을 옮겼다. 눈앞의 구릉을 넘어서니 마을이라고 불릴 만한 곳이 보였다.

"하아! 저곳인가?"

우쟁천은 기분 좋을 정도로 거칠어진 호흡을 가다듬으며 눈앞의 풍경을 살폈다.

난데없다 싶을 만큼 황량한 벌판에 서 있는, 겨우 삼십여 호나 됨 직한 작은 마을이었다. 흙으로 지은 작은 집들이 이 열로 나란히 서 있는데, 집들 사이의 거리가 마차 서너 대는 너끈히 들어갈 만큼 넓었다. 그것이 전부였다. 두 개의 우물과 우물을 파다만 구멍 몇 개 외에는 황량한 벌판뿐이었다. 농사는커녕 사냥으로도 생계를 꾸려갈 수 없을 것 같은 마을이었다. 그리고 그 마을 뒤로 멀리 장성의 일부가 보였다.

우쟁천은 반쯤 씹다가 허리춤에 꽂아둔 육포를 다시 씹으며 마을을 향해 터덜터덜 걸었다.

지호촌이라고 음각된 엉성한 표지석 앞에 이르니 마을의 전경이 한눈에 들어왔다.

"그래도 제대로 찾아왔네."

우쟁천은 마을 풍경에서 묘한 위화감을 느꼈다. 깔깔대는 아이들도 없고, 수다 떠는 아낙네들도 없었다. 흙집들의 엉성함은 비, 바람, 그리고 추위를 피하기 위한 수단일 뿐 재산의 의미가 아님을 분명히 하고 있었다. 그렇다고 사람이 없는 것은 아니었다. 사내들이 서너 명씩 무리를 지어 집 여기저기 양지바른 곳에 기댄 채 시간을 죽이고 있었다. 곧 마을은 마을이되 사내들만의 마을이었다.

'여긴 뭐야? 생기 빠진 등롱관 같잖아?'

땅! 땅! 땅!

컹! 컹! 컹!

그때 마침 쇠망치 두드리는 소리에 맞춰 개 울음소리가 들려왔다. 우쟁천은 그때서야 생기를 느끼고 미소 지었다.

우쟁천은 마침내 마을 안으로 걸음을 옮겼다. 쇠망치 소리가 사라지자 황구 두 마리가 어슬렁거리다가 우쟁천을 발견하고 달려왔다.

"뭐, 뭐야?"

주춤 물러서서 방어 자세를 취하려는데 두 마리 황구들은 우쟁천의 앞에 멈춰 서서 신나게 꼬리를 흔들었다.

"뭐라고? 만져 달라고? 으! 너희들 너무 더럽다."

우쟁천은 말과 달리 황구들의 목덜미를 쓰다듬었다. 황구들의 꼬리가 보이지 않을 정도로 빨리 움직였다.

"어이! 착하다. 생긴 건 야차 같은데 왜 이렇게 순해?"

우쟁천은 다시 한 번 황구들의 가슴을 쓰다듬어 주고 걸음을 옮겼다. 황구들이 그의 두 다리 옆에 달라붙어 따라왔다.

그때 굵직한 목소리가 들려왔다.

"진미야! 별미야! 일루 와! 모르는 인간에겐 꼬리치지 말라 그랬지. 잡아 먹히면 어쩌려고 그래? 자꾸 그러면 지금 물 끓인다."

황구들은 말의 내용에 구애받지 않고 맹렬히 꼬리를 치며 목소리의 주인공에게로 달려갔다. 우쟁천의 시선도 목소리의 주인공에게로 향했다.

우쟁천은 놀란 눈을 치뜨며 사내를 바라보았다. 다듬지 않은 짐승의 털을 얼기설기 엮어 옷으로 만들어 입은 거구의 청년이었다. 우쟁천도 거의 육 척에 이르니 크다 할 것인데 청년은 그보다 머리 하나가 더 컸다.

청년은 우쟁천에게 눈길도 주지 않고 손에 들고 있던 나무 그릇을 내려놓았다. 이것저것 마구 섞여 무엇이라고 꼬집어 말할 수 없는, 한마디로 개밥이었다.

황구들은 혀를 내밀고 침을 흘리며 자신들을 내려다보고 있는 청년을 빤히 바라보았다. 청년은 잠시 동안 황구들을 노려보다가 고개를 끄덕였다.

"먹어. 밥그릇은 먹지 마. 뻣뻣해진다."

황구들이 게걸스럽게 밥을 먹기 시작하자 청년은 미소를 지으며 일어섰다. 그리고 그때서야 우쟁천을 보며 미소 지었다.

우쟁천은 또다시 놀랐다. 더벅머리에 상거지 꼴을 하고 있는데도 놀랄 만큼 미남이었다. 얼음을 깎아놓은 듯 이목구비가 뚜렷하여 애, 어른 할 것 없이 여자라면 반드시 보고 또 돌아볼 만큼 잘생겼고, 싸움 좀 한다 싶은 사내들이면 화가 나서 패버리고 싶을 만큼 잘생겼다.

'허! 그 친구, 기분 나쁘게 잘생겼네.'

그 순간 우쟁천은 다시 한 번 놀랐다. 분명 청년이 그를 빤히 바라보고 있는데도 묘하게 직시하는 것 같지 않은 느낌이 들었다.

'눈빛이 멍하네. 하기야 하늘은 장난을 좋아하지.'

우쟁천은 쓸데없는 안도감을 느끼며 목례하여 청년의 미소에 답했다.

청년이 다가와 느닷없이 말했다.

"그 칼 좀 봐도 돼? 내 칼은 대장간에 있어서 말이야."

'쳇! 통성명부터 먼저 해야 하는 거 아냐?'

우쟁천은 쓴웃음을 지으며 도파를 잡았다.

챙!

번운이 햇빛에 드러나는 순간 마을 여기저기에 늘어져 있던 사람들이 우쟁천을 주시했다. 그러나 우쟁천이 번운을 거꾸로 하여 도신을 쥐고 청년에게로 도파를 내밀자 원래대로 고개를 돌렸다.

"오! 근사해. 이렇게 날렵하게 생겼는데 제법 무겁네. 이거 몇 근이야?

열두 근?"

"도신이 두껍잖아. 근데 감 좋네. 딱 열두 근이야."

청년은 번운을 휘둘러 원을 그리며 말했다.

"내 무적(無敵)이 열세 근이거든. 근데 부러졌어."

"큭! 무적인데 왜 부러져?"

"엄청 더 무적인 내가 부러뜨렸지. 화가 나서."

사내는 마치 무게에 적응하려는 듯 쉬지 않고 번운을 휘돌렸다.

"근데 너, 조그만 녀석이 상당히 무거운 도를 쓰네. 어차피 장식이겠지만."

열다섯 이후로 작다는 소리를 들어본 적이 없는 우쟁천이었다. 하지만 상대가 상대인지라 쓴웃음을 지을 수밖에 없었다.

"제대로 못 휘두를 것 같으니까 이거 나 줘라. 내가 귀여워해 줄게."

"싫은데. 비싼 거거든."

"그래? 얼만데?"

청년은 우쟁천의 대답도 듣지 않고 옆구리의 전낭을 뒤졌다. 괜한 텃세를 부린다고 생각하고 있던 우쟁천은 사내의 손에 쥐어져 있는 금덩어리를 보고 눈을 휘둥그렇게 떴다. 커다란 손아귀 밖으로 삐져 나오는 것으로 보아 은자 이백 냥 가치는 훌쩍 넘을 것 같았다. 상거지 같은 몰골을 하고 있는 청년에게 그만한 돈이 있을 거라고는 생각도 못했고, 그 큰 돈에 아무런 미련도 두지 않는 모습에 다시 한 번 놀랐다.

'그렇군. 여기라면 치장할 필요도 없을 거고 돈이 필요할 일도 없겠지.'

청년이 말했다.

"이거 은자로 이백사십 냥 정도 된대. 충분하지? 남는 건 가져도 좋아."

"칠십 냥짜리야. 하지만 팔 물건은 아니지. 이미 손에 익었거든."

"안 돼. 이제 내 거야. 자!"

청년은 전낭에 금덩이들을 도로 넣고 전낭째 우쟁천의 품속에 넣었다. 우쟁천은 불룩해진 가슴을 내려다보며 중얼거렸다.

"이거 말이 안 통하는 친구로군."

그때 청년의 뒤에서 또 다른 젊은 목소리가 들려왔다.

"어? 신참이야?"

우쟁천은 목소리의 주인공에게로 눈길을 돌렸다.

'하이구야! 오늘 왜 이렇게 놀랄 일이 많으냐?'

처음 보는 청년임에도 불구하고 우쟁천은 청년의 별명을 쉽게 짐작할 수 있었다. 난쟁이 똥자루. 아마 그렇게 불리기 쉬우리라. 하지만 놀란 것은 오 척이 겨우 넘는 작은 키뿐만이 아니었다.

한마디로 못생겼다. 너무 못생겨서 다시 돌아볼 만큼 못생겼고, 못생겼다고 놀림받는 사람들에게 동정받을 만큼 못생겼다. 말라비틀어진 마늘쪽 같은 코에, 악다물어도 틈이 생기는 두툼한 입, 그리고 그 사이로 뚜렷하게 드러나 보이는 두 개의 큰 이. 하지만 사내에게도 놀랄 만큼 매력적인 것이 있었다. 유심히 들여다볼 얼굴이 아니라서 발견한 사람이 드물겠지만 청년의 두 눈만큼은 그늘 한 점 없이 밝고 장난기가 가득했다.

'그렇지. 하늘이 아무리 장난이 심해도 완벽하게 불공평하지는 않지.'

그때 청년이 장신의 청년 옆에 섰다.

우쟁천은 두 사람을 번갈아 보다가 자신도 모르게 실소하고 말았다. 사람을 외모로 판단해서는 안 된다는 것이 지론이지만, 두 사람이 나란히 서 있는 모습에는 웃지 않을 수 없었다.

"큭! 크크크큭!"

두 청년들은 키가 세 자나 차이가 나면서도 아주 자연스럽게 서로를 마주 보았다. 그리고 동시에 우쟁천을 바라보았다.

"호오! 웃어? 지금 웃긴다 이 말이지?"

"미안! 미안! 안 웃으려고 했는데, 큭! 푸흐흐흐흐! 미안!"

우쟁천은 웃음을 참으려고 입을 틀어막고 눈을 감았다. 눈물이 찔끔 흘러나왔다.

큰 청년이 작은 청년을 내려다보며 웃었다.

"흐흐흐. 네 얼굴하고 난쟁이 똥자루만한 그 키 때문에 웃는 거야. 쯧 쯧쯔, 넌 어쩌면 그렇게 못생겼냐?"

작은 청년이 큰 청년을 노려보며 말했다.

"지랄! 네놈의 그 쓸데없는 덩치와 썩은 눈빛 때문에 웃는 거야."

"너 때문이야, 인마! 항상 너 때문이잖아."

"너 때문이라니까. 흐리멍덩한 네가 항상 문제잖아."

두 사람이 딱 붙어 서서 서로를 노려보았다.

"이런 진미 좃만한 게 위아래도 모르고 항상 엉겨 붙을라고 그래. 그 래, 새 칼도 생겼는데 오늘 누가 상전인지 끝장을 내보자!"

"좋다. 이 멍청한 놈아! 닮을 게 없어서 별미 눈깔을 닮아? 좋아! 붙자! 오늘은 반드시 네 머리통을 밟고 설 거다, 다시는 기어오르지 못하게! 누 가 주인인지 확실히 각인시켜 주마!"

두 사람의 눈빛이 이글이글 타올랐다. 지금까지 집 주변 양지 바른 곳 에 늘어져 있던 사람들이 하나둘씩 일어나 슬금슬금 다가오고 있었다.

우쟁천은 겨우 웃음을 멈추고 주위를 살피다가 일이 심상치 않게 돌아 간다는 것을 깨달았다.

"잠깐! 나 때문에 싸우지들 말라고. 내가 웃은 건 두 사람이 나란히 서 있기 때문이지, 두 사람이 특이해서가 아니야. 그러니까 참으라고."

그때 주위에서 여러 목소리들이 들렸다.

"어이! 신참! 쓸데없이 끼어들지 말라고. 싸우게 놔둬."

"멍석 잘 깔렸는데 왜 못 놀게 해? 너 이리 나와!"

"야, 신참! 걔들 늘 그래. 가만히 놔둬."

"싸워라! 싸워라!"

크고 작은 두 청년은 서로에게서 눈길을 떼고 주위 사람들을 노려보았다. 그러다가 두 사람이 마지막으로 노려본 사람이 바로 우쟁천이었다.

큰 청년이 말했다.

"너, 뭐라 그랬어? 우리 둘을 한꺼번에 비웃었다고?"

작은 청년이 말했다.

"우습게 보인다 이 말이지? 허! 뱃속에 간만 든 놈이네."

우쟁천은 이상하게 돌아가는 판세에 당황하면서도 한편으로는 차분하게 주변을 살폈다. 주위를 둘러싸고 있는 사람들 모두가 실실 웃고 있었다. 모두가 이렇게 될 줄 알고 있었다는 표정이었다.

우쟁천은 미소 지으며 두 청년에게 말했다.

"이거 혹시 신고식 같은 거야?"

그 순간 눈을 부릅뜨고 노려보던 두 청년이 서로를 바라보았다가 다시 우쟁천에게로 고개를 돌렸다. 두 청년의 입가에 미소가 어려 있었다.

작은 청년이 말했다.

"눈치 빠르네. 미리 알아버려서 재미가 반감되었지만, 그래, 처음 오는 사람은 누구나 거쳐야 하는 거지. 딱히 괴롭히려는 건 아니고, 이런 것도 없으면 여기서 사는 재미가 없어서 말이야. 대충 맞춰서 놀 거니까 크게 다치지는 않을 거야. 놀이면서 일종의 자격 시험이라고 생각해."

우쟁천은 쓰게 웃으며 고개를 저었다.

"싸우라고 내버려 둘 걸 괜히 말렸네."

작은 청년이 다시 말했다.

"어차피 해야 한다니까. 대충 싸우고 네 탓이라고 할 거니까."

"그런 거야?"

"그런 거지."

우쟁천은 등짐을 벗으며 말했다.

"그렇다면 장단을 맞춰줘야지."

두 청년이 눈을 둥그렇게 뜨고 서로를 바라보았다. 그리고 다시 우쟁천을 바라보며 동시에 말했다.

"자신있나 보네?"

"할 수밖에 없다며? 그런데 말이야, 같이 노는 건 좋아해도 남의 장단에 놀아나는 건 싫거든. 뼈다귀 부러질지도 모르는데 나도 뭔가 얻을 게 있었으면 좋겠어."

예상 밖인 듯 두 사람은 어리둥절한 표정으로 서로를 마주 보았다.

큰 청년이 물었다.

"어쩌자고?"

우쟁천은 빙긋 웃으며 큰 청년의 손에 쥐어진 번운을 가리켰다.

"난 등룡관 출신이라서 싸울 땐 항상 선불 받고 싸워. 오늘은 후불로 할 테니까 그 칼 걸고 내기하자. 내가 네 손에서 그걸 빼앗으면 내 승리, 네가 지켜내면 네 승리. 네가 이기면 그걸 주지. 물론 돈도 돌려줄 거고."

"네가 이기면?"

우쟁천은 오른손 검지로 두 사람을 번갈아 가리키며 말했다.

"너희 둘은 실력이 비슷한가 보지? 누가 상전인지 결판 못 냈다고 하는 걸 보니. 내 조건은 간단해. 내가 이기면 나이 불문 상하 확정이야. 내가 상전인 거지, 평생. 어때? 나 등룡관에서 제법 잘 나갔다구. 상대할 만할 거야. 불안하면 관두고."

작은 청년이 눈을 빛내며 물었다.

"등룡관? 태원의 그 등룡관 말이지?"

"혹시 곽동곡이란 양반 알아? 지금 낭인향에 있는데 그 양반한테 물어서 여기까지 왔다구."

"곽 아저씨? 맞다. 달포 전에 만기를 채우고 나갔지. 들었어. 낭인향에 가서 잠깐 쉬겠다고 했지. 분명히 그랬어."

작은 청년은 입가에 미소를 짓고 큰 청년의 어깨를 두드리며 말했다.

"나름대로 한가락 한다고 생각하나 본데, 좋아! 네 말대로 도렴, 이놈과 난 백중지세야. 이놈한테 이기면 나한테도 이긴 걸로 해주지."

큰 청년인 벙긋 웃으며 고개를 끄덕였다.

"난 무조건 좋아."

작은 청년이 큰 청년의 엉덩이를 툭 치며 말했다.

"책임감을 가지고 해."

"내기 걸렸어. 봐줄 것 같으냐?"

우쟁천은 자신감 넘치는 두 사람을 보며 미소 지었다.

'크크크! 자신감이 지나쳐 내기가 얼마나 불공평한지 잘 모르는군. 너희들이 지면 평생 내 종이야. 내가 져봐야 번운을 잃을 뿐이지, 그마저도 아쉽겠지만.'

우쟁천은 쐐기를 박으려는 듯 말했다.

"남아일언은?"

두 청년이 활짝 웃으며 동시에 대답했다.

"물론 중천금이지."

우쟁천은 등짐을 들어 작은 사내에게 내밀었다.

"난 우쟁천이야."

작은 청년이 등짐을 받으며 말했다.

"난 옥유산. 그리고 저 친구는 방도렴이다. 잘 해보라구."

옥유산은 등짐을 들고 뒤로 물러섰다. 그리고 구경꾼들에게 소리쳤다.

"자, 다들 내기 걸어요! 한 냥 이하는 안 받습니다. 걸어요!"

우쟁천과 방도렴이 삼 장의 거리를 두고 자리를 잡는 순간 구경꾼들 사이에서 소란이 일었다. 여기저기서 돈을 거는데 대부분이 방도렴에게 걸었다.

옥유산이 소리쳤다.

"이러면 내기가 안 되잖아요? 아! 저 친구한테 건다구요?'

"잃으면 한 냥, 따면 대박이잖아."

"그러다가 패가망신한 사람 많이 봤어요. 하지만 받겠습니다. 자! 비율은 아직 일 대 구. 누구 저 친구한테 걸 사람 없어요?'

왁자지껄한 소동이 가라앉고 비율은 결국 이 대 팔이 되었다. 우쟁천이 찡그리며 동시에 미소를 짓고 품속에서 전낭을 꺼냈다.

"여기 열 냥! 물론 나한테 걸지. 기분이 나빠서 말이야."

옥유산이 신이 나서 소리쳤다.

"좋아! 좋아! 이러면 사 대 육이다!"

장난으로 한 냥씩 걸었던 터라 열 냥이 한꺼번에 걸리자 판세는 단번에 엇비슷하게 변했다.

"자! 더 이상 없는 것 같으니까 두 사람 이제 시작해 보지.'

그때 방도렴이 우쟁천에게 말했다.

"어이! 그런데 이 칼 없어도 돼? 난 다른 거 쓰고 나중에 받아도 되는데?'

우쟁천은 웃으며 두 주먹을 내밀었다.

"하! 안중에도 없다는 뜻이군. 난 이거면 돼. 내기는 그 칼 빼앗기잖아? 단, 칼에 적응하지 못해서 졌다는 변명은 안 통해.”

방도렴은 씩 웃으며 번운을 한 바퀴 휘돌렸다.

“쟁천이라고 했지? 마음에 드는군. 와도 좋아!”

“아니야. 그쪽에서 와. 돈 받고 접대하던 버릇이 있어서 말이야, 선공에 서툴러.”

그 순간 흐리게 느껴졌던 방도렴의 두 눈에 차가운 기운이 어렸다. 그와 동시에 번운에서 아지랑이 같은 기운이 뭉클 일어났다.

우쟁천의 두 눈 또한 차갑게 가라앉았다.

‘이런! 얕잡아볼 상대가 아니네. 진두수 버금가겠는데?’

쉑!

방심을 버리는 순간 방도렴은 큰 체구에서 느껴지는 둔중함과는 상반되는 빠른 속도로 삼 장의 공간을 압축해 왔다.

“저 무식한 놈! 죽으면 어쩌려고?”

옥유산이 방도렴의 기세에 깜짝 놀라 소리치는 순간 번운에서 뿜어져 나온 아지랑이 같은 기운은 이미 우쟁천의 머리에 내리 꽂혔다. 지켜보던 이들 가운데 몇몇이 눈을 감았다.

번운이 반원을 그려 원주인의 육신을 가르고 방도렴에게로 돌아가는 순간 쪼개어진 우쟁천의 신형은 그의 발끝에서 일어난 먼지에 휩싸여 사라져 버렸다.

프스스스스스!

먼지가 먼저 일고 먼지를 일으키는 소리가 들려온 때에서야 사람들은 당연히 솟구쳐야 할 피가 보이지 않는다는 것을 깨달았다. 하지만 우쟁천의 잔영을 쪼갠 방도렴은 당연하다는 듯이 왼쪽 무릎을 꿇고 달려나온 탄력을 이용하여 전신을 휘돌렸다.

휘이윙!

방도렴이 무릎을 축으로 하여 연이어 두 번 휘돌자 번운 또한 높낮이를 달리하여 두 번 원을 그렸다. 그때 우쟁천이 하늘에서 뚝 떨어져 막 지나간 번운의 도신을 튕겨내고 누가 뒤에서 당긴 것처럼 물러섰다.

"한 발 더 들어갈 수 있었어. 아직 전력을 다하지 않은 것 같아서 참았을 뿐이야."

방도렴은 벙긋 웃으며 일어섰다.

"미안. 조금 얕잡아봤어. 지금부턴 최선을 다할게."

우쟁천이 하얗게 질린 옥유산에게 눈길을 주며 미소를 지었다.

"그래야 할 거야, 평생 주인님이라고 부르지 않으려면."

옥유산이 소리쳤다.

"도렴아, 무리해라! 네가 죽더라도 어떻게든 죽여 버려!"

방도렴은 옥유산의 말 따위는 신경도 않는 듯 오로지 우쟁천만 노려보다가 서서히 번운을 휘돌리기 시작했다.

윙! 우웡! 우우웡! 휘이이이이잉!

번운의 잔영이 방도렴의 상체를 완전히 가려 버리는 순간 도기에 닿아 일어났던 먼지들이 안개를 이루었다.

쿵!

육중한 무게로 땅을 짓누르는 듯한 소리가 들리는 순간 먼지 안개 속에서 날카로운 도기들이 쏟아져 나왔다.

우쟁천은 오히려 눈을 감고 두 손을 뻗어 맹렬히 내저었다. 손목의 양계혈에 몰린 진기들이 요동을 치며 휘돌자 우쟁천을 찢어발길 듯 다가오던 번운의 도기들이 표적을 잃고 표류했다가 소멸되었다. 불영천수도법의 기본인 음양환혼결(陰陽還混訣)에 의한 결과였다.

음양환혼결은 손목 안팎의 경거혈(經渠穴)과 양계혈(陽谿穴)의 끊임없는 진기 회전으로 이루어진다. 경거혈이 끊임없이 빨아 당기는 흡기의 기운을 띤다면 양계혈은 쉬지 않고 밀어내는 탄기의 성향을 드러낸다. 조금 전 우쟁천은 오직 양계혈의 기운만을 이용하여 방도렴이 뻗어낸 수십 줄기 도기들을 모두 튕겨 버린 것이었다.

우쟁천은 경거혈에서 더 나아가지 못하고 요동치던 진기들을 노궁혈, 즉 장심을 통하여 연이어 쏟아냈다.

우우우우웅!

방도렴은 오대 개산도의 두 초식, 발도풍(發刀風)과 산연종(散煙踪)이 연이어 봉쇄당하자 급히 도를 회수했다. 그리고 몸을 움츠렸다가 용수철처럼 튀어 오르며 빠른 속도로 도를 휘돌렸다.

콰쾅!

풍뢰신권의 풍류비선과 오대 개산도의 단하섬(斷霞閃)이 부딪치는 순간 방도렴의 좌우에서 동시에 폭음이 일었다. 방도렴은 정면이 아닌 좌우에서 닥친 우쟁천의 기운에 짓눌려 술 취한 사람처럼 비틀거렸다. 그러나 그 순간에도 두 발로 연이어 사방을 밟으며 우쟁천의 종적을 찾았다.

"흐아합!"

끝내 우쟁천을 찾아내지 못한 방도렴은 신형을 낮추고 머리 위로 번운을 휘돌렸다.

쉐에에에에엑!

오대 개산도의 네 번째 절초인 제운멸(制雲滅). 번뇌와 미몽의 상징, 즉 산을 둘러싼 구름을 걷어낸다는 의미처럼 허공을 향해 수십 줄기 도기들이 뻗어나갔다. 그와 동시에 허공에서도 묵직한 구름들이 첩첩이 떨어져 내렸다. 풍뢰신권의 첩풍축운이었다.

파파파파파파파팡!

걷어내도 걷어내도 번뇌의 끝은 보이지 않았다. 반대로 구름의 압박은 방도렴의 두 발을 땅속으로 내리눌렀다.

"으아아아!"

괴성을 내지르며 억지로 내뻗은 단하섬이 구름을 갈라 버린 순간 하늘이 열렸다. 그러나 거기에는 이미 아무것도 없었다. 방도렴은 발목까지 파묻힌 발을 빼내면서 우쟁천을 찾았다.

삼 장 앞. 우쟁천이 창백한 낯빛으로 그를 바라보고 있었다. 방도렴은 소매로 턱밑에 고인 끈적끈적한 피를 닦아내고 번운을 고쳐 잡았다. 남은 밑천은 한 수, 마침내 산을 열고 대각을 얻는다는 의미의 성개산(成開山)뿐이었다.

"후우! 후우! 후우!"

공간을 지배한 정적 속에서 들리는 것은 오로지 방도렴의 거친 호흡 소리뿐. 그 호흡 소리가 점차 안정되어 가면서 번운의 도첨에는 서릿발 같은 하얀 기운이 어렸다.

"합!"

기합 소리와 함께 방도렴의 신형이 비수가 되어 앞으로 나아갔다.

우쟁천은 오른발을 크게 내밀어 바닥을 찍었다.

쿵!

진각이 땅을 흔드는 순간 강한 도기를 실은 번운을 향해 땅이 솟구쳤다. 지금껏 제 위력을 발휘해 본 적이 없는 지뢰출세가 처음으로 땅에서 튀어 올라 번운의 도파를 후려쳤다.

방도렴을 눈을 치뜨는 순간 번운이 허공으로 튀어 올랐고, 탄섬을 펼친 우쟁천은 어느새 방도렴의 가슴을 후려 차고 있었다.

"크윽!"

방도렴은 가슴을 붙잡고 피를 토하며 뒤로 나둥그라졌다. 우쟁천은 허공에서 떨어지는 번운의 도파를 잡았다.

“괜찮아?”

우쟁천이 묻자 방도렴은 눈을 감고 고개를 끄덕이며 일어섰다.

우쟁천은 품속에서 전낭을 꺼내 방도렴에게 건넸다. 그리고 서서히 고개를 돌려 옥유산을 보았다. 우쟁천은 빙긋 웃으면서 손을 까닥거렸다.

하얗게 질려 있던 옥유산은 헤벌쭉 웃으며 땅바닥에 흘린 돈들을 주웠다. 그리고 부들부들 떨리는 손으로 돈을 세어 우쟁천에게로 다가왔다.

“친구! 센데. 자, 여기 원금 더하기 배당금. 하하하! 하하하하하!”

“돈, 웃음 다 좋은데, 뭔가 더 받을 게 있는 것 같은데? 친구는 아닌 것 같고.”

옥유산은 금방이라도 울 것 같은 얼굴에 억지로 미소를 더하며 말했다.

“형?”

우쟁천은 웃으며 고개를 저었다.

“형님?”

우쟁천은 다시 고개를 저었다.

“공… 자?”

우쟁천은 또다시 고개를 저었다.

옥유산이 마침내 폭발하여 우쟁천을 노려보았다.

“이거 너무하잖아! 너, 우리 속인 거지? 등룡관에 너 정도의 고수가 있을 리 없잖아? 그리고 난 싸워보지도 못했다고. 칼 한 번 휘둘러 보지 못했는데 널 주인으로 모시라고? 말도 안 돼!”

“속인 거 없다. 난 분명히 등룡관에서 자랐고 나흘 전까지만 해도 거기에 있었어. 그리고 너! 등룡관을 너무 얕잡아보는데, 난 거기에서 겨우 세 번째야. 내 위로 둘이나 있다고.”

우쟁천은 빙긋 웃으며 주위의 사람들을 둘러보았다.

"선배, 형님, 아저씨들! 남아일언은 뭐라구요?"

사람들이 소리쳤다.

"당연히 중천금이지!"

"으헤헤헤헤! 도렴이와 유산이는 이제 엿됐네."

"네놈들 까불 때 알아봤다."

우쟁천은 다시 옥유산을 바라보며 싱글거렸다.

"자, 이젠 주인님이라고 불러봐야지."

옥유산은 주르륵 뒤로 물러서서 침을 튀기며 웃었다.

"헤헤헤헤! 난 말이야, 황금 보기를 돌같이 여기는 사람이야."

"중천금이 그런 뜻은 아닐 텐데, 좋아! 싸워봐야 승복하겠단 말이지? 근데 익힌 무공이 쌍응호산도(雙鷹護山刀)?"

옥유산이 놀라서 눈을 치떴다. 우쟁천은 웃으며 말했다.

"그냥 넘겨짚은 거야. 난 눈치가 빠르거든. 내가 다른 쪽은 잘 몰라도 오대파 쪽은 좀 알아. 어떻게 익혔는지 모르겠지만, 방도렴이라는 저 친구의 무공은 오대파의 경중(輕重) 쌍도종(雙刀宗) 가운데 중도인 개산도였어. 그래서 네 체형이나 그 쌍도로 봐서 경도인 쌍응호산도를 익힌 게 아닌가 했지. 맞아?"

옥유산은 벌어진 입을 다물지 못하고 고개만 끄덕였다.

우쟁천은 갑자기 차갑게 웃으며 말을 이었다.

"먹어보지 않고는 똥인지 된장인지 구분을 못하겠다면, 그것으로 좋아. 하지만 한 가지는 미리 말해 둘게. 너라면 저 친구만큼 오래 걸리지 않아. 난 쾌와 환을 장점으로 삼는 무공을 좋아하거든, 쌍응호산도 같이 말이야."

"흥! 그거야 붙어봐야 알지. 싸움은 상대에 따라 결과가 다른 거야."

"오대파의 정통이 뭐지? 쌍응호산도는 외종(外宗)일 뿐이야. 정종(正

宗)은 개산도지. 이름 붙인 것만 봐도 알잖아? 산이 뭐지? 곧 법을 담는 그릇이다. 쌍웅호산도는 산을 지킬 뿐이지만, 개산도는 산을 연다. 곧 불법의 진체에 이른 건 개산도란 뜻이야. 아직은 미숙해서 차이를 못 느낄지 모르지만 곧 알게 될 거야."

"마, 말장난하지 마라!"

"그래?"

프스스!

우쟁천의 신형이 갑자기 사라졌다. 그리고 옥유산의 코앞에 나타났다. 그 같은 움직임은 우쟁천이 모정풍을 압박한 신묘무형보의 진보된 것이었고, 막유수가 곽주의 옥에서 시범 보인 움직임에 버금가는 경지이기도 했다.

옥유산은 바로 코앞에서 자신을 내려다보고 있는 우쟁천을 질린 눈빛으로 올려다보았다.

"이래도 해볼 거야? 난 등룡관 출신이라구. 대가는 틀림없이 받아내지. 일구이언하는 소인에게는 혹독하게 받아내. 새로 아버지를 만들어줄 수는 없으니, 고추를 떼어주지."

옥유산은 쓰게 웃으며 두 손을 들었다.

"해봤자 소용없을 것 같군. 그런데 꼭 주인이라고 불러야 하나?"

그때 사람들 속에서 절뚝거리는 장년인 한 사람이 걸어나왔다.

"이보게, 신참. 지호촌에 왔으면 나 먼저 찾아야지."

우쟁천은 활짝 웃으며 머리를 긁적였다.

"앗! 죄송합니다. 태원에서 온 우쟁천입니다. 놀다 보니 목적으로 깜빡해 버렸네요. 히히."

장년인은 부드럽게 미소를 지으며 말했다.

"따라오게."

“옙!”

우쟁천은 한 걸음 옮겼다가 옥유산을 돌아보며 말했다.

“약속은 지키라고 있는 거지? 너희 두 사람 인생은 오늘로 쫑난 거야. 크크크!”

옥유산은 넋을 잃은 얼굴로 우쟁천의 뒷모습을 보다가 방도렴 앞에 털퍼덕 주저앉았다.

“도렴아, 우리 이제 어떻게 하지? 저거 우리를 진짜로 종처럼 부릴 모양이다.”

방도렴은 멍한 눈으로 하늘을 올려다보며 말했다.

“뭐가 지호촌 최강이야? 우리 밖에 나가면 사실은 약한 거 아냐? 여기서만 좀 한다고 까불었던 거야?”

“인마! 지금 그게 문제야? 어떻게 할까? 우리 둘이 협공해서 죽여 버릴까?”

방도렴은 옥유산을 바라보며 진지하게 말했다.

“저 인간하고 같이 있으면 지금보다 재미있지 않을까?”

옥유산은 말없이 고개를 숙였다. 그리고 두 손으로 머리를 벅벅 긁었다.

장년인을 따라 들어간 곳은 대장간이었다. 물의 양이나 화력의 세기로 보아 간단한 보수 정도는 할 수 있을 것 같았지만 제대로 된 병장기를 만들어내기는 어려운, 협소한 대장간이었다. 그리고 동시에 집이었고 또 방이었다.

“아무 곳이나 앉게.”

우쟁천은 바로 땅바닥에 주저앉았다. 장년인은 후덕한 미소를 지으며 화덕 위에 끓고 있는 차 주전자를 내려 차를 따라주었다.

“난 정원이네. 제대로 움직이지도 못하면서 지호촌의 임시 촌장을 맡고 있지. 앞으로 애로 사항이 있으면 내게 말해 주게.”

우쟁천은 엉겁결에 찻잔을 든 채로 포권을 취해 보였다. 장년인 정원이 웃으며 물었다.

“그래, 자넨 어느 쪽인가? 도피인가? 자원인가?”

우쟁천은 눈빛에 의아함을 드러낸 채 되물었다.

“무슨 말씀이신지 잘 모르겠는데요? 전 다만 사람을 찾으러 왔을 뿐입니다.”

정원은 쓴웃음을 지으며 고개를 저었다.

“응? 신참이 아니란 말이지? 허! 실수했구먼. 내 제자 녀석들이 찧고 까부는 바람에 착각하고 말았네. 그래, 누구를 찾아오셨는가?”

“두 사람인데요. 한 분은 고 자, 승 자, 도 자 쓰시는 어르신이구요, 다른 한 사람은 우득명, 제 아버집니다. 아십니까?”

“아! 태원의 등룡관에서 왔다고 했지? 물론 두 분 모두 잘 알지. 그렇군. 쟁천? 낯익은 이름에 낯익은 얼굴이다 했어. 내가 왜 몰라봤을까, 이렇게 닮았는데. 죽은 지 몇 년이나 됐다고……. 하아! 득명, 그 친구에게 말을 많이 들었네.”

우쟁천은 자신도 모르게 주먹을 불끈 쥐었다. 정원의 표정이 너무나 편안해서 혹시 살아 있지 않을까 하는 기대를 한 것이었다.

“혹시, 혹시 제 아버지…….”

정원은 웃으며 고개를 저었다.

“기대하고 온 건 아니지?”

우쟁천은 눈을 내리깔고 고개를 저었다.

정원이 말했다.

“죽었네, 이미 칠 년 전에. 그리 편한 죽음은 아니었네만, 하고 싶은 걸 하다가 갔다네. 나름대로 성의있게 장례를 치렀으니 가기 전에 절 한 자리 올리고 가시게.”

우쟁천은 눈을 감았다. 예상은 하고 있었지만 확정적인 말을 듣고 보니 생각지도 못한 설움이 북받쳐 올랐다.

“미련한, 미련한, 미련한…….”

우쟁천은 머리를 세차게 흔들고 길게 한숨을 내쉬었다. 그리고 웃음을 지으며 정원을 바라보았다.

“그 양반, 제게 남기신 말은 없었습니까?”

“있었네. 미안하다고. 자식 노릇, 아비 노릇 무엇 하나 제대로 못해서 미안하다고. 그리고…… 이왕이면 꿈꾸고 살아달라 했던가? 맞아. 그랬 었어.”

“킥! 바보 같기는.”

우쟁천이 홀로 중얼거리는 순간 정원은 눈을 휘둥그렇게 치뜨고 그를 바라보았다. 죽은 아비, 그것도 그 아비의 마지막 말을 비웃는 것 같았기 때문이다. 그러나 정원은 곧 본래의 차분한 모습으로 돌아갔다. 숙여진 고개, 그리고 겨우 엿보이는 붉은 눈을 본 탓이었다.

정원은 우쟁천이 먼저 말을 할 때까지 차분히 기다렸다. 우쟁천은 입 술을 안으로 말아 꾹 다물고 눈을 치떴다.

“나머지 얘기는 나중에 해도 될까요?”

“지금 가보려나?”

우쟁천은 말없이 고개를 끄덕였다.

정원은 문으로 걸어가서 소리쳤다.

“유산! 잠깐 오너라!”

부른 사람은 옥유산 하나인데 방도렴도 같이 들어왔다. 두 사람은 어 정쩡한 자세로 서서 우쟁천과 정원을 번갈아 바라보았다.

“네놈들 주인을 득명의 묘까지 모셔다 드려라.”

순간 옥유산과 방도렴은 눈을 질끈 감고 고개를 숙였다. 그러나 밖에서 이미 상의한 바가 있는지, 곧 고개를 들고 말했다.

“사부님, 왜 득명 아저씨 묘에 저 주우이인을…….”

정원은 우쟁천에게 보인 적이 없는 무서운 얼굴로 말했다.

“네놈들 주인이 득명 그 친구의 아들이기 때문이다.”

두 사람은 놀란 눈을 치뜨고 우쟁천을 빤히 바라보았다. 옥유산이 우쟁천의 코앞까지 다가와 말했다.

“응? 응? 응? 잠깐! 왜 몰라봤지? 자세히 보니까 무지 닮았네. 아! 맞다. 바짝 말라 버린 마지막 인상이 너무 강하게 남아서 그렇구나.”

“이놈!”

정원이 소리치자 옥유산이 찔끔 눈을 감았다.

“쓸데없는 소리 말고 빨리 가기나 해.”

옥유산은 엉거주춤한 자세로 말했다.

“가지…… 요.”

우쟁천은 피식 웃으며 일어나 등짐에서 나무로 만든 술병 하나를 꺼냈다. 그리고 정원을 향해 고개를 숙이고 말했다.

“다녀오겠습니다.”

우쟁천은 옥유산을 앞세워 집을 나섰다.

정원은 우쟁천의 등이 사라지는 것을 확인하고 나직하게 중얼거렸다.

“아미타불. 득명, 이 사람. 자네 자랑보다 더 근사한 녀석으로 자라지 않았는가? 자네, 이제 좀 편히 자겠구만. 잘됐어. 그렇지?”

마을을 벗어나서 북쪽으로 삼십여 장 더 가자 이십여 기의 무덤들이 보였다. 그 가운데 한 곳이려니 생각했는데 옥유산과 방도렴은 발걸음을 멈춰 세우지 않았다.

옥유산이 손을 앞으로 뻗으며 말했다.

“저기야…… 요.”

우득명은 마을에서 오십여 장 떨어진 황량한 벌판에 홀로 묻혀 있었다. 말없이 따랐던 우쟁천은 문득 뒤를 돌아보며 물었다.

“여기 공동묘지가 있던데, 왜 아버지 묘만 저기에 있는 거지?”

옥유산이 대답했다.

“저기가 아저씨 연무장이었거든…… 요.”

우쟁천은 옥유산과 방도렴을 바라보며 실소했다.

“됐어, 그런 어색한 말투는. 편하게 말해.”

옥유산과 방도렴의 얼굴에 화색이 돌았다.

“저, 정말? 그럼 약속 안 지켜도 되는 거야?”

“무슨 소리! 사내라면 지킬 건 지켜야지.”

두 사람이 동시에 얼굴을 구겼다.

우쟁천이 웃으며 말을 이었다.

“주인님이라고 부르지 않아도 좋아. 대형 정도로 하자. 그래도 약속대로 위아래 정도는 지켜야지.”

방도렴은 어깨를 축 늘어뜨렸고, 옥유산은 힘없이 투덜거렸다.

“정말 눈물나게 고맙군, 대형!”

우쟁천은 볼을 긁적이며 혼잣말처럼 중얼거렸다.

“이걸 들으면 정말 울겠군.”

두 사람이 다시 우쟁천을 바라보았다. 옥유산이 물었다.

“뭔데? 우리가 울 만한 게 뭔데?”

“삼 년 후가 될지 오 년 후가 될지 모르겠지만, 내가 너희를 데리러 왔을 때 다시 한 번 기회를 준다. 그때 나를 꺾으면 약속은 없던 걸로 해

주마.”

옥유산이 고개를 갸웃거리며 생각에 잠겼다가 눈살을 찌푸리며 물었다.

“무슨 뜻인지 잘 모르겠는데? 데리러 와? 여기서 지낼 거 아냐?”

“응? 무슨 소리야? 내가 이 황량한 곳에 처박혀 있을 것 같아? 난 말이야, 장차 천하를 쥘 사람이라구. 지금은 약해서 수행 길에 나선 처지지만. 엄청 강해져서 사고 쳐도 되겠다 싶으면 너희를 데리러 올 거야. 그러니 너희도 강해져라, 평생 내 종으로 살고 싶지 않으면. 기회는 그때 한 번뿐이다.”

옥유산은 입을 가리고 키득거렸다.

“킥! 그러니까 앞으로 한동안 볼 일 없다는 소리네. 다시 보게 되면 엄청 패줘도 된다는 소리고.”

우쟁천은 대답없이 의미심장한 미소를 지을 따름이었다.

‘히히히. 너희는 이미 내 사람이야. 발버둥 쳐봤자 벗어날 수 없어. 너희같이 순진한 놈들을 놓칠 것 같아?’

옥유산은 자신감 넘치는 미소를 지으며 말했다.

“좋아! 돌아오는 날만 고대하고 있을게, 대형! 얼마든지 불러주지, 대형!”

기쁨을 참지 못하는 옥유산과는 달리 방도렴은 힘없는 목소리로 물었다.

“대형, 우리 약한 거야? 여기서는 우리가 제일 센데.”

“흥! 세다고? 착각하지 마, 개구리들. 천하는 넓다. 내가 천하에 널린 작은 동산이라면 너희들은 그 산의 바위에 불과해.”

“우리가 그렇게나 약해?”

우쟁천은 정색하여 말했다.

“분명히 말하지만, 너흰 약해. 변방의 작은 우물 속에서 만족하지 마. 강호는 오늘보다 더 강해지려고 피땀을 흘리는 사람들의 세상이다. 너희들 정도의 약자는 살아남지도 못해.”

옥유산은 아무 말도 하지 않고 입맛을 쩝쩝 다셨지만, 방도렴은 주먹을 불끈 쥐며 소리쳤다.

“강해지겠어! 더, 더, 더 강해지겠어!”

방도렴은 갑자기 옥유산에게 손가락질하며 소리쳤다.

“너! 죽었어!”

옥유산은 울상을 지으며 소리쳤다.

“왜 난데없이 나야?”

“비교할 수 있는 놈이 너밖에 더 있어? 우선 너를 지근지근 밟을 정도로 강해지겠어. 그 다음은 대형이다.”

우쟁천은 웃으며 고개를 끄덕였다.

“좋아, 그런 각오라면.”

우쟁천은 무덤을 향해 앞서 갔다. 그리고 곧 그 앞에 이르렀다. 작고 초라한 돌무덤이었다. 정확히 말하자면 거친 흙으로 덮고 그 위로 무거운 돌들을 덧씌운 무덤이었다. 무덤 앞에는 우득명지묘라고 음각된 얇고 평평한 돌이 박혀 있고, 그 옆에 더러워진 도 한 자루가 땅에 박혀 있었다.

우쟁천은 무덤을 내려다보며 물었다.

“칠 년 전이면 이곳에서 사 년 정도를 산 셈인데, 이 양반 그동안 좀 강해졌었어?”

옥유산은 자신이 우쟁천의 등 뒤에 있다는 것을 깨닫지 못한 듯 고개를 저었다.

“강해지기는. 그때의 아저씨의 삶은 살아가는 게 아니라 죽어가는 것이었어. 그래도 아저씨 참 지독했지. 무공에 무슨 한이 맺혔는지, 제대로 걷지도 못하는 주제에 만날 여기로 나왔어. 마지막 며칠 동안은 걱정이 돼서 우리가 따라와야 했었지. 그건 수련이 아니라 발악이라고 해야 옳아. 그렇게 말렸는데도 포기하지 않았어. 거기 그 칼, 우리가 꽂은 게 아니야. 칼을 지팡이 삼아 헉헉거리며 여기까지 나와 두어 번 휘둘렀나? 그러고 나서 거기에 칼을 꽂았어. 그리고 하늘을 보고 소리쳤지. '내생(來生)에는, 내생에는 내게도……' 그게 마지막이었어."

우쟁천이 콧망울을 실룩거리고 웃으며 중얼거렸다.

"그래도 끝까지 좋아하는 걸 하다가 갔네. 다행이다, 아버지. 이해할게. 나도 아버지 좋아하던 거 좋아해. 하지만 거기까지야. 아버지한테는 내생의 기회 같은 건 없어. 왜? 내가 다 이뤄 버릴 거거든. 아버지가 다시 태어나기 전에 깨끗이 끝내 버릴 거야. 그러니까 그만 포기하고 편히 쉬어. 자! 아버지가 좋아했던, 맛없는 분주야. 많이 마셔."

우쟁천은 술을 흩뿌리며 무덤을 한 바퀴 돌았다. 다시 제자리로 돌아온 우쟁천은 무너지듯 꿇어앉았다가 그대로 절을 올리기 시작했다.

뒤에서 지켜보던 옥유산과 방도렴이 말없이 물러섰다.

절을 끝낸 우쟁천은 녹이 슨 도의 도파를 만지작거리며 말했다.

"안 울어준다고 섭섭해하지 마. 할머니에게 약속했거든, 울지 않는다고. 대신 재롱은 떨어주지."

우쟁천은 두 손으로 바닥을 쳐서 허공으로 튀어 올랐다. 허공에서 몸을 뒤집어 일 장을 물러선 그는 바로 번운을 뽑아 우득명의 칼을 향해 내뻗었다.

"한판 붙자."

말끝에 목이 메었다. 울지 않는다 했건만 눈시울이 붉어지고 눈앞에 뿌옇게 흐려졌다. 우쟁천은 피가 나도록 입술을 깨물었다. 차라리 아픔을 택해 눈물을 멈춰 세운 것이었다.

"핫!"

우쟁천은 칼을 세차게 떨치며 무덤 주변을 떠돌면서 도무를 추었다. 우득명의 혈호도법, 그것도 공격 일변도가 아닌 사이사이에 천수불영도법이 가미된, 공방 일체의 진보된 혈호도법이었다.

휘이이잉!

혈호의 갈퀴에 갈라지는 변경의 칼바람이 비명을 지르고, 천수천안의 부드러운 손 그림자가 꽃이 되어 망자의 넋을 달랬다. 그렇게 진혼의 칼춤이 되풀이되자 송알송알 맺힌 땀방울이 구슬땀 되어 전신을 적셨다. 우쟁천은 녹초가 되어놓고도 멈추지 않았다. 칼바람 곡소리 삼고 구슬땀 눈물 삼아서, 지쳐 쓰러질 때까지 칼춤을 추었다.

■3장■
서로 만나야 할
인연이라면 어떻게든

　　　　　　　　　　　　"이걸로는 쉽게 못 나갈 테지만 어쨌든 여기 있네."

우쟁천은 정원이 건네주는 퇴촌 허가서를 받아 들고 의아한 눈빛으로 그를 바라보았다.

정원이 웃으며 말했다.

"걱정 말게. 유산이 처리해 줄 거야. 하지만 내 생각에는 그냥 기다리는 게 좋을 것 같은데, 꼭 가려는가? 길이 엇갈릴지도 몰라."

"언제 돌아오실지 모른다면서요? 가만히 앉아 있는 것보다는 움직이는 게 좋습니다. 못 만나면 다시 돌아오지요, 뭐."

"좋을 대로 하게나. 혹시 천불동에서 못 만나게 되거든 오대산 상은암으로 가보게. 그래도 못 만나면 유람한 셈 치면 되겠지."

우쟁천은 웃으며 등짐을 멨다.

문밖에서 옥유산의 목소리가 들렸다.

"대형! 뭐 해? 빨리 나와."

정원은 실소하며 고개를 흔들었다.

"삼사 년 안에 쓸 만하게 다듬어둘 테니 저것들이 세상 활개치며 살도록 해주게."

우쟁천이 빙긋 웃으며 말했다.

"두고 볼 사람은 저 아닌가요?"

정원은 고개를 저었다.

"자네와 승도 어르신은 이미 인연이 닿아 있어. 그분, 늘 고일도 어르신께 미안해하셨지. 게다가 지금의 자네 성취와 득명의 성정을 생각해 보면 두고 보지 않아도 결과가 보이네. 내가 자네에게 하고픈 것은 어제 말한 그 초심을 잊지 말라는 것뿐이야."

"명심하겠습니다. 다시 뵙지요. 건강하십시오."

우쟁천은 포권을 취하고 깊숙이 고개를 숙였다. 우쟁천은 정원과 함께 밖으로 나갔다. 두 마리 말이 끄는 짐마차 한 대가 기다리고 있었다.

마부석에는 옥유산이 타고 있고 짐칸에는 방도렴이 앉아 있었다.

"빨리 타! 일찍 나서야 해 지기 전에 돌아올 수 있어."

우쟁천은 다시 한 번 정원에게 인사하고 짐칸에 올라탔다.

마차가 움직이자 진미와 별미가 컹컹거리며 배웅했다.

정원은 마차가 마을을 벗어나는 것을 바라보며 미소 지었다.

"득명, 이 사람. 자네 좋겠구먼. 꿈꾸는 사람이 되면 좋겠다 하더니, 꿈을 꿔도 자네와는 차원이 다른 꿈을 꾸고 있어. 너무 거창해서 당황스러울 정도였다네. 그런데 이상하게도 실없게 느껴지지가 않아. 이 파계승이 그 꿈에 반해 버렸네. 반의반만 이뤄줘도 오대파가 사라진 산서에 새로운 빛이 될 수 있을 거야. 우리 같이 부처님께 기원 올리세."

'가능한 한 빨리 돌아올게. 기다려. 그때는 할머니 곁으로 모셔갈 수 있을 거야.'

우쟁천은 한참 동안이나 우득명의 무덤이 있는 곳을 바라보다가 마차가 구릉을 넘어서자 고개를 돌렸다. 방도렴의 시선이 느껴졌다.

"사람 처음 봐? 뭘 그렇게 빤히 보고 있어?"

방도렴은 진지한 표정으로 말을 꺼냈다.

"어제 말한 거 말이야, 천하를 쥔다는 거 그거. 그거 하면 뭐가 좋아?"

우쟁천은 웃으며 방도렴을 쉽게 이해시킬 말을 정리하여 말했다.

"재밌지 않을까? 이유는 제각각이지만 나 말고도 그거 하고 싶어하는 사람들 많아. 그런 생각하려면 일단 강해야 되겠지? 내가 얼마나 강해져야 그런 사람들을 이길 수 있는지 확인할 수 있을 거야. 천하를 쥐고 나면 더 재밌지. 내 생각대로 천하를 바꿀 수가 있거든. 예를 들면, 유산이 너보다 더 강해서 심심하면 이유도 없이 너를 때려."

방도렴이 눈을 부릅뜨고 옥유산의 뒤통수를 노려보았다.

"말도 안 돼! 죽여 버릴 거야."

"그러니까 예를 든다고 그랬잖아. 자, 다시. 그런데 내가 유산보다 훨씬 더 강해서 유산은 나를 보면 찍소리 못해. 내가 말하지. 너 자꾸 착한 도렴이 괴롭히면 나한테 죽는다. 그렇게 되면 너는 괴롭힘당하지 않고 편하게 살 수 있겠지? 내가 하고 싶은 게 그런 거야. 힘없는 사람들이 나쁜 놈들 무서워하지 않고 살 수 있는 세상을 만들고 싶은 거야. 재밌겠지?"

방도렴은 고개를 갸웃거리며 우쟁천을 바라보았다.

"그게 재밌어? 잘 모르겠는데. 하지만 실컷 싸울 수 있어서 좋겠다."

"흥! 지금 너 정도의 실력으로는 몇 번 싸워보지도 못하고 죽을걸."

"강해질 거라고 그랬잖아."

우쟁천은 웃으며 고개를 끄덕이고는 옥유산의 등을 바라보며 물었다.

"유산, 어제는 깜빡 잊고 못 물어봤는데?"

옥유산이 소리쳤다.

"뭐?"

"만나자마자 대뜸 도피인지 자원인지 묻던데, 그게 무슨 뜻이야?"

"아하! 지호촌이 호상단이라는 건 말했지?"

옥유산의 말에 따르면, 지호촌은 장성 너머의 몽골인들과 교역하는 상단을 호위해 주는 호상단이다. 원래 장성을 넘나들며 장사를 하는 것은 공무역이 아닌 사무역인 탓에 불법이지만, 나라는 방관하고 장성의 수비군은 오히려 권장하는 실정이라고 했다. 강한 군세에 비해 제대로 둔전을 할 만한 환경이 못 되는 장성 수비군은 늘 적자에 시달릴 수밖에 없는데, 그 부족분을 감당해 주는 것이 바로 사무역에 따른 뒷돈과 통행세이기 때문이었다.

옥유산의 말에 따르면, 밀무역을 눈감아주는 관행은 책임자의 청렴도와는 하등 상관없는 일이었다. 부하들을 먹고 입히기 위해서는 어쩔 수 없이 할 수밖에 없는 일이었다. 결국 청렴과 부패의 차이는 부하들을 잘 먹고 잘 입히는가 그렇지 아니한가에 따르는 것일 뿐, 뒷돈과 통행세를 받는 것과는 상관이 없었다.

하지만 군으로서도 상단의 안전을 확보해 줄 수는 없는 일이었다. 물론 대부분의 몽고 사람들은 명나라의 상단과 교역하기를 원하기 때문에 상단의 안전을 위협하는 일은 하지 않았다. 약탈이 몇 번만 되풀이되면 교역 통로가 완전히 끊어질 수도 있기 때문이었다. 하지만 그런 장기적인 안목을 지니지 못한 마적들이 많은 곳 또한 장성 너머 그 지역이었다. 그래서 생긴 것이 바로 지호촌과 같은 호상단이다.

상단의 대부분은 자체적으로 보표를 고용하고 있었다. 하지만 그 수가

많지 않으니 호상단이 필요한 것이고, 호상단에는 장성 너머의 지리에
밝은 자와 몽고의 말이 통하는 자가 있기 때문에 상단은 반드시 호상단
을 고용하는 실정이었다.

그 외에 호상단이 존재하는 이유가 있다면 또 한 가지, 길잡이의 역할
이다. 지호촌 어른들의 말에 따르면 나라꼴이 지금 같아서는 북벌이라는
것은 생각도 못할 일이라 했지만, 어쨌든 간에 북벌이 실행되게 되면 지
호촌 사람들은 어쩔 수 없이 장성 너머의 길잡이가 되어야 한다고 했다.

우쟁천이 물었다.

"글쎄 그건 알겠는데, 자원이냐 도피냐 하는 게 무슨 뜻이냐구?"

"지호촌에 사람이 몇이나 될 것 같아? 지금 현재 칠십삼 명이야. 그
가운데 스스로 원해서 호상단이 된 사람은 삼 할 정도밖에 안 돼. 나머지
는 다 밖에서 죄짓고 도망친 사람들이란 말이야."

"아하! 그렇군. 그러면 처우가 다른가?"

"당연히 다르지. 일단 호상단원이 되면 만기를 채워야 해. 자원자는
일 년 단위로 계약을 하고 한 번 출행할 때마다 은자 삼십 냥을 받지. 하
지만 도피자는 그 죄를 면해주는 대가로 십 년 만기를 채워야 해. 그리고
매번 출행 나갈 때마다 인두세로 이십 냥을 더 떼지. 그러니까 열 냥을
받는 거야. 그 돈은 만기를 채울 때만 타갈 수 있어. 물론 밥값 떼고 나면
얼마 남지도 않지만 말야."

"그래도 할 만하네. 살인을 저지르고 십 년만 살다 나가면 면죄가 된
다는 소리 아냐?"

"그게 꼭 그런 건 아냐. 자원자들은 돈 벌 목적으로 오는데, 도피자들
은 누군가에게 쫓겨서 오는 거잖아? 그래서 자원자와 도피자의 무공을
보면 자원자가 월등히 높아. 우린 말야, 일 년 평균 네댓 번 출행하는데
그중에 한 번은 곤란한 일을 당하지. 그때 도피자들 가운데 태반은 다치

거나 죽어. 그러니 십 년 만기를 채우고 나가는 사람이 얼마나 되겠어? 열에 하나 보기 힘들지. 그 공동묘지에 묻힌 사람들 대부분이 도피자들이야. 여기까지 와서 묻힌 사람들은 그나마 복받은 거지. 대개는 버려지니까. 그래서 요즘은 우리도 몸을 사려. 장성에서 이백 리가 넘는 길은 웬만하면 가지 않아."

우쟁천은 고개를 끄덕이다가 문득 어제 방도렴과 싸울 때의 분위기를 떠올렸다.

"그런 거 생각하면 마을이 꽤나 활기차던데, 잘 지내네?"

"그럴 수밖에 없지. 어제 같은 그런 신고식을 괜히 하는 줄 알아? 바깥 생각하고 까불기 전에 일단 힘으로 눌러놓는 거야. 한동안은 침울해졌다가 결국 적응하지. 결론은 '살아 있는 동안 자유롭고 즐겁게 살자'가 되는 거지. 운 좋으면 돈 벌어서 나갈 수 있고."

놀 것 없는 곳에서의 놀이 정도로 생각했던 것에 나름의 의미가 있었음을 깨닫고 우쟁천은 고개를 끄덕였다. 그러다가 문득 방도렴의 얼굴을 바라보았다.

"사람 처음 봐? 뭘 그렇게 빤히 보는 거야?"

방도렴이 조금 전 우쟁천이 했던 말을 되풀이했다. 우쟁천은 웃으며 능글맞은 표정으로 물었다.

"그런데 너희들, 여자 한 명 없는 이런 깡촌에서 총각 딱지는 뗐냐?"

옥유산은 아무런 말도 없이 고삐만 흔들었고 방도렴은 우쟁천의 시선을 슬쩍 피했다.

"크크크! 그렇군. 한때 스님이셨던 분을 스승으로 모시고 있다 보니 그 나이에도 총각이다? 흠! 흐흐흐흐! 여자를 몰라? 도렴아! 너 말이다, 천하를 쥐려면 세상으로 나가야겠지? 그러면 딱지를 뗄 수 있을 거야. 그 또한 인생의 큰 즐거움 가운데 하나라고 할 수 있지."

옥유산이 세차게 고삐를 흔들고 나서 말했다.

"쳇! 못 뗀 게 아니라 안 뗀 거야. 출행 나가면 얼마든지 할 수 있지. 더구나 도렴이와 난 장 보러 다니기 때문에 하려면 얼마든지 할 수 있다, 뭐. 자! 다 왔다."

옥유산의 말에 앞을 보니, 벌써 검문소가 보였다. 옥유산은 속도를 줄이며 우쟁천에게 손을 뻗었다.

"말하지 말고 가만히 있어. 사부한테 받은 거 나 주고."

마차는 십여 장을 더 나아가서 검문소 앞에 이르렀다. 어제의 그 군관이 아홉 명의 수하들을 헤치고 앞으로 나섰다.

"여! 장 위관! 안녕하쇼?"

어제 우쟁천을 대하는 것과는 달리 군관은 미소를 지으며 말했다.

"어? 이게 누구야? 유산, 장 보러 가나?"

옥유산은 퇴촌 허가서를 건네며 말했다.

"그렇지요, 뭐. 여기 이 친구 노인 좀 주쇼."

군관은 퇴촌 허가서를 보지도 않고 품속에 구겨 넣은 후, 과장되게 눈을 부릅떴다.

"엉? 뭐야? 어제 들어갔던 그 친구 아냐? 하루 만에 나가? 그건 안 되지."

군관은 다시 옥유산의 얼굴을 보며 고개를 저었다.

옥유산은 눈살을 찌푸리며 따지듯 물었다.

"안 될 이유가 뭔데? 얄팍한 인연을 믿고 왔다는데, 도통 써먹을 구석이 있어야지. 짐이야, 짐! 데리고 다니면 내가 죽겠어. 노인 얼른 주쇼."

"에이! 그건 아니라니까. 여기가 제놈 마음대로 오갈 수 있는 곳이야? 다 알면서 그러네."

옥유산은 눈을 지그시 감고 혀를 찼다.

“쯧! 원하는 게 뭐요?”

군관은 먼산을 바라보며 말했다.

“그걸 나한테 물으면 어쩌나?”

“쳇! 체면도 안 봐주고, 이래 가지고 사이좋게 지낼 수 있겠어? 오리 다섯 마리, 분주 닷 근.”

군관은 곁눈질로 옥유산의 눈치를 보며 고개를 저었다. 옥유산이 버럭 소리쳤다.

“너무하잖아? 체면 세워줬으면 내 체면도 세워줘야지!”

군관은 발로 땅의 돌들을 툭툭 차며 낮게 말했다.

“저 친구 혼자 왔으면 못 나갔어. 사람이 열인데 오리 다섯에 분주 닷 근을 누구 코에 붙여? 더 써.”

“좋시다. 두 배. 더 이상은 안 돼!”

군관은 그때서야 옥유산을 보고 환하게 웃었다.

“통과! 막내야, 저 친구 노인 줘버려라.”

군졸 하나가 만면에 웃음을 지으며 검문소 안으로 뛰어갔다.

검문소를 지나고 군영을 지나 편관에 이르자 사람들이 점차 많아졌다. 조그만 장터에 이르자 우쟁천은 마차에서 훌쩍 뛰어내렸다.

“잘들 지내. 괜히 출행 나가서 까불다가 죽지 말고.”

옥유산이 웃으며 말했다.

“그쪽이나 죽지 마.”

“그쪽이라니? 대형!”

옥유산은 귀찮다는 듯 손을 저었다.

“그래, 그래, 대형!”

방도렴도 웃으며 손을 흔들었다.

우쟁천이 말했다.

“어이! 둘 다 열심히 수련해.”

“알았어. 빨랑 꺼져! 우리도 빨리 돌아가야 돼.”

우쟁천은 손을 흔들고 장터의 중앙로를 따라 걸었다.

“이랴!”

옥유산의 목소리를 등으로 들으며 장터에서 빠져나온 우쟁천은 잠시 자리에 멈춰 서서 중얼거렸다.

“보자, 일단은 운강석굴이라고 했지? 그럼 어떻게 가야 하나? 삭주로 해서 산음을 지나면 되는 건가? 에이, 가다 보면 나오겠지.”

우쟁천은 크게 기지개를 켜고 나서 편관을 벗어났다.

＊　　　＊　　　＊

천불동에서 특별한 기관 같은 것을 찾지 못하여 어쩔 수 없이 석굴 전체를 지키기로 했었다. 그리고 아홉 번의 밤을 지새우고 아침을 맞았다. 말을 꺼내지는 않았지만 담철운을 비롯한 모든 이들은 내심 포기한 상태였다.

번을 맡은 유도겸이 대나무 그릇을 방태에게 건네며 말했다.

“더 줘.”

방태는 눈살을 찌푸리며 차갑게 말했다.

“네 손으로 퍼 먹어.”

유도겸은 모닥불 속으로 검을 뻗어 대나무 밥통을 꺼냈다.

“반 줄게.”

방태는 그때서야 대나무 그릇을 받아 보글보글 끓고 있는 화과를 퍼서 유도겸에게 넘겼다. 유도겸은 검극으로 대나무 밥통을 반으로 쪼개어 죽순이 드문드문 보이는 밥을 방태에게 건넸다.

두 사람은 다시 말없이 밥을 먹었다.

그르르륵!

밥 먹기에 열중하던 두 사람이 눈을 치뜨고 천불동을 바라보았다. 그리고 먹던 밥과 화과를 팽개치고 벌떡 일어났다.

휘이이이이익!

유도겸의 입술 사이에서 세찬 휘파람 소리가 울려 퍼지는 순간 근처의 동굴 속에서 휴식을 취하던 백검당 현무검대원들이 일제히 튀어나왔다.

동료들이 곁에 서자 천불동만을 노려보던 유도겸과 방태가 동부를 향해 걸음을 옮겼다.

"멈춰!"

유도겸과 방태는 소리가 난 방향으로 고개를 돌렸다. 담철운과 손정목, 그리고 비종문의 홍립이 두 사람 앞에 섰다.

손정목이 말했다.

"좁은 곳에서 도마를 상대할 수는 없는 일. 여기서 맞는다."

현무검대원들은 한순간에 손정목의 말을 이해했다. 그들 모두 천불동을 살펴보았다. 통로의 너비는 겨우 반 장. 사람 수가 몇이든 간에, 마주 보고 싸우는 방식은 일 대 일이 될 수밖에 없는 환경이었다. 그렇다면 누구도 도마의 상대가 될 수는 없으리라.

담철운은 손정목의 말에 토를 달지 않고 홍립에게 말했다.

"홍 당주는 그의 뒤를 쫓을 준비나 하는 것이 좋겠소이다."

홍립은 잠깐 동안 대답을 지체하고 담철운을 바라보았다.

비종문은 도마가 편관 너머 어딘가에 살고 있다는 것이 확인된 십삼 년 전부터 쭉 그의 뒤를 따르고 있었다. 개인적으로는 종적이 이미 밝혀진 자를 따르는 일을 우습다고 생각하고 있었지만 제검전, 그것도 제검전주가 직접 지시한 일이니 할 수 없이 하고 있는 일이었다.

홍립은 이제 그만두고 싶었다. 비종문이 자리잡은 보정은 돈만 있으면 무엇이든 할 수 있는 곳. 하지만 편관은 달랐다. 홍립에게 있어 도마의 뒤를 쫓는 일은 유배나 다름없는 일이었다.

홍립은 담철운의 눈에서 아무것도 읽지 못했다.

'쫓을 준비를 하라? 만약이라는 뜻이겠지? 하지만 결국 자신이 없다는 뜻 아닌가? 제기랄! 빨리 바꿔달라고 해야지, 더 이상은 못해먹겠어.'

싫지만 비종문이 북직례 안에 자리잡은 이상 거절할 수 없는 일이었다. 홍립은 도마가 한 군데 정착하는 순간 교체를 청하기로 작정하고 담철운에게 포권을 취해 보였다.

"그럼 건투를 비오이다."

담철운은 미소를 지으며 고개를 끄덕였다.

홍립은 품속에서 대나무 호각을 꺼내어 세차게 불었다.

삐리리리리리리!

새 우는 소리가 날카롭게 울려 퍼지자 석굴 주변에 흩어져 있던 각양각색의 사람들이 하나둘씩 자리를 털고 일어났다. 홍립이 자리를 뜨자 그들도 서너 명씩 짝을 지어 흩어졌다.

담철운은 모두에게 들으라는 듯 목소리를 높여 말했다.

"자! 이제 우리뿐인가? 제군들! 안 되겠다 싶거든 애써 죽으려고 하지들 말고 요령껏 하라구!"

손정목이 물었다.

"무슨 뜻입니까?"

담철운은 빙긋 미소를 지으며 대답했다.

"손 대주, 나와 자네들 정도로 도마를 잡을 수 있을 거라 생각하나? 삼 초 만에 구 장로 그 양반을 페인으로 만들어 버린 그 도마를? 말도 안 되지. 위에서도 기대하지도 않는 일이니까 애쓸 필요 없다는 소리야."

손정목이 흠칫 놀란 표정으로 물었다.

"삼 초였습니까?"

"허! 손 대주, 생각보다 재미있는 사람일세. 되지도 않을 일에 마구 쓰인다고 화를 낼 줄 알았더니 이상한 걸 묻는군. 틀림없어. 당시의 보고서를 읽었네."

손정목은 무의식적으로 검파를 잡았다. 담철운은 그 모습을 곁눈질하여 살피고 실소했다.

"호! 손 대주는 역시 나와 같은 부류의 사람이군. 욕구는 하나. 검의 극의에 이르는……."

담철운은 말을 멈추고 십여 장 앞 동부의 입구를 바라보았다. 거기서 한 사람이 나오고 있었다.

낡고 바래서 오히려 회색 빛이 감도는 흑의장삼을 입고 거무튀튀한 도 한 자루를 찬 노인. 한눈에 초상화의 도마와 같은 사람임을 확인할 수 있었다. 다른 것이 있다면 너무나 깊어 슬프게 보이는 눈빛뿐이었다.

손정목은 노인을 왜 도마라고 부르는지 이해할 수가 없었다. 노인처럼 슬픔이 닳고닳아 깊어진 눈빛을 한 사람은 악한이 될 수 없다는 것이 그의 지론이었다. 손정목은 도마라는 별호 하에 자행되었던 사건들을 떠올려 보았다.

이상한 일이었다. 자칭한 것이 아닌 이상, 도마라고 불린다면 거기에 합당한 사건이 떠올라야 했다. 하지만 손정목이 생각해 낼 수 있는 것은, 도마가 제검전주의 두 동생을 죽였다는 확인되지 않은 오래된 소문과 패검진천 구유선을 패퇴시킨 사실뿐이었다. 더구나 구유선을 폐인으로 만든 것은 오늘 손정목 등이 하려는 것과 마찬가지로 구유선 그가 먼저 도발한 일임에 분명했다.

'두 사람을 죽였다는 이유로 도마라고 불린다면 강호는 이미 도마천하가 되었으리라. 저 노인은 왜 도마라 불리는 것인가?

손정목이 의문 어린 시선으로 다시 노인을 보는 순간, 노인은 아무런 표정 변화 없이 말했다.

"지금쯤 물러갔을 줄 알았는데, 끈질기군."

노인이 한 발을 내디뎠다. 그 순간 동부를 중심에 두고 부채꼴 형태로 포진해 있던 현무검대원들이 일제히 검을 뽑았다.

담철운이 손을 들어 당장에라도 쇄도할 것 같은 대원들을 제지하고 노인을 향해 두 발짝 더 나아가 포권을 취했다.

"노선배, 제검전의 담철운입니다. 먼저 전언을 받으시지요."

노인은 두 눈에 아무런 감정을 담지 않고 담철운을 바라보다가 고개를 끄덕였다.

담철운은 품속에서 봉서 하나를 꺼내 노인을 향해 던졌다. 노인은 비수처럼 날아오는 봉서를 향해 소맷자락을 펄럭였다. 그 순간 봉서는 노인의 가슴 앞에서 뒤집어졌다가 팔랑거리며 떨어졌다. 노인은 봉서를 소매 속에 넣고 담철운을 바라보았다.

"할 일을 끝냈는가?"

담철운은 웃으며 검파를 잡았다.

"봉서 한 장 전하려고 이렇게 우르르 몰려왔겠습니까? 가능하면 모시고 오라는 명을 받았습니다."

챙!

챙!

담철운이 검을 뽑는 순간 손을 늘어뜨리고 있던 노인도 어느새 도를 뽑아 들었다. 손정목은 눈을 치떴다. 두 눈을 부릅뜨고 노인을 보고 있었건만 언제 도를 뽑았는지조차 확인하지 못했다.

노인은 십여 장을 격하고 도를 내뻗었다. 그것도 담철운과 손정목의 좌측에 있는 이들을 향해 겨누고 있었다. 손정목은 반사적으로 검을 뽑으면서 좌측으로 곁눈질했다.

"헉!"

이상한 일이었다. 노인이 한 일이라고는 도를 뽑아 겨누고 가볍게 흔든 것뿐이었다. 그런데 반수의 대원들이 진형을 이탈하여 뒤로 물러서 있었다. 그 결과 부채꼴로 이루어져 있던 포진이 어느새 일렬이 되어버렸다.

"무형지기?!"

손정목이 자신도 모르게 말을 뱉은 그 순간 노인은 허공을 가로질렀다. 단 한 번의 발 굴림으로 노인이 이른 곳은 포진의 우측 끝이었다. 그 한 번의 움직임은 노인과 대원들을 일 대 일의 대형으로 만들어 버렸다.

"허억!"

대원들의 입에서 헛바람이 흘러나오는 순간 노인은 칼을 내뻗으면서 대원들을 향해 쇄도했다.

쉬쉬쉬쉬쉬쉭!

칼끝이 좌우로 흔들렸다. 이미 검을 뽑아 들고 있던 대원들이 피가 솟구치는 어깨와 다리를 틀어쥐고 튕겨나듯이 좌우로 물러섰다.

간결하고 신속한 동작이었다. 한 번에 한 사람, 혹은 두 사람만을 상대했고, 여섯 번 칼을 놀린 후에는 이미 십여 명의 대원들이 항거 불능 상태에 빠져 있었다.

"비켜!"

단 한 번도 여유를 잃지 않았던 담철운이 두 눈에 경이와 분노를 동시에 담은 채 대원들의 머리 위를 타넘어 노인의 옆구리를 향해 검을 내뻗었다.

파르르르르!

또다시 한 사내의 오른쪽 어깨를 그어버린 노인의 도가 지금까지와는 판이하게 다른 부드러운 곡선을 그렸다. 수십, 수백 개의 칼날들이 동그랗게 겹쳐지며 우산을 이루는 순간 담철운의 날카로운 검기는 속절없이 튕겨 나갔다. 접는 부채처럼 차곡차곡 겹쳐져서 하나의 도를 이루는 순간 푸른 도기가 재차 검을 휘두르려던 담철운을 향해 날아갔다.

담철운은 검기를 내뿜어 노인의 도기를 막아내면서 급히 몸을 비틀어 왼쪽으로 이동했다.

스팟!

허공을 가르던 청광이 담철운의 도기와 부딪치는 순간 갑자기 반원을 그려 담철운의 어깨를 스치고 지나갔다.

담철운의 어깨에서 핏줄기가 솟구치는 것을 보며 노인이 말했다.

"이 정도면 보고는 할 수 있겠지?"

노인의 신형은 말이 끝나기도 전에 십여 장을 이동하고 있었다.

손정목은 검을 뽑아 든 채 한 걸음도 움직이지 못했다. 그가 놀란 탓도 있지만 노인의 움직임이 너무나 신속한 때문이기도 했다. 처음 몸을 날려 십여 명의 대원들을 부상 입히고 담철운까지 패퇴시킨 그 시간은 손정목이 몸을 날려 단 한 번 검을 내뻗을 수 있는 짧은 시간일 따름이었다.

"쫓아!"

손정목은 뒤늦게 정신을 차리고 몸을 날렸다. 무형지기에 눌려 무의식적으로 몸을 뒤로 뺐던 현무검대원들이 손정목의 뒤를 좇았다. 하지만 이미 늦었다. 노인은 단 네 번의 발 굴림으로 이미 강가에 이르러 있었다.

노인이 도를 휘두르자 강가의 나무 한 그루가 밑동이 잘려 허공으로 치솟아올랐다. 노인의 도가 다시 한 번 허공을 가르자 나무는 반으로 갈라져 떨어져 내렸다. 노인은 두 개의 나무를 향해 연달아 발길질했다. 두 개의 나무들이 하나는 십여 장, 다른 하나는 이십여 장이 날아가 강에 떨어졌다.

노인은 힐끔 뒤돌아보고 몸을 날렸다. 첫 번째 나무를 밟고 다시 허공으로 튀어 오른 노인은 두 번째 나무를 밟고 서서 그때서야 겨우 강가에 도착한 손정목 등에게 말했다.

"만검혼에게 전하라. 보고 싶으면 직접 오라고."

손정목은 허탈한 심정으로 고개를 숙였다. 그리고 몸을 돌려 담철운에게로 달려갔다.

담철운은 어깨를 붙잡고 웃는 것도 우는 것도 아닌 묘한 표정으로 주저앉아 있었다. 담철운의 상세가 무겁지 않은 것 같아 안심한 손정목은 그를 향해 고개를 숙였다.

"죄송합니다."

"허허허! 허허허허허!"

담철운은 허공을 보고 웃었다. 손정목은 그 웃음의 의미를 너무나 잘 알고 있었다.

도저히 넘을 수 없을 것 같은 거대한 벽 앞에 선 기분. 좌절보다도 더 무거운 허탈감. 높은 경지가 눈앞에 이르렀다고 생각하는 사람이라면 더 크게 느낄 수밖에 없는 충격이리라.

"이기지 못한다는 것은 알고 있었어. 하지만 백 초는 견딜 수 있으리라고 생각했다. 그런데 일 초를 못 견뎠어. 그것도 봐주어서 이 정도야. 이 담철운이 구 장로 그 늙은이보다도 못하다는 말인가?"

손정목도 그 일 초의 공방을 보았다. 담철운이 쏟아낸 검기, 그것은 손정목이 쉽게 막아낼 수 있는 것이 아니었다. 직접 눈앞에서 보았다면 막아내기보다는 틀림없이 회피하고 말았으리라. 나이 차이는 얼마 나지 않아도 공력의 차이는 여실하게 느낄 수 있는 일초였다. 그러한 공세를 팅겨내고 되받아친 노인의 움직임은 참으로 아름답고 간결했다. 거기에 더불어 갑자기 허공에서 방향을 바꾸는 도기라는 것은 전대미문의 것이었다. 하지만 그가 눈물을 흘릴 만큼 감동한 것은 간결하고 아름다운 초식이 아니었다. 싸움 이전의 한 번의 칼 놀림. 그것으로써 노인은 싸움의 국면은 단번에 자신에게 유리하게 만들어 버렸다.

'절대고수의 경지라는 것이 그런 것인가? 허허! 까마득하군. 지금의 나로서는 그러한 경지를 이룰 수 없으리라. 전주의 가르침을 직접 받기 전에는 다시 엿볼 수조차 없을 것이다. 내게, 내게 그런 기화가 있을 것인가?'

한숨을 내쉰 손정목은 문득 수하들조차 제대로 챙기지 않았다는 것을 깨달았다. 급히 고개를 돌려 다친 수하들의 상세를 확인했다. 특별히 돌보아야 할 사람은 없었다. 칼자국이 하나 늘어났을 뿐인 상세였다. 모두에게 공히 그 같은 상처를 입힐 수 있다는 것, 여유가 없다면 불가능한 일이었다.

'누가 그를 도마라 불렀는가? 고승도라 했지. 고승도!'

손정목은 무엇을 해야 할지 알 수가 없어 그냥 그 자리에 못 박힌 듯 서 있었다.

*　　　　　*　　　　　*

혹시라도 길이 엇갈릴지도 모른다는 조바심에 지름길이라고 택한 길이 오히려 시간을 잡아먹고 있었다. 우쟁천은 시야가 꽉 막힌 주변을 둘러보고 투덜거렸다.

"젠장! 그 영감님 도대체 '조금'이라는 말뜻을 알기는 아는 거야?"

길을 헤매다가 우연히 만나 촌로의 '요 길 따라 조금만 더 가면' 이라는 말을 듣고 숲길을 터덜터덜 걷기 시작한 것이 한 시진 전이었다. 숲이 우거졌다면 보이지도 않았을 좁은 길 좌우의 풍경이 전혀 변하지 않았다. 눈 돌리는 곳마다 혹한을 겨우 버티고 살아남은 앙상한 나무들과 바위들뿐이었고, 눈앞은 계속해서 오르막이었다. 멀리서 볼 때는 재라고도 할 수 없는 낮은 구릉 같았는데 가도 가도 끝이 없었다.

그렇다고 가다가 아니 갈 수도 없는 노릇이어서 우쟁천은 투덜투덜하면서도 계속 나아갔다. 눈앞을 가로막은 큰 바위를 돌았다. 그 순간 차가운 바람이 전신에 와 닿았다. 우쟁천은 왠지 하늘이 가깝게 보이는 것 같아 줄달음질쳤다. 오르막길이 끝나고 멀리 커다란 성이 보였다.

"저기가 삭주성인가? 생각보다 훨씬 크네."

우쟁천은 문득 하늘을 살폈다. 태양은 눈부신 자태를 잃어버리고 붉은 기운에 휩싸여 있었다.

"유시 초 정도나 된 건가? 어디 보자, 성곽을 따라 돌아가면 산음으로 가는 길이 나올 것 같기는 한데, 시간이 영 어정쩡하네."

우쟁천은 갑자기 등짐을 내려 뒤적거리기 시작했다. 그는 먼저 수통을 꺼내 흔들어보았다. 그 다음에 꺼낸 것은 건포와 건량이 든 보자기였다. 그 뒤에 꺼낸 것은 사놓고 입도 대지 않은 분주 두 병이었다.

우쟁천은 눈살을 찌푸리며 중얼거렸다.

"물과 식량은 달랑달랑하고 쓸데없이 술만 잔뜩 남았군. 이렇게 되면 어쩔 수 없이 들어가야 하나?"

먹을 것도 부족했지만, 아직은 편히 노숙할 만큼 만만한 밤 날씨가 아니었다. 흙먼지 뒤집어쓴 얼굴은 퍼석거리고 수염 또한 꺼칠꺼칠했다. 지체하여 길이 엇갈릴지도 모를 일이었지만 모든 조건은 노숙을 피하라고 말하고 있었다.

마음이 은근히 삭주성으로 기울었다. 그 순간 머리 속에 더운 목욕물과 부드럽고 따뜻한 음식들, 그리고 편안한 잠자리가 떠올랐다.

"에이! 약속도 없이 사람을 만난다는 게 쉬운 일인가? 그런데 막상 들어가자니 걸끄러운 얼굴들이 떠오르는군. 에이, 에이, 삭주가 촌구석이야? 그 인간들 만날 확률이 얼마나 된다고? 만나면 또 어때? 안녕, 하고 인사하면 되지. 좋아!"

쾌적함이라는 유혹에 이끌려 발길을 빨리하니 일각 만에 재를 넘어 삭주성 남문으로 향하는 관도에 이르렀다. 머지않아 문이 닫힐 것이기에, 성에서 나오는 사람은 없고 들어가려는 사람들만 종종걸음 치고 있었다.

우쟁천은 다시 한 번 하늘 빛을 확인하고 느긋하게 걸었다. 백여 장을 걸어가니 남문 앞 사람들의 모습이 분명하게 보였다. 입성 허가를 받기 위한 사람들이 줄지어 서 있고 그 앞에 창을 든 수문 군졸들이 보였다.

"어이! 시간 널널해. 서둘지들 말고 순서 지켜!"

수문 군졸의 목소리를 들으며 줄 끝에 선 우쟁천의 눈에 이채가 감돌았다. 모두들 들어가려 하는데 그 사이를 비집고 한 쌍의 남녀가 성문을 나서고 있었다. 평범한 면복에 낡은 누비장삼을 입은 이십대 초반의 남녀였는데, 청년은 계속해서 주변을 살피고 여인은 고개를 숙인 채 잰걸음으로 우쟁천의 옆을 지나쳤다.

그때 성문 쪽에서 신경질적인 목소리가 들려왔다.

"이야, 요것들 봐라? 도망을 쳐? 이 위무악이 그렇게 만만해 보였어?"

고개를 돌려보니 붉은 비단 장삼을 입은 차가운 인상의 청년과 그의 수하인 듯한 십여 명의 사내들이 안하무인격으로 줄 선 사람들을 밀어내며 나오고 있었다.

우쟁천마저도 떠밀린 순간, 불안한 낯빛으로 성을 나서던 두 남녀가 얼어붙은 듯 제자리에 섰다. 청년이 돌아서며 여인을 등 뒤에 세우고 장삼 속에서 삼 척 도를 꺼내어 들었다. 청년은 원독에 찬 눈빛으로 성문의 수문 군졸들을 노려보다가 도를 뽑아 들고 위무악이라는 청년을 향해 내뻗었다.

위무악은 입가에 차가운 미소를 드리우며 천천히 소맷단을 접었다.

"하! 적반하장도 분수가 있는 법이거늘, 내 계집을 훔쳐 가면서 오히려 내게 칼을 겨눠? 좋지, 아주 좋아. 바로 꼬리를 내려 버리면 재미가 없겠지."

우쟁천은 주변을 살폈다. 이상한 분위기였다. 입성하려던 사람들은 두려운 표정으로 성벽까지 물러나 있었고, 두 사람이 통과하도록 놓아둔 수문 위장과 군졸들은 자신들과 상관없다는 듯 구경만 하고 있었다.

청년은 위무악에게 칼을 뻗은 채 왼손을 뒤로하여 여인을 뒤로 밀었다. 하지만 여인은 겁에 질려 꼼짝도 하지 못했다. 위무악은 살기 어린 미소를 지으며 천천히 앞으로 나아갔다.

우쟁천은 위무악을 따라가는 사내들 중에 마지막에 따라가던 사내의 등을 쿡 찔렀다. 사내가 험악하게 얼굴을 구긴 채 고개를 돌렸다.

"뭐야? 저리 안 꺼……."

우쟁천은 벙긋 웃으며 사내의 왼쪽 어깨를 짚었다.

"어이! 이게 누구야? 오랜만이네. 웃어야지?"

사내는 나지막하게 억 소리를 내고 왼쪽 어깨를 축 늘어뜨렸다. 분명히 손을 뻗는 것을 보기는 보았다. 하지만 그것이 전부였다. 회피할 생각도 못한 채 어깨를 잡혔고 그 순간 전신의 맥이 쭉 빠져 버렸다. 혈도를 잡힌 것도 아닌 것 같은데 손가락 하나 까닥할 수 없었다.

"이름은?"

사내는 고통에 짓눌려 자신도 모르게 말했다.

"마, 마대룡."

"이상하네. 이름이 좋으면 그릇도 큰 게 보통 아닌가? 쟁천! 대룡? 다 좋은 이름인데, 이상하군."

고개를 갸웃거리던 우쟁천은 마대룡에게 오른손 검지를 입술 위에 대어 보이고 마치 친구인 양 사내와 어깨동무를 한 채 위무악 등의 뒤를 따랐다. 마대룡의 동료들이 힐끔 뒤를 돌아보았지만 그들은 자신의 동료가 우연히 친구를 만난 것 정도로 생각하는 것 같았다. 그도 그럴 것이 우쟁천이 마대룡과 어깨동무를 한 채 웃고 있을 뿐만 아니라 서너 발짝 뒤처진 상태로 따라오고 있었기 때문이다. 사내들은 다시 앞을 보고 위무악의 뒤를 거들먹거리며 따라갔다.

모두의 눈길이 청년과 여인에게로 쏠리자 우쟁천은 걸음을 멈췄다. 그리고 마대룡의 어깨를 쥐고 있는 손에 힘을 더하여 쭈그려 앉히고 소곤거렸다.

"이봐. 저게 지금 어떻게 진행되고 있는 이야기야?"

마대룡은 파랗게 질린 얼굴로 우쟁천의 웃는 얼굴을 바라보았다.

"너, 누…… <u>으으으</u>."

우쟁천은 이가 다 드러날 정도로 환하게 웃으며 소곤거렸다.

"네 친구들이 눈치채면 고자로 만들어 버린다. 그러니까 쓸데없는 질문은 하지 말고, 누가 나쁜 놈이야? 내 보기에는 네 주인이 나쁜 놈 같기는 한데, 만에 하나 엉뚱한 사람 팰까 봐 묻는 거니까 성의껏 대답해 줘 봐. 네 주인 나쁜 놈이지? 그렇지? 맞지? 틀림없지?"

"<u>으으으윽</u>! 어, 어깨!"

마대룡은 오만상을 찡그리고 오른손으로 우쟁천의 손을 두드렸다. 우쟁천은 또다시 가했던 손아귀의 힘을 풀었다.

"자, 잘못 안 거요. 저 연놈들이 나쁜 거요. 빚을 져놓고 도주하려는 것이란 말이오."

"에이! 그렇게 간단한 게 아닌 것 같은데? 네 주인의 저 말투하며 걸음 걸이, 인상이 모두 나쁜 놈이라고 말하고 있잖아? 근데 네 주인은 뭐 하는 인간이야? 염왕채주(閻王債主)?"

마대룡은 눈에 억지로 힘을 주며 대답했다.

"아, 아니, 오, 오성방의 소방주."

고통으로 일그러진 가운데서도 마대룡의 눈빛은 도전적이었다. 신분을 알았으면 물러서라는 협박을 담은 눈빛이었다.

우쟁천은 의아한 눈빛으로 되물었다.

"응? 오성방 소방주는 두수 그 녀석이잖아?"

마대룡의 눈빛에서 힘이 쭉 빠졌다. 우쟁천이 진두수의 이름을 친근한 어조로 부른 탓이었다.

"우, 우리 소방주는 다섯 소방주 가운데 세, 세 번째."

"으흠! 그럼 네 주인이 나쁜 놈 맞네. 왜 아니라고 그래? 내 우정이 너무 가벼운가 보네?"

우쟁천은 마대룡의 어깨를 연달아 두드렸다. 천 근 망치로 두드려 맞은 듯한 충격에 마대룡은 눈을 하얗게 치뜨며 숨이 턱턱 막히는 듯한 헛바람을 연이어 토했다.

우쟁천은 마대룡의 어깨를 쓰다듬으며 눈앞의 상황을 살폈다. 단매에 쳐죽일 듯 소매까지 걷어 올려놓고 위무악은 거리만 좁혔을 뿐 손을 쓰지 않았다. 이미 덫에 걸린 짐승, 잠깐 동안 가지고 놀겠다는 듯 놀릴 따름이었다.

"좌구산이라 그랬지? 조금만 기다리지 그랬어? 말만 잘하면 내가 좀 쓰다가 돌려줄 수도 있었는데. 지금이라도 빌어봐. 한 번에 한 냥씩 쳐서 빚 다 까면 돌려줄게. 후하지?"

위무악에 곁에 서 있던 족제비 인상의 사내가 비릿한 미소를 지으며 말했다.

"소방주, 하루에 두 번 해도 이자보다 싸서 빚을 못 끄는 뎁쇼?"

위무악은 미소를 지으며 사내의 어깨를 두드렸다.

"그래? 너, 계산 빠르네? 언제 그렇게 똑똑해졌냐? 인재를 곁에 두고 몰라보고 있었잖아? 그럼 내가 질리면 니들도 해. 돌아가면서 하면 더 빨리 깔 수 있잖아?"

"정말입니까요? 그래도 되겠습니까?"

위무악은 좌우의 수하들을 둘러보며 말했다.

"어려운 사람은 십시일반(十匙一飯)으로 도와줘야지. 안 그러냐?"

"크ㅎㅎㅎㅎ!"

좌구산이라 불린 청년은 눈에 핏발을 세우며 소리쳤다.

"위가야! 네놈은 정녕 하늘이 무섭지도 않단 말이냐!"

"왜? 하늘이 나와 무슨 상관이 있어서? 내가 나쁜 짓이라도 했어? 나쁜 놈은 너와 그 계집이잖아? 돈을 빌렸으면 갚아야지 이렇게 도망치면 안 되잖아?"

좌구산은 부르르 떨리는 칼을 뻗으며 소리쳤다.

"네 이놈! 대명천지 어느 곳에서 은자 열 냥이 세 달 만에 이백삼십 냥이 된단 말이냐?"

"그건 빌려 쓴 저 계집을 탓해야지. 우리 애들은 분명히 말했어. 이자가 좀 비싸다고 말이야. 이자도 내 돈이니 이자에 이자가 붙는 건 당연한 일이고, 세 달도 그냥 세 달이 아니었잖아? 해를 넘겼잖아. 그러니 일 년 하고 세 달이지. 어? 이자 계산법이 좀 심오한가? 나도 계산이 잘 안 되네? 철두야, 내 계산이 맞냐?"

족제비 인상의 사내 옆에 서 있는 멍청한 표정의 대머리 사내가 대답했다.

"소방주님 말씀은 하늘의 말씀. 틀릴 리가 없지 않습니까?"

위무악이 좌우로 손을 벌리며 웃었다.

"이것 봐! 이것 봐! 철두마저 맞는다고 말하면 세상천지가 모두 고개를 끄덕일 일인 거야. 안 그러냐?"

또다시 웃음이 터져 나왔다.

위무악은 한숨을 내쉬고 차가운 미소를 지었다.

"자, 이제 말장난은 그만 하고 도둑놈에게 벌을 주고 내 물건을 찾아야 할 때가 된 거 같다."

그 순간 분노에 휩싸여 전신을 떨던 좌구산이 도를 늘어뜨렸다. 두 손을 펼쳐 막 나아가려던 위무악이 움찔하고 좌구산을 노려보았다.

우쟁천은 청년을 보며 고개를 끄덕였다.

'호! 그냥 힘없는 사람들이 견디지 못하고 도망치는 것인 줄 알았더니, 나름대로 숨겨둔 수가 있나 보네?

청년의 기세는 대단해 보이지 않았지만 칼을 잡은 품세만큼은 야무지게 보였다. 힘의 소모를 줄이려는 듯 칼을 늘어뜨리고 있지만 칼날만큼은 바로 쳐올릴 수 있도록 쥐고 있었다. 언뜻 보면 엉거주춤해 보이나, 반 정도 열린 가슴은 들어오라는 듯해서 오히려 들어갈 수 없었고, 두 다리는 방향 전환이 쉽도록 비스듬하게 자리잡고 있었다.

무엇보다 뛰어난 점은 여인을 반드시 지키겠다는 강한 의지와 같이 죽겠다는 독기가 그대로 드러나는 두 눈이었다. 과거 구봉산 토벌 시에 막 유수가 강조한 것이 바로 독기 어린 눈빛의 소유자만큼은 무공의 고하를 막론하고 경계하라는 것이었다. 지금 위무악이 섣불리 뛰어들지 못하고 있는 것은 바로 청년의 눈빛 때문이리라.

하지만 안타깝게도 청년에게는 치명적인 약점이 있었다. 여인이었다. 그녀는 무공에 문외한인 듯 처음과 마찬가지로 고개를 숙인 채 청년의 그늘 속에 숨어 있었다. 결국 청년의 움직임은 그녀를 위험에 노출시키지 않는 한도 내로 제한되어 있는 것이었다.

우쟁천은 연민의 눈빛으로 청년을 바라보다가 그의 곁에 꼼짝 못하고 앉아 있는 마대룡을 힐끔 보았다.

"이봐! 나한테 너무 기대는 거 아냐? 머리 저쪽으로 해. 뒤에서 보면 이상한 사이라고 오해하겠다."

우쟁천은 웃으며 마대룡의 어깨 심줄을 지그시 눌렀다. 마대룡은 왼쪽 어깨를 추켜올리며 머리를 왼쪽으로 움직였다.

"그렇지. 이제야 제대로 된 친구 사이 같잖아. 그런데 저 좌씨 청년은 뭐 하는 사람?"

"요, 용마표국 표, 표두."

"어? 이제 스물네댓 넘은 것 같은데 표두야? 그렇군. 표두라면 당연히 표물을 책임져야지. 아닌가? 사랑인가? 사랑이지, 그지?"

마대룡은 울상을 지으며 고개를 끄덕였다.

우쟁천도 고개를 끄덕이며 중얼거렸다.

"그렇군. 저 둘은 사랑하는 사이구나. 그런데 여인 쪽에서 염왕채로 인해 약점을 잡혔다? 네 주인이 그걸로 여인을 날로 먹으려 하니까 견디다 못한 두 사람이 도주하려 했다? 이런 거지?"

마대룡이 다시 고개를 끄덕였으나 우쟁천은 보지도 않고 심각한 어조로 말했다.

"이 세상에 많은 사람들이 살아도, 서로 사랑하는 사람들은 단둘뿐이잖아? 만나기 얼마나 어려워? 한쪽의 사랑만으로도 혼인을 하는 경우가 허다한데, 서로 사랑하는 사람들이라면 반드시 맺어져야지. 그렇게 생각하지 않아?"

마대룡은 강요된 대답을 요구하는 우쟁천의 질문에 고개를 끄덕일 수밖에 없었다. 바로 그때 위무악이 나아가기는커녕 오히려 한 발 뒤로 물러서면서 두 손을 앞으로 뻗었다. 사내들이 병장기를 뽑아 들었다.

"에계? 네 주인 정말 치사하다. 직접 처리하겠다는 듯 소맷자락까지 올리더니만 조금 껄끄러우니까 아랫사람들을 시켜? 저런 주인 밑에서 무슨 영화를 보겠다고 따라다니는데? 주인 바꿔라."

마대룡은 병장기를 뽑아 들고 앞으로 나아가려는 동료들을 바라보다가 우쟁천에게 애원조로 말했다.

"소, 소협, 저 지금 안 나가면 찍히는뎁쇼. 그리되면 소협도……."

"괜찮아. 쪽수 많은데 너 하나 없다고 눈치챌 것 같아? 네가 그렇게 중요한 사람이야?"

우쟁천은 마대룡의 어깨를 풀어주고 아지랑이 같은 기운이 피어오르는 주먹을 보여주었다. 마대룡은 울상을 지으며 고개를 저었다.

우쟁천이 고개를 갸웃거리며 중얼거렸다.

"어디 보자. 사냥한다고 몇 개 꽂아뒀는데? 옳지. 여기 있네."

우쟁천은 상의 여기저기를 더듬다가 씩 웃으며 장삼 안에 입은 경장의 배 어림에서 바늘 네 개를 뽑았다.

그때 사내들 가운데 네 사람이 좌구산을 향해 움직였고 그 순간 그는 여인의 어깨를 내리누르며 소리쳤다.

"아인! 엎드리시오."

여인이 힘에 눌려 바닥에 납작 엎드리는 순간 사내들이 마침내 좌구산을 에워쌌다. 좌구산은 도를 한차례 휘돌리며 다시 소리쳤다.

"오너라, 이 개자식들아! 나 좌구산, 오늘 이 자리에서 죽는다만 결코 혼자 가지는 않을 것이다!"

네 사내들은 좌구산의 독기 어린 외침에 아랑곳하지 않고 그를 중심에 둔 채 돌면서 원을 그렸다. 사내들이 서로 눈짓을 했다. 그 순간 외곽만

밟던 사내 하나가 달려들었다. 그의 반대쪽에 있던 사내도 도를 뻗으며
달려들었다.

채채채챙!

사내들이 좌구산을 향해 병장기를 휘두르고 스치듯 빠져나갔다. 좌구
산은 납작 엎드려 있는 여인의 허리를 두 발 사이에 두고 휘돌며 연이어
찔러오는 네 개의 병장기를 일일이 걷어냈다. 하지만 그것은 시작에 불
과했다. 사내들은 쉬지 않고 좌구산의 곁을 스치듯 지나쳤다. 사내들은
애써 청년을 제압하려는 뜻이 없는 듯했다. 명백한 힘 빼기였다.

우쟁천은 혀를 차며 고개를 저었다.

"차륜전? 치사하지만 저놈들 입장에서는 당연한 수법이군."

무공에 문외한이라도 좌구산과 사내들의 실력 차를 분명하게 느낄 수
있으리라. 칼을 휘돌리는 속도와 기세, 그리고 몸놀림이 확연하게 달랐
다. 좌구산은 좁은 입지에도 불구하고 거의 동시에 자신을 노리는 네 개
의 병장기를 무리 없이 튕겨내고 있었다.

"호! 과연 표두가 될 만한 실력이네. 오랫동안 충실하게 수련했군. 기
본이 탄탄해. 하지만 변화가 부족하고 힘의 소모가 너무 커. 실전 경험이
부족한 탓이겠지. 저런 땐 상대방의 힘을 빌리면 훨씬 수월할 뿐만 아니
라 오히려 저놈들이 당황시킬 수 있을 텐데, 쯧쯔. 어쨌든 평소라면 기도
못 펼 실력 차이인데, 지켜야 할 사람이 있으니 저렇게까지 불리해지는
구나. 저런 상황은 어떻게든 피해야 하겠는걸."

차륜전의 결과는 얼마 지나지 않아서 드러났다. 사내들이 자리를 바꿔
가며 각각 십어 번씩 곁을 스치고 지나가자 좌구산은 숨이 턱까지 차 오
른 듯 헉헉거렸다.

"안 되겠다. 사랑을 지키려는 사나이의 의지는 격려받아 마땅하지."

우쟁천은 두 손의 엄지와 중지에 바늘을 끼우고 웃으며 마대룡에게 미

소를 지어 보였다.

쉭! 쉭!

낮은 파공음이 연달아 나는 순간 마대룡의 두 눈은 자신도 모르게 우쟁천의 시선을 따라갔다. 그 순간 다시 두 번의 같은 파공음이 났고 마대룡은 눈을 부릅떴다.

네 사내들이 거의 동시에 몸을 날렸다. 또다시 좌구산의 행동 반경을 고려하여 자신들의 안전을 확보한 얕은 공격이었다. 하지만 좌구산으로서는 막지 않을 수 없는 공격이기도 했다.

좌구산은 억지로 도파를 움켜쥐고 본능적으로 칼을 휘돌렸다. 칼이 돌아가는 기세며 칼끝의 예리함이 처음과는 달리 확연하게 약해져 있었다.

서걱!

좌구산은 쉬지 않고 칼을 휘돌리면서도 눈을 부릅뜰 수밖에 없었다. 막기 위한 몸부림이었건만 그의 칼끝에서 피가 튀고 있었다. 그의 살갗을 찢으려던 세 개의 도와 하나의 창이 도중에 기세를 잃어버렸고, 좌구산의 칼은 그 병장기들이 아닌 주인들의 팔을 베어버렸다.

"악!"

네 사내가 착지하지 못하고 팔을 감싸 쥔 채 바닥을 나뒹굴었다. 그들을 베어버린 좌구산마저도 결과를 납득하지 못하고 의아한 눈빛으로 네 사람을 바라보았다.

우쟁천은 씩 웃으며 마대룡에게 소곤거렸다.

"어때? 절묘하지 않아?"

마대룡은 강요된 대답이 아닌 진심에서 우러나온 감탄의 빛을 드러냈다. 처음부터 보고 있지 않았다면 눈치조차 채지 못했을 테지만 그는 분명히 우쟁천의 바늘을 보았고 결과를 보았다.

거의 동시에, 그러나 찰나의 시차를 둔 채 네 개의 바늘이 날아갔고 그 바늘들은 결정적인 순간에 네 사내들의 어딘가에 꽂혔다. 그 결과 네 사내들은 좌구산을 향한 마지막 변화를 일으키지 못하고 오히려 그의 도에 베이고 만 것이었다. 만약 좌구산의 살갗이 아닌 가슴이나 등을 노렸다면, 그리고 좌구산이 서너 치만 더 칼을 뻗을 수만 있었다면 네 개의 팔이 바닥을 뒹굴고 있었으리라.

무엇보다도 마대룡을 놀라게 한 것은 결과가 드러나기까지의 자연스러움이었다. 십여 장을 격하고 바늘을 날려 움직이는 사람을 맞힌다는 것도 놀라운 일이었지만 네 사내들이 마지막 변화를 일으키기 전에, 또 좌구산의 칼이 움직이기 바로 전에 사내들을 맞힌 것은 더욱 놀라운 일이었다. 만약 그가 우쟁천의 바늘을 보지 않았다면 지금의 결과가 오로지 좌구산의 손끝에서 일어난 것이라고 생각했을 것이다.

우쟁천은 순수한 감탄의 빛을 드러내고 있는 마대룡에게 미소 지으며 그의 어깨를 두드렸다.

"뭘 그리 놀라나? 노력하면 누구나 할 수 있는 일이야."

바로 그때 위무악이 고개를 획 돌려 우쟁천을 노려보았다. 단번에 그를 지목한 것으로 보아 그 방향에서 무언가가 날아왔다는 것을 눈치챈 것 같았다.

우쟁천은 미소 띤 눈으로 위무악을 바라보면서 마대룡에게 소곤거렸다.

"뼈다귀 부러지고 싶지 않으면 그대로 앉아 있는 게 좋아. 나중에 어깨를 보여주고 혈이 잡혔다고 변명하면 되겠지?"

우쟁천은 마대룡의 어깨를 톡톡 두드리며 일어섰다.

"하아, 이런! 들켜 버렸네."

위무악은 뒤통수를 긁적이며 다가서는 우쟁천의 전신을 훑어보았다.

"웬 놈이냐? 이 삭주에서 감히 오성방의 행사에 찬물을 끼얹다니 간이 부었구나."

우쟁천은 차갑게 웃으며 말했다.

"놈? 감히? 그런 말은 호랑이가 하룻강아지에게, 강자가 약자에게나 쓰는 말이야. 너 같은 치사한 놈이 쓸 말이 아니지."

그 순간 위무악의 주변에 있던 다섯 사내들이 일제히 병장기를 꼬나들고 우쟁천에게로 달려들었다.

우쟁천은 웃으며 번운을 뽑았다. 그리고 두 다리를 한 자 가량 벌린 채 우두커니 서서 다섯 사내들을 기다렸다.

다섯 사내들이 우쟁천의 주변을 휘돌았다. 그리고 서로 눈짓을 주고받다가 일제히 쇄도했다.

채채채채챙!

우쟁천은 제자리에서 방향만 바꾸며 번운을 휘돌렸다. 그 모양새는 조금 전 좌구산이 네 사내들의 협공을 받던 것과 비슷했다. 하지만 결과는 달랐다. 상대의 병장기와 한 번 부딪친 번운은 탄력을 받아 더 빨리 휘돌았고 병장기와 부딪칠 때마다 더욱더 빨라졌다.

다섯 사내들이 다시 달려들었다.

챙!

이번에는 단 한 번의 부딪침밖에 없었다. 대신 네 번의 낮은 비명 소리가 들렸다. 번운이 상대방의 마지막 변화보다 더 빠른 속도로 휘돌았고 그 결과 네 사람이 바닥에 나뒹굴고 있었다. 처음 그와 도를 부딪친 사내가 두려움에 가득 찬 눈빛으로 뒷걸음질쳤다.

우쟁천은 바닥을 뒹구는 한 사내의 옷에 번운의 도첨에 묻은 피를 닦았다. 그리고 번운을 칼집에 넣고 좌구산에게 미소 지으며 말했다.

"좌씨 친구, 알겠소?"

좌구산은 우쟁천의 말뜻을 단번에 알아듣지 못하고 조금 전 그 싸움

장면을 떠올렸다. 그리고는 알아차린 것이 있는 듯 눈을 반짝이며 포권을 취하고 허리를 접었다.

"좌구산이 은공의 가르침에 감사드리오."

"별말씀을. 그런데 그 소저가 불편할 것 같소만."

좌구산은 문득 여인이 아직도 그의 두 발 사이에 엎드려 있다는 것을 깨닫고 급히 일으켜 세웠다. 바로 그 순간 위무악이 두 손을 들었다.

우쟁천은 위무악의 이글거리는 눈빛을 미소로 받아넘기며 말했다.

"오! 이제 할 맘이 생긴 거야?"

위무악은 미약한 붉은 기운이 감도는 두 손을 휘돌리며 다가왔다. 우쟁천의 입가에 차가운 미소를 드리우며 두 손을 들었다. 이미 경험해 본 장마의 낙성추혼수(落星追魂手). 하지만 진두수의 노을 같은 기운에 크게 못 미치는 허약한 것이었다.

파파파파팡!

손바닥이 다섯 차례나 연이어 부딪치고 난 후, 위무악은 하얗게 질린 채 연신 뒷걸음질쳤다. 우쟁천은 사이를 두지 않고 계속해서 따라붙었다.

파팡!

다시 두 번의 충돌음이 난 후 위무악은 두 팔을 늘어뜨렸다. 우쟁천은 두 손바닥으로 그의 어깨와 가슴을 연이어 후려쳤다. 위무악은 피를 토하며 바닥을 나뒹굴었다.

우쟁천은 땅바닥에서 볼썽사납게 나뒹굴고 있는 위무악을 내려다보며 말했다.

"감히? 감히 내게 덤벼? 에라, 이놈아! 그걸 낙성추혼수라고 펼치냐? 적 할아버지가 원통해서 눈을 못 감으시겠다. 두수, 이 자식! 가만히 두나 봐라. 이런 허약한 놈들을 상대하라고 나를 불러?"

위무악은 아무런 말도 못하고 웅크릴 뿐이었다.

우쟁천은 고개를 돌려 좌구산을 불렀다. 좌구산과 여인이 다가와 다시 우쟁천에게 고개를 숙였다.

우쟁천은 오른손을 내뻗으며 말했다.

"열 냥 빌렸다면서요?"

좌구산이 무슨 뜻인지 몰라 눈을 치떴다가 고개를 끄덕였다.

"이런 놈에게 빚지고 그냥 떠나면 찝찝할 거 아니오? 주시오."

좌구산은 급히 전낭을 꺼냈다. 우쟁천은 가자미눈으로 전낭 속을 들여다보았다. 열 냥을 꺼내고 나니 남는 것은 은자 한 냥과 동전 몇 개뿐이었다. 우쟁천은 눈살을 찌푸리며 돈을 받았다.

우쟁천은 좌구산을 힐끔 보고 여인에게 말했다.

"팔목 좀 잡겠소."

여인이 놀란 눈을 하는 순간 우쟁천은 열 냥을 여인의 손에 쥐어주고 그 손목을 잡아 위무악에게로 잡아끌었다.

"조기, 딱 조 머리통에 겨냥하고 힘껏 던져 봅시다. 시원해질 거요. 자! 하나, 둘, 셋!"

여인은 우쟁천은 말대로 열 냥을 위무악의 얼굴에 대고 힘껏 내팽개쳤다.

우쟁천은 뭐라고 형용할 수 없는 표정을 짓는 여인의 손목을 놓고 웃으며 물었다.

"속 시원하지요? 자! 이제 자리를 뜹시다."

우쟁천은 좌구산과 여인을 데리고 왔던 길을 되짚었다. 그리고 한적한 곳에 이르러 멈춰 섰다.

우쟁천은 다시 눈살을 찌푸리며 말했다.

"터전을 버리고 떠나는 사람의 주머니 사정이 그게 뭐요? 당장 살 길이 막막할 텐데."

좌구산은 쑥스럽게 웃으며 여인을 바라보면서 대답했다.

"이 사람 선모께서 오랫동안 병석에 계셨던지라 여유도 없었습니다만, 노인 없이 떠나자니 돈을 쓰지 않을 수 없었습니다. 표국의 일로 오가며 안면을 튼 수문 위장에게 돈을 썼습니다만, 결과가 이렇게 되고 말았습니다."

우쟁천은 그때서야 좌구산이 남문 수문 병사들을 바라보던 그 눈빛을 이해할 수 있었다.

"으음. 그러니까 돈은 돈대로 받아 처먹고 위가 놈에게 또 알렸다 이 말이구려."

좌구산이 씁쓸하게 웃으며 고개를 저었다. 우쟁천은 입맛을 쩝쩝 다시며 전낭을 꺼냈다.

"받으시오."

좌구산은 우쟁천이 내미는 열 냥짜리 전표를 보고 마구 손을 내저었다.

"받을 수 없습니다. 목숨을 구해주셨는데 어찌……."

"팔 떨어지오. 받으시오. 터전을 떠났으니 제대로 된 일자리 찾기가 쉽지 않을 터. 한동안 버틸 돈은 있어야 하지 않겠소."

우쟁천은 억지로 떠넘기듯 돈을 쥐어주었다.

좌구산과 여인은 몇 번이나 연달아 머리를 숙였다.

"이 좌구산, 별 볼일 없는 사내이나 기회가 닿으면 반드시 결초보은하겠소이다. 은공! 은공의 함자를 가르쳐 주시지요."

"이름 같은 거 알아서 뭐 하오? 인연있으면 또 만나겠지. 자! 잘들 사시오."

우쟁천은 좌구산이 잡지도 못하게 몸을 날려 사라졌다.

좌구산과 여인은 우쟁천이 보이지 않을 때까지 거듭 고개를 숙였다.

한편 우쟁천은 남문으로 다시 돌아가지 못하고 성의 외곽을 둘러서 산음으로 가는 관도에 접어들었다.

"에휴! 이게 무슨 꼴이야. 목욕하고 따뜻한 밥 먹고 포근한 이불 속에서 편히 잘 수 있었는데, 쓴 데 없이 돈만 날렸잖아."

말은 그렇게 했어도 우쟁천의 입가에는 미소가 걸려 있었다. 단순히 사람을 구했다는 만족감 때문에 웃는 것이 아니었다. 주변을 고려하지 않고 시비에 끼어들 수 있는 자유로움이 즐거운 것이었고, 곽주에서의 과거를 떠올리게 했던 좌구산과 여인이 무사히 길을 떠난 것이 기쁜 것이었다.

"확실히 사람마다 취향이 다 다른가 봐? 가슴도 없던데……."

우쟁천은 문득 삭주성을 뒤돌아보며 머리를 긁적였다.

"그런데 장난이 좀 지나쳤나? 진두수가 괜한 오해를 받겠는데? 에이! 뭐 어때? 일부러 그런 건데. 언젠가는 먹어치울 거 아냐? 둘이 피 터지게 싸우면 좋지 뭐. 그 생각 안 했으면 그 정도로 안 끝냈지. 그게 어디야? 이런 게 이간계(離間計) 맞지?"

우쟁천은 등짐을 내려 물을 마시고 나서 건량을 꺼내어 질겅질겅 씹으며 다시 걸음을 옮겼다.

타닥!

노릇하게 구워진 토끼 고기에서 겨우 모인 기름이 떨어지는 순간 모닥불의 불꽃이 일어나며 비명을 질러댔다.

고승도는 다 읽은 편지를 주먹으로 움켜쥐었다가 불꽃을 향해 집어던졌다. 불꽃이 화르륵 일었다가 서서히 사그라졌다.

"왜 오지 않냐고? 두려우냐고? 후우!"

분노가 불꽃처럼 일어났다가 한숨으로 사그라졌다. 고승도는 엷어진 증오와 깊은 슬픔을 동시에 품은 눈으로 구름 속에 모습을 감춘 어슴푸레한 달을 올려다보며 중얼거렸다.

"만검혼, 네가 원하는 것이 도대체 무엇이냐? 너로 인하여 배신의 고통을 알았다. 우정의 덧없음을 아프게 깨달았다. 너로 인하여 아내를 잃었고 동생의 믿음마저 저버렸다. 내게 남은 것이 없거늘 너는 이 이상 무엇을 바라는 것이냐?"

고승도는 깊은 한숨을 토해내고 지그시 눈을 감았다.

타닥!

한참 만에 기름이 또다시 떨어지고 불꽃이 춤을 추었다. 토끼 고기가 익다 못해 밑에서부터 타 들어가기 시작했다. 냄새가 날 텐데도 고승도는 눈을 감은 채 미동도 하지 않았다.

퍼석! 퍼석!

숲 속에서 풀 밟는 소리가 들리고 곧이어 희미한 사람의 목소리가 들렸다.

"나 길치인가? 들은 대로 온 것 같은데, 여기가 도대체 어디야? 어? 불빛이다!"

못 들었을 리 없건만 고승도는 꼼짝도 하지 않았다.

"실례합니다, 어르신. 이런! 토끼가 타고 있네요."

우쟁천은 넉살 좋게 고승도의 맞은편에 앉으며 토끼 고기의 위아래를 뒤집었다. 그리고 두 손을 뻗어 불을 쬐며 말했다.

"아! 따뜻하다. 냄새도 좋고. 아하! 이렇게 바짝 익은 고기를 보니 옛생각이 나네요. 구봉산 토벌 때 수인병으로 참여한 적이 있지요. 관에서 도주를 방지하기 위해 오리 고기에 십일절혼산을 발라서 먹이려 했는데, 제 인생의 스승께서 미리 알아차리시고 내공으로 태워서 건네주셨지요.

이게 그때 그 맛이 날까?"

눈길조차 주지 않았던 고승도가 애잔한 미소를 드리우며 말했다.

"젊은 친구가 그런 경험을 했는가? 그래서 넉살이 좋은가 보구먼."

그때 우쟁천의 배에서 꼬르륵 소리가 났다.

"헤헤헤. 어르신, 이왕 그런 말을 들었으니 이 토끼 고기 좀 나누어 주시면 안 되겠습니까? 건량만 씹었더니 보기만 해도 침이 고입니다."

"으응? 그 고기가 내 것인가?"

"동행이 있으십니까?"

"내 기억으로는 없네만."

"그럼 어르신 것이겠군요."

고승도는 웃으며 고개를 끄덕였다.

"그런 것 같군. 나이가 들다 보니 가끔씩 깜빡깜빡한다네. 멍하게 앉아 있기를 하루 종일 할 때도 있지. 그 꼬챙이 끼워놓은 방식을 보니 내 것이 맞는가 보이."

우쟁천은 몇 번의 칼질도 거치지 않고 깔끔하게 지지대를 세우고 꼬챙이를 끼운 방식을 바라보며 말했다.

"야영이 익숙하신가 봅니다. 전 별로 경험이 없습니다만."

고승도는 희끄무레한 달로 시선을 옮기며 대답했다.

"반평생 이상을 이러고 산 셈이지. 시장한가 보이. 이왕 손에 쥐었으니 들게. 난 별로 생각이 없구먼."

"감사합니다, 어르신. 그러면……."

우쟁천은 중도에서 말을 멈추고 등짐을 벗었다. 그리고 분주 한 병을 꺼내 들고 말을 이었다.

"이건 어떠십니까?"

고승도가 다시 고개를 돌려 분주를 확인하고 희미한 미소를 지었다.

“자네 예의를 아는 사람이구먼. 고맙네. 마침 한잔 술이 아쉬웠다네.”

우쟁천은 분주병을 건네며 말했다.

“한 병 더 있으니 필요하면 말씀하세요. 전 분주는 별로 좋아하지 않습니다.”

고승도는 병 뚜껑을 열면서 말했다.

“한 병이면 족하네.”

우쟁천은 고개만 끄덕이고 입술을 핥으며 토끼 고기를 들었다.

“후! 후! 후!”

우쟁천이 입 바람을 불어 고기를 식히는 동안 고승도는 술병을 들어 향을 먼저 마시고 한 모금 들이켰다.

“제대로 된 분주로구먼. 분주는 별로라면서 용케도 좋은 걸 가지고 다니는군.”

“헤헤헤. 입에 맞으십니까? 원래 제 선친이 좋아하던 술도가에서 구한 것이지요. 추억이 있으니 그나마 그게 마시기 좋더라구요. 가격도 싸구요.”

우쟁천은 토끼 고기를 통째로 들고 이로 찢어서 씹기 시작했다.

한동안 먹기에만 열중하던 우쟁천은 허기가 가시자 고승도에게 눈길을 돌렸다. 그는 반쯤 남은 토끼 고기를 한 손에 들고 다른 한 손으로 등짐을 뒤졌다.

“어르신, 육포가 조금 남았는데 안주 하시렵니까?”

느릿하게 한 모금씩 들이키던 고승도는 우쟁천을 바라보지 않고 술 병 든 손으로 흐릿한 달을 가리켰다.

“내 안주는 저걸로 충분하구먼. 신경 쓰지 말고 마저 들게.”

우쟁천은 등짐에서 꺼낸 천 보자기를 다시 쑤셔 넣고 마지막 살점까지 깨끗하게 먹어치웠다.

"커억! 잘 먹었다. 그럼 밥값을 해야지."

우쟁천은 자리를 털고 일어나 주변을 돌아다니며 나뭇가지들을 모았다. 잔가지를 먼저 넣어 불꽃을 살리고 큰 가지를 넣어 온기를 살렸다. 그리고 남은 나뭇가지들을 불 옆에 쌓아놓고 손을 털었다.

고승도가 달을 외면하고 우쟁천을 향해 돌아앉으며 흐릿한 미소를 지었다.

"자네, 부지런하구먼. 조금 전에 운성 구봉산 토벌에 수인병으로 참여했다고 했지? 부지런한 사람은 원래 죄짓는 일이 드문데 무슨 죄를 지었던가?"

우쟁천은 뒤통수를 긁적이며 말했다.

"살인입니다만."

"만?"

"말하자면 좀 깁니다만."

"자네, 만 좋아하는구만. 어디 갈 건가?"

우쟁천은 웃으며 고개를 젓고 그 일의 전말을 간략하게 말했다.

"흐음! 어디서 들은 이야기와 겹치는 것 같구먼. 어디서 살았다고?"

"곽줍니다."

고승도는 미간을 좁히며 혼잣말로 중얼거렸다.

"곽주? 곽주라? 득명과 같지 않은가? 그리고 보니 우리 통성명도 하지 않았지?"

우쟁천은 이름을 말하는 대신 눈을 치뜨고 낮게 소리쳤다.

"어르신! 방금 득명이라 하셨습니까?"

"아는 이름인가?"

"우가 성을 쓰시는 분이라면 제 선친 되십니다."

고승도는 웅크렸던 허리를 쭉 펴고 눈을 부릅떴다. 그리고 모닥불을 돌아 우쟁천의 앞으로 다가와 쪼그려 앉으며 얼굴을 뚫어지게 살폈다.

"과연! 그럼 네가 쟁천이란 말이냐?"

"그렇습니다. 어르신은 선친과 어떻게 아시는지요? 혹시 지호촌?"

"그러하다. 내 한때 지호촌을 책임지고 있었다."

우쟁천은 급히 무릎을 꿇고 고개를 숙이며 물었다.

"하면 어르신께서 고 자, 승 자, 도 자를 쓰시는 분이십니까?"

"그 역시 그러하다. 내가 고승도다. 어찌 내 이름까지 알고 있단 말이냐?"

고승도는 우쟁천의 어깨를 잡아 일으켜 세웠다. 우쟁천은 허리를 펴고 고승도를 바라보며 대답했다.

"먼저 일도 할아버지께 들었고, 이틀 전까지 지호촌에 있었지요."

고승도는 바닥에 털썩 주저앉았다.

"후우! 우리 편히 앉자꾸나."

우쟁천은 한 번 사양했으나 고승도가 재차 강권하자 어색하게 가부좌를 틀어 앉았다.

고승도는 예의를 차리는 듯한 미소 대신에 진심 어린 미소를 지으며 말했다.

"일도, 아니, 내 아우는 잘 있느냐?"

"최근 들어 저 때문에 무리하신 적은 있습니다만, 평소 잔병치레 같은 것은 하지 않으십니다."

"다행이구나. 그런데 너는 왜 여기서 헤매고 있느냐? 네 아비의 묘가 지호촌에 있으니 거기 들른 것은 이해가 된다만, 떠나왔으면 태원으로 방향을 잡아야 하질 않느냐?"

"어르신을 찾아 무주산 천불동으로 가는 중이었습니다."

"못 만나면 어찌하려 했을꼬?"

"오대산 상은암에서도 못 뵈면 지호촌으로 돌아가서 기다릴 생각이었습니다. 사실 이렇게 만나뵈올 것이라고는 별반 기대하지 않았는데 천불동 이르기 전에 만나뵈었으니 시간을 많이 아낀 셈입니다."

우쟁천은 내심 위무악에게 감사하고 있었다. 그가 아니었다면 삭주성에 들어갔을 것이고, 거기서 하루 묵었다가는 길이 엇갈렸을 것이며, 만에 하나 길에서 마주쳤더라도 서로의 존재를 모른 채 지나쳤으리라.

고승도는 부드러운 미소를 지었다.

"만나야 할 인연이니 이렇게 만난 것이겠지. 내 비록 너와는 초면이다만 서로의 인연은 가볍지 않으니 지금이 아니라도 언젠가는 만났을 것이다. 하지만 네가 이렇게 일부러 나를 찾은 것은 이유가 있겠다만?"

우쟁천은 대답을 미루고 먼저 등짐을 뒤졌다. 그는 곧 등짐 밑바닥에서 논어와 맹자 한 권씩을 꺼내고 논어의 책장 속에 끼워져 있던 봉서를 고승도에게 건넸다.

고승도는 의아한 표정으로 봉서를 받았다.

"일도 할아버지가 전하라 하신 겁니다."

우쟁천은 고승도가 편지를 쉽게 읽을 수 있도록 불 속에 나뭇가지를 더 넣었다.

불꽃이 일어나는 순간 고승도의 얼굴에도 불꽃의 붉은 그림자가 일렁거렸다. 우쟁천은 만감이 교차하는 표정으로 봉서를 여는 고승도를 보며 고개를 갸웃거렸다.

고승도와 고일도, 두 사람은 서로의 생존을 알고 거처를 아는 형제들이었다. 그럼에도 불구하고 오랜 세월 동안 애써 서로를 외면해 왔다.

'무엇 때문에?'

묻지 말라는 고 노인의 말을 들은 터라 지금까지는 굳이 알려고 하지 않았지만, 막상 고승도를 직접 만나고 나니 궁금해져서 참을 수가 없을 정도였다.

'할아버지나 이분 어르신 모두 홀로 인 건 분명하지? 그렇다면 이 천하에 핏줄이라고는 오직 두 사람뿐이잖아? 그런데 왜 외면하고 사는 거야? 도대체 두 사람 사이에 뭐가 있기에 삼십 년 넘도록 얼굴을 보지 않으려는 거지? 할아버지 안부부터 묻는 것을 보면 화가 난 사람은 할아버진 것 같은데, 도대체 뭐에 그렇게 꽁해 있는 거야? 나잇값도 못할 양반은 아니잖아?'

고승도는 다 읽은 듯 편지를 늘어뜨리고 하늘을 올려다보았다.

"허허허! 허허허허! 삼십여 년 만이거늘……."

그 웃음이 너무나 허탈해서 우쟁천은 자신도 모르게 편지를 넘겨다보고 말았다. 뒤집어져 있어서 글을 읽지는 못했으나 한 가지는 분명했다. 삼십여 년 만에 소식을 전하는 편지치고는 너무나 짧다는 것이었다.

우쟁천은 안절부절못하는 심정이 되어 자신도 모르게 말했다.

"어르신, 할아버지가 평소에도 원래 말이 없으세요."

고승도는 씁쓸한 미소를 지으며 우쟁천을 바라보았다.

"내용을 알고 있느냐?"

우쟁천은 고개를 저었다.

고승도는 다시 달을 올려다보며 말했다.

"네가 꿈꾸는 세상에 자신의 꿈을 올려놓았다는구나. 그러니 네 꿈이 현실이 될 수 있도록 도와달라고 했다. 그것이 전부야. 잘 지내느냐는 말 한마디 하지 않고……."

'우와! 할아버지 정말 해도 너무하는군.'

우쟁천은 자신이 꼭 고승도를 박대한 것 같아 미안하기 그지없었다. 그러나 그의 위로라는 게 도움이 될 턱이 없다는 것을 잘 알고 있기에 한동안 아무 말하지 않고 모닥불만 바라보았다.

‘앗! 있다.’

우쟁천은 봉서를 빼고 곁에 내려둔 책자들을 급히 집어 들어 고승도에게 내밀었다. 엉겁결에 책자들을 받아 든 고승도는 표제를 읽고 눈살을 찌푸렸다.

“논어와 맹자? 이것을 왜 내게?”

“아! 내용물을 다릅니다. 논어부터 보시지요. 직접 전하는 말씀은 아니나 많은 말씀을 하실 겁니다.”

고승도는 우쟁천의 진지한 눈빛을 확인하고 표지를 접었다. 과연 논어가 아니었다.

이 한 권에 나 고일도의 일생을 담는다.

고승도는 책에서 눈을 떼고 우쟁천에게 말했다.

“시간 좀 걸리겠구나.”

“없는 놈이라고 치십시오. 달 구경이나 하다가 졸리면 자겠습니다.”

고승도는 미소로써 대답을 대신하고 책자를 쓰다듬은 후 책장을 넘겼다.

■4장■
협의가 칭찬받지
못하는 세상을 위해

슬프도록 아름다운 눈망울을 지닌 여인이었다. 남자라면 누구나 보호해 주고픈 욕망을 느낄 만큼 가련해 보이는 여인이었다. 그 같은 여인은 눈을 내리깔고 무릎을 꿇은 채 비 맞은 참새마냥 바들바들 떨고 있었다.

만 귀비는 여인의 부드러운 턱을 쓰다듬으며 천천히 그녀의 주변을 한 바퀴 돌았다. 다시 여인의 앞에 선 만 귀비는 턱에서 손을 떼고 웃으며 말했다.

"예쁘구나. 황상께서 거듭 안은 것이 이해가 되는구나."

"화, 황공하옵니다. 귀비 마마!"

만 귀비는 여인의 숙여진 머리를 쓰다듬으며 미소 지었다.

"마음에 쏙 드는 아이로구나. 황상의 총애를 저버리지 않도록 늘 심신을 맑고 깨끗하게 다듬도록 하여라. 그리고 수태에 최선을 다하여라. 황자를 낳아야 하느니라. 대명황실에 적통 황자가 없음이니 네가 황자를 생산하기만 한다면 부귀영화가 곧 너의 것이라. 알겠느냐?”

여인은 바닥에 납작 엎드리며 낮게 소리쳤다.

“황공 또 황공하옵니다, 마마! 소녀, 마마의 말씀, 명심 또 명심하여 받들 수 있도록 최선을 다하겠사옵니다.”

“귀엽구나. 그래, 마음에 새겼으면 되었다. 그만 가보아라.”

여인은 문밖을 나설 때까지 단 한 번도 고개를 들지 않고 뒷걸음질쳤다.

“하! 저 계집은 멍청한 것인가, 발칙한 것인가? 그런 순진한 얼굴을 해 가지고 받들어야 할 것과 그러지 말아야 할 것을 구별조차 하지 못해?”

만 귀비는 다시 닫힌 문을 향해 차갑게 미소 짓고 문밖을 향해 낮게 소리쳤다.

“직이 들라 이르라.”

밖에서 여감의 대답 소리와 줄달음질치는 발소리가 연이어 들렸다.

만 귀비는 침상으로 다가가 침상 밑에 손을 넣어 화사한 지함 하나를 꺼냈다. 그녀는 지함을 들고 침상에 걸터앉은 후 두 손으로 지함을 어루만지며 눈을 붉게 물들였다. 그녀는 지함을 열었다. 그 속에 든 것은 앙증맞은 아이의 속곳. 그녀는 속곳을 꺼내어 얼굴을 가져다 비비며 눈물을 흘렸다.

“내 새끼, 이왕 세상을 보았으면 천하를 호령이나 해보고 갈 것이지 어찌 그리 일찍 간단 말이냐? 내 새끼, 이 어미가 너의 천하를 만들기 위한 준비를 다 마쳤거늘 어찌하여 그리도 야속하게 서둘러 가버린단 말이냐? 으흐흐흑!”

열아홉 살, 여인으로서 황궁에 들기에는 너무나 늦은 나이임에도 불구하고 만경령은 나이, 신분, 배경에 따른 온갖 불리한 조건들에 굴하지 않고 끝내 대명의 황제를 막후에서 지배하는 실력자가 되었다.

사람들은 그녀를 철의 여제라고 불렀다. 비록 귀비에 불과했으나 그녀의 권세만큼은 황제에 버금가기 때문이었다. 황후를 폐위시키는 권력을 지닌 여인, 그럼에도 나이로 인하여 끝내 황후의 자리만큼은 차지하지 못한 여인, 그런 만 귀비도 한때 자애로운 어미로서의 미소를 지은 적이 있었다.

육 년 전, 만 귀비의 나이 서른아홉이 되었을 때 그녀는 황자를 낳았다. 서른아홉의 나이, 황후가 아닌 대개의 황실 여인들이라면 아무도 찾지 않는 황궁의 깊숙한 곳에서 독수공방해야 할 그 나이에, 만 귀비는 적통이 없는 성화제의 대를 이었다. 나라의 경사였고 만 귀비 본인의 광영이었다. 그때부터 만 귀비는 그녀가 낳은 황자의 세상을 위한 준비를 시작했다. 하지만 하늘은 그녀의 편에 서주지 않았다. 심술쟁이처럼 생명을 주자마자 거두어 가버린 것이었다.

만 귀비의 통곡이 하늘에 닿은 날, 그날이 바로 아이가 태어난 지 일 년 만인 오 년 전 오늘이었다.

만 귀비는 아이의 속곳을 안아 보듬어 쓰다듬고 또 쓰다듬었다.

"마마, 왕 태감 입실하였습니다."

만 귀비는 울먹이는 목소리로 말했다.

"들라 하라."

문이 열리고 가냘픈 체구의 중년 태감이 들어와 바닥에 부복했다.

"마마, 찾아 계시오니까?"

만 귀비는 아이의 속곳을 소중하게 다루어 지함 속에 넣고 눈물자국이 그대로 드러나는 얼굴로 중년 태감을 바라보았다.

"제독이 되었다고 새삼스럽게 예의를 따지는구나. 가까이 오너라."

중년 태감은 고개를 숙였다가 일어나 만 귀비의 발 앞까지 다가가 시립했다. 그는 만 귀비가 지함을 닫고 그것을 침상 깊은 곳에 넣는 것을 가만히 지켜보았다. 그의 눈에 슬픔이 어렸다.

만 귀비가 그녀 본연의 의연한 모습을 되찾고 침상에서 일어나 걸었다.

"방금 한 계집이 다녀갔다."

중년 태감은 고개를 숙이고 대답했다.

"들었사옵니다. 일거수일투족이라도 놓치는 일은 없을 것입니다."

"오냐. 그럼 그건 됐다. 그런데 직아."

만 귀비 본인의 입으로 제독이 되었다고 했다. 태감에 제독이라면 내관으로서는 더 이상 오를 수 없을 만큼 오른 셈이고, 누구도 무시할 수 없는 요직을 차지한 셈이었다. 만 귀비는 그런 자를 이름으로 부르고 있었다.

제독태감 왕직. 체구는 연약해 보이나 무공만큼은 도지감을 비롯한 호위내감들 가운데 최강으로 알려진 자로, 어려서부터 만 귀비의 시위내관이었던 자였다. 오로지 충성, 만 귀비에 향한 충성밖에 모르는 삶을 살았던 그는 그 공로를 인정받아 올해 신설된 서창의 제독이 되었다.

왕직은 다음 말을 기다린다는 표시로 허리를 접어 보였다.

"죽은 그 요족 계집의 일은 알아보았더냐?"

왕직은 깊숙이 허리를 접었다.

"기씨에게 후사가 있다는 소문은 사실인 듯하옵니다."

"무어라? 정녕 내가 모르는 황자가 있단 말이더냐? 찾았느냐?"

"죄만하옵니다, 마마. 태후마마께옵서 관여하신 듯하여 함부로 뒤를 캘 수가 없었나이다. 조심스럽게 찾다 보니 지체되고 있사옵니다. 소인을 벌하여 주옵소서."

만 귀비는 왕직을 외면하고 홀로 중얼거렸다.

"태후께서? 태후께서 나와 척을 지려 하신다? 아니지. 온후한 분이야.

다만 적통을 지키려 하심이다. 하지만 천박한 요족 계집이 난 황자. 피가 더러워. 내 품에 안아야 어떻게든 제대로 씻기고 키울 텐데."

왕직은 다시 허리를 접었다.

"소인, 반드시 찾아내겠습니다."

"알았다. 황후도 아니고 태후께서 감추신다니 네가 아무리 날고 긴다 하더라도 쉽게 찾아내지는 못하겠지. 서둘지 마라. 태후께서 그 일로 진노하셔서는 안 돼."

"조심조심 봉행토록 하겠나이다. 달리 하명하실 일은 없사옵니까?"

만 귀비는 대답없이 고개만 끄덕였다.

왕직은 만 귀비의 눈치를 보다가 조심스럽게 말을 꺼냈다.

"요즘 들어 동창의 이 태감이 손 도사와 법왕 계효를 자주 접촉한다 하옵니다."

만 귀비의 눈썹이 꿈틀거렸다.

"이신충이? 무슨 일이냐? 혹시 너를 경계하는 것이냐?"

"소외되었다고 생각하는 것은 아닐는지?"

만 귀비는 무겁게 고개를 끄덕였다. 그럴 수도 있는 일이었다. 이신충에게 있어서 서창을 창설한 것 자체가 달가운 일이 아닐 것이다. 그런데 서창의 인력마저 노련한 동창에서 뽑아오고 있으니 기둥뿌리 두어 개 뽑힌 것 같은 기분일 것이었다. 더구나 왕직은 오랜 세월 만 귀비를 모셨던 충복이니 이신충으로서는 만 귀비가 자신을 멀리한다고 생각할 수밖에 없으리라.

"그런데 하필이면 손도옥과 계효란 말인가?"

만 귀비가 비록 성화제를 치마폭에 감싸 안고 있다 하여도 한 가지 문제만큼은 쉽게 제동을 걸지 못하고 있었다. 점복이나 미신에 집착하는 점이었다. 그래서 성화제 제위 기간 동안 황실에는 유독 도사와 승려들이 많았다. 그 가운데 화산에 적을 두고 있는 손도옥은 진인이라고 추앙받았고, 전진 계열의 이자성은 도사이면서 예부시랑에 자리에까지 올랐다. 소림과 끈이 닿아 있는 계효는 법왕의 칭호를 받았고 그 외에도 많은 승려들이 법왕, 혹은 국사라고 불렸다.

만 귀비가 마음에 걸려하는 것은 왜 다른 도사나 승려가 아니라 화산과 소림에 연관된 두 사람이냐는 것이었다.

"설마 직이 네가 아니라 나를 견제한다는 뜻인가?"

왕직은 고개를 조아리면서 급히 말했다.

"설마, 설마 그럴 리는 없습니다. 이 태감이 감히 마마께 등을 돌릴 담량이 있겠나이까? 그 일은 소인이 조만간 그 내막을 알아보겠나이다."

만 귀비는 생각하기 싫다는 듯 손을 흔들었다.

"그래, 그 일은 네게 맡기겠다. 이신충이 그들을 만난다고 해서 크게 달라질 것도 없으니."

왕직은 다시 허리를 접었다.

"그리고 마마. 소인, 근일간에 전에 다녀올까 하옵니다."

"응? 전에는 무슨 일로?"

"마마께옵서 소인에게 서창을 맡겨주신 지도 석 달이 다 되어갑니다만 아직 전주께 인사 올리지 못했습니다."

"그랬구나. 그래, 가봐야지. 드러나지 않게 하고."

"예, 조심하겠나이다."

"가기 전에 내게 먼저 들러라. 서신이나마 아버지께 문안 인사 올려야겠구나."

"알겠습니다. 소인, 이만 물러가겠나이다."

왕직은 부복하여 인사하고 조심스럽게 뒷걸음질쳤다.

만 귀비는 얼굴을 구긴 채 방 안을 오락가락했다. 이맛살을 찌푸리다가 볼과 입술을 차례로 쓰다듬다가 눈을 감기도 했다.

"요족 계집의 핏줄이 있어? 하아! 직이가 찾아낼 거야. 찾아내야만 해. 잘못하면 영성왕부의 일을 그르친다. 반드시 찾아야 해."

만 귀비는 오른손을 사선으로 내리그었다. 그녀가 돌아서서 침상으로 돌아가려는 순간 청화백자의 목에 사선의 줄이 가더니 곧 목이 바닥으로 미끄러져 산산이 부서져 버렸다.

＊　　　＊　　　＊

명(明) 영락(永樂) 18년(서기 1420년) 산동(山東) 황하(黃河) 북변의 작은 마을

고승도와 만검혼은 옷자락이 닿을 듯 서로를 지나쳐 자리를 바꾸었다. 서로 등진 채 두 걸음씩 더 나아간 그들의 표정이 엇갈렸다. 고승도는 미소를 지었고, 만검혼은 왼손으로 옆구리를 쥐고 입술을 깨물었다.

고승도가 목도를 늘어뜨리고 돌아서는 순간 한쪽에서 잔뜩 긴장한 표정으로 바라보고 있던 고일도가 두 손을 번쩍 치켜 올리며 환호했다.

"우리 형이 또 이겼다!"

그 순간 맞은편에 서 있던 세 명의 백의소년들, 만검혼의 동생들이 동시에 고개를 숙였다.

고승도는 실망한 기색을 숨기지 못하는 만검혼의 동생들에게 미안한 표정을 지었다. 그리고 환호하는 고일도에게로 다가가 눈살을 찌푸리며 고개를 가로저었다.

"형이 최……."

고승도는 여전히 흥분한 기색을 감추지 못하는 고일도의 입을 막으며

고개를 돌렸다. 망부석이 된 듯 꼼짝도 하지 않던 만검혼이 검으로 바닥을 세차게 찍었다. 찍고 또 찍어 결국 목검을 부러뜨려 버렸다.

고승도는 분기를 억누르고 있는 만검혼의 등을 바라보다가 그에게로 다가가 어깨를 쓰다듬었다.

"아혼, 백일도(百日刀) 만일검(萬日劍)이란 말이 괜히 생긴 건 아닐 거다. 지금은 내가 조금 나을지 몰라도 곧 달라질 거야. 우리 아버지들이 그랬잖아. 너무 실망하지 마."

고승도는 미안함이 그대로 드러나는 진심 어린 위로를 전했다. 만검혼은 고승도의 손을 세차게 뿌리치고 돌아섰다. 핏발 선 만검혼의 두 눈이 칼날처럼 번득였다.

"무인은 동정받지 않는다 했는데, 넌 기어코 나를 두 번 죽이는구나. 두고 보자. 오늘은 졌지만 다음번에는 반드시 내가 이긴다!"

만검혼이 분노 어린 외침을 터뜨리는 순간 그의 입에서 붉은 핏방울들이 튀어 올랐다.

고승도는 아무런 대응도 할 수 없었다. 만검혼의 두 눈에서 뿜어져 나오는 분노와 살기, 그리고 그의 입술과 턱에 맺힌 피에 놀란 탓이었다.

만검혼은 부러진 목검을 팽개치고 돌아서서 동산 아래로 내려갔다. 그 뒤로 그의 동생들이 따라갔다.

"형. 검혼 형, 화가 많이 났나 봐."

고승도는 걱정스러운 눈빛으로 자신을 올려다보는 동생의 머리를 쓰다듬으며 싱긋 미소 지었다.

"그러게. 에이, 전처럼 금방 풀리겠지."

고승도는 하얀 점이 되어버린 만검혼과 그의 동생들을 바라보며 다시 말했다.

"일도야. 다음에는 한 번 져줄까?"

"그건 안 돼, 형. 실력으로 이긴 게 아니니까 알게 되면 더 기분 나쁠 거야."

고승도는 눈을 둥그렇게 치뜨고 미소 지었다.

"그래?"

고일도는 눈을 반짝이며 고개를 끄덕였다.

"형이 전에 나한테 일부러 져준 적 있잖아? 그때 기분 더러웠어. 내가 이길 수 없다는 거 아니까."

"그랬구나. 너, 그래서 한참 동안 나하고 말 안 한 거였어?"

"응. 무지 화나더라. 언젠가는 반드시 실력으로 이기겠다고 결심했지."

고승도는 장난스럽게 웃으며 고일도의 머리를 쓰다듬었다.

"우리 일도 불쌍해서 어쩌지?"

"뭐가 불쌍해?"

"공부하는 머리야 네가 더 낫다고 인정하지만, 무공으로는 이 형을 평생 못 이길걸. 포기해라."

"뭐야? 어디 두고 봐. 십 년 후에는 내가 이긴다."

"메롱! 백 년 후에도 어림없다, 이놈아."

고승도는 주먹으로 고일도의 뺨을 툭 치고 산 아래로 뛰어갔다. 고일도가 화난 얼굴로 그 뒤를 따랐다.

고승도는 책을 덮었다.

"후우! 아우, 자넨 끝까지 나를 밀어붙이는구먼. 하지만, 하지만 난 할 수 없네. 미안하이!"

고승도는 동이 터오는 새벽 하늘을 올려다보다가 눈을 감았다. 고승도의 기억 저편에서 잊고 있던 불꽃이 피어올랐다. 붉은 피가 튀어 올랐다.

아비규환 속에서 울부짖는 목소리가 들렸다. 놀란 아이의 울음소리가 들렸다.

고승도는 칼을 휘둘렀고 그를 죽이려던 마귀 하나를 베었다. 마귀가 본색을 되찾는 순간 그는 까무러칠 정도로 놀랐다. 죽여서는 안 되는 마귀였다. 그를 형이라고 부르던 만검상이었다. 도대체 왜 그가 자신의 집에 난입했는지 알 수 없었다.

고승도는 소리를 지르며 밖으로 튀어나갔다. 그리고 마귀의 모습을 한 만검혼을 만났다. 그가 무언가를 말했지만 정신이 오락가락하던 고승도는 무슨 말인지 알아들을 수가 없었다. 그 순간 만검혼이 검을 뽑아 쇄도했다. 누구보다도 잘 아는 검이었다. 하지만 알 수 없는 검이었다. 달라진 것은 검법이 아니라 압도적인 공력. 과거의 만검혼이 가지지 못했던 것이었다. 쉽게 막아낼 수 있었던 검세가 고승도의 아귀를 찢어버렸고 전에 없던 검기가 그의 옆구리를 훑고 지나갔다.

그때 옆방에서 동생 고일도가 방문을 부수며 튀어나왔다. 한쪽 다리가 잘린 채 피 묻은 도를 들고 울부짖고 있었다.

"으아아아아! 형! 내가 검영을 죽였어. 검영을 죽여 버렸어. 대체 왜? 검영이 왜 내게 검을 들이대는 거야? 형!"

고승도는 다른 어떤 생각도 할 수 없었다. 오직 한 사람, 동생 고일도를 구해야 한다는 생각뿐이었다.

파도제멸(破刀諸滅)!

도를 부서야 하는 탓에 단 한 번도 실현해 본 적이 없는 파도제멸을 펼쳤다. 그의 애도는 조각조각 부서져 만검혼에게로 날아갔고, 만검혼은 당황하여 요혈만을 방비하고 급히 물러섰다. 서너 개의 쇳조각들이 만검혼의 전신에 박히고 또 다른 하나가 그의 뺨을 할퀴었다. 그사이에 고승도는 고일도를 안고 몸을 날렸다. 그의 뒤를 쫓는 발소리들이 들리지 않

을 때까지 정신없이 뛰었다. 강을 건너서야 겨우 정신을 차린 고승도는
강 건너 그의 집이 불길에 휩싸이는 것을, 그의 가족이 불타는 소리를 멍
하게 보고 들어야만 했다.

"으으으으으윽!"

고승도는 고개를 저었다. 다시는 떠올리지 않으려 했던 기억이었는데
또다시 넘보고야 만 것이었다.

"임자! 미안하오!"

또다시 놀란 아이의 울음소리가 들렸다. 놀란 아이의 울음소리가 가슴
에 사무쳤다. 그리고 그 아이의 웃음소리가 들렸다. 그 아이의 웃음소리
가 가슴을 찢어놓았다.

고승도는 입을 막아 흐느낌을 억지로 멈추고 눈을 떴다. 아이의 울음
소리, 웃음소리가 멀어져 갔다.

고승도는 고개를 흔들어 귓가에서 맴도는 소리를 털어버리고 건곤보
태신공을 쓰다듬었다. 다리가 잘리고 난 후, 고일도는 갑자기 늘어난 만
가의 내공을 짓누를 만한 신공을 만들겠다고 선언했었고, 그 결과물이
지금 고승도의 손 안에 있었다.

그 책이 고일도가 되어 소리치는 것만 같았다.

"나는 내공을 완성했다. 너는 도법을 완성했느냐? 이제 우리 죽을 때
가 되었다. 더 이상 늦출 수 없어. 복수하자! 복수하자! 복수하자!"

고승도는 입 벌려 말하지 못하고 고개를 저었다. 그때 그의 눈에 우쟁
천이 들어왔다. 희나리만 남은 모닥불 옆에서 웅크린 채 자고 있었다.

고승도는 우쟁천이 모아놓은 나뭇가지들 가운데 굵은 것을 집어 들고
오른손 엄지로 세차게 문댔다. 불꽃이 확 일어났다가 줄어들었다. 고승
도는 가는 나뭇가지들을 던져 불꽃을 안정시키고 다시 중간 크기의 나뭇
가지들로 온기를 일으켰다. 좀 전까지 앉아 있던 우쟁천이 어느샌가 몸

을 웅크린 채 자고 있었다.

고승도는 미소를 지으며 우쟁천의 얼굴을 바라보다가 문득 그의 머리맡에 있는 맹자를 발견하고 집어 들었다.

"흠! 이것도 맹자는 아니겠지?"

씁쓸한 미소를 지은 후 책을 펼쳤다. 그 순간 고승도는 눈을 부릅떴다. 우쟁천의 손에 있어서는 안 될 책이었다. 그가 만든 도법이었고 그가 직접 떠나보낸 비급이었다.

"이걸 왜 이 녀석이?"

고승도는 손을 뻗어 우쟁천의 어깨를 짚으려 했다. 그러나 곧 손을 빼고 한숨을 내쉬었다.

"급하게 물어본들 무엇 할까? 어차피 이 녀석 손에 쥐어져 있는 것을."

고승도는 논어와 맹자를 겹쳐 우쟁천의 머리맡에 내려놓고 일어섰다. 그리고 뒷짐을 진 채 막 머리를 내미는 붉은 태양을 바라보았다.

"흠! 오늘의 태양은 유독 빨갛구나. 핀가? 정열인가? 아니면 또 다른 시작? 흠! 무슨 생각을 하는 거지, 고승도?"

고승도는 고개를 저으며 쓰게 웃었다.

"으으으으으, 뻐근해! 잔 것 같지도 않아."

모닥불 옆에서 웅크리고 자던 우쟁천은 오만상을 찌푸리면서 몸을 비비꼬았다.

"으다다다다다! 아자!"

크게 기지개를 켜고 벌떡 일어난 우쟁천은 문득 주변에 있을 고승도를 떠올리고 두리번거렸다.

"잘 잤느냐?"

"아! 안녕히 주무…… 시지는 못하셨군요?"

고승도는 밝게 웃어 보이고 뒷짐을 진 채 태양을 바라보았다.

"음. 가슴이 아리고 한편으로는 벅차서 잘 수가 없었다."

의미가 명확하지 않은 말, 하지만 감정적으로는 수긍할 수 있는 말이었다. 우쟁천은 고승도의 옆으로 다가가 섰다.

"전 이렇게 아침 해를 바라보는 게 좋습니다."

"시작이니까. 대개의 사람이면 다 좋아하지. 제대로 자지도 못해 아직 잠이 깨지 않았을 테지만, 네게 몇 가지 물어볼 게 있구나."

"말씀하세요."

"맹자가 어떻게 네 손에 있는 거냐?"

천수불영도법을 의미한다는 것을 깨달은 우쟁천은 막유수의 이야기를 하지 않을 수 없었다.

고승도는 한숨을 내쉬고 눈을 감았다.

"흠! 그게 동창에? 이정웅이 내 뜻과 달리 쓴 것인가? 그럴 사람이 아닌데? 어쨌든 네 손에 들어간 것이 오히려 잘되었어. 인연이란 그런 것이겠지. 그럼 막유수 그 사람은?"

"어제 잠깐 말씀드린 제 인생의 스승이십니다. 사제지연을 맺고자 하였으나 가는 길이 달라서……."

"음. 비천협도가 그런 사람이었군. 좋은 인연을 맺을 수 있었는데, 아쉬웠겠구나."

우쟁천은 태양처럼 밝게 웃으며 고개를 저었다.

"제가 가장 힘들고 어려웠을 때 베풀어주신 그분의 가르침은 이미 제 삶의 기반이 되었습니다. 무학의 스승은 아니시나 제 마음의 스승이신 건 틀림없는 일이지요. 그분이 저와 사제지연을 맺지 않은 것은 제 꿈을 향한 거름이 될 뿐, 족쇄가 되지 않으시려는 배려라고 생각합니다. 인종

삼사무공고(人從三師武功高)요, 불경일사(不經一師) 부장일공(不長一功)이라 하지 않았습니까?"

세 스승을 따르면 무공이 높아지고, 한 스승만 좇으면 한 가지 무공으로 끝나 버린다는 뜻이다. 하지만 당금의 강호에서는 무공의 진보를 위해 파를 넘나든다는 것이 쉬운 일은 아니었다. 다른 유파의 무공을 욕심낼 만한 사람이라면 인재라 할 수 있을 것이고, 그 같은 인재가 하나 빠져나가면 세력이 약해지기 때문이었다. 그런 의미에서 흔한 무언(武言)이지만 현실에서는 보기 드문 말이었다. 하지만 우쟁천의 입장을 설명하기에는 참으로 적절한 말이기도 했다.

고승도는 고개를 끄덕이며 한 발 더 나아가 우쟁천을 향해 돌아섰다.

"나와 아우 사이의 일에 대해 아는 것이 있느냐?"

"없습니다. 묻고는 싶었지만 꺼려하시는 눈치를 보이셔서 애써 묻지 않았습니다."

고승도는 다시 우쟁천의 눈길을 외면했다.

'쟁천의 꿈에 너의 꿈을 편승시켜 놓고 말을 하지 않았다? 아우, 무슨 뜻인가? 복수를 원하는 것이 아니었던가?

고승도는 의문 어린 눈으로 다시 우쟁천을 바라보았다.

"네가 꿈꾸는 세상이 무엇이냐?"

우쟁천은 밝게 웃으며 주저없이 대답했다.

"협의가 칭찬받지 못하는 세상입니다."

고승도는 우쟁천의 표정과는 달리 눈살을 찌푸렸다.

"협의가 칭찬받지 못하는 세상? 네가 지금 내 앞에서 흑도천하를 이루겠다고 당당하게 말하는 것이냐?"

우쟁천은 여전히 웃으며 고개를 저었다.

"흑도천하와는 다릅니다, 어르신. 당연한 것은 칭찬거리가 되지 못하지요. 제가 꿈꾸는 세상은 협의가 칭찬받게 만드는 근원이 존재하지 않는 세상입니다. 그래서 천하를 쥐려 합니다. 불의한 자들이 힘을 갖지 못하도록, 그들의 공포로서 존재하려 합니다. 약간의 배려심과 작은 용기로도 능히 협의에 따를 수 있는 세상의 기반이 되고자 합니다. 잘살려고 노력하는 사람들이 의지할 수 있는 큰 나무가 되려 합니다. 이 천하 구석구석 널리 즐겁게 하려고 합니다."

고승도는 눈가에 주름까지 잡아가며 밝게 웃었다.

"녀석, 말은 청산유수구나."

"헤헤헤. 협객이 되겠다던 제 어린 시절의 꿈이 할머니와 아버지의 삶을 보면서 구체화된 것이지요. 그러니 생각하고 또 생각할 수밖에요."

"그 말 마음에 드는구나. 천하 구석구석 널리 즐겁게 한다? 이를테면 홍락천하(弘樂天下)인가?"

우쟁천은 눈을 치뜨고 고개를 끄덕였다.

"홍락천하! 제 맘에 쏙 드는 말입니다."

고승도는 미소를 지었다.

"나도 좋은 말이라고 생각한다. 그런데 네가 꿈꾸는 세상은 말 그대로 꿈같은 세상이어서 이루기가 쉽지 않을 것 같구나."

"제가 비록 어리다 하나 제 꿈이 이루기 어려운 것이라는 겻쯤은 알고 있습니다. 이왕 도전하는 것이니 완벽한 그림을 그릴 뿐이지요."

"그렇군. 허허허! 홍락천하라? 도전하는 것만으로 그 꿈의 주인인 너는 그리 즐겁지 않을 것 같구나."

"무슨 말씀이신지?"

"자리잡고 사는 사람을 쫓아내는 것은 쉬운 일이 아니지. 이미 가진 자들이 너를 적으로 돌릴 것이다. 너를 시기하고 음해할 것이다. 네가 하지도 않은 일을 했다고 할 것이고 역사에 악명으로 기록하려 할 것이다."

우쟁천은 그때서야 말뜻을 알아차리고 웃었다.

"그래서 강자가 되려 합니다. 단순명쾌하게, 제 의지대로 행동할 수 있는 절대강자가 되려 합니다. 그것을 바탕으로 패자가 되려 합니다. 뒤에서 수군거리라고 하지요. 악명을 씌우라고 하지요. 원하는 바는 아니지만 그리된다 해도 상관없습니다. 앞에서 가로막지 못하는 자는 두렵지 않습니다. 그런 자들은 눈만 부릅떠도 꼬리를 말 것이기 때문입니다."

고승도는 우쟁천의 두 눈에서 확고한 의지를 읽었다.

"현관이 타통되었지?"

우쟁천은 눈을 치떴다.

"제 눈에 탁기가 아직 가시지 않았거늘 어찌 아십니까?"

고승도는 눈가에 주름을 잡으며 말했다.

"너를 보고 안 것이 아니라 내 아우의 성정을 알기에 하는 말이다. 너, 내가 아우의 안부를 물었을 때 너 때문에 무리를 했다 했지? 그런 사람이다. 줄 때는 아낌없이 주는 사람이야, 내 아우는."

"예, 그런 분이시죠."

고승도는 우쟁천과 마주 웃다가 모닥불 쪽으로 발걸음을 옮겼다. 그는 맹자를 다시 들어 우쟁천에게 보였다.

"언제부터 수련했지?"

"만 사 년 되었습니다."

"보여주겠느냐?"

천수불영도법의 원주인 앞에서 펼치는 일이었다. 그럼에도 불구하고 우쟁천은 쑥스러움 한 점 드러내지 않고 번운의 도파를 잡았다.

챙!

번운의 도신이 세상에 드러나는 순간 고승도는 고개를 끄덕였다. 도를 잡는 자세만으로 우쟁천의 경지가 도신일체에 이른 것을 확인한 탓이었다.

휘류류류류류!

손아귀에서 몇 차례 휘돌던 도가 어느새 손목으로 옮겨가고 도영은 순식간에 우쟁천의 전신을 맴돌았다. 우쟁천은 왼발로 바닥을 찍어 허공을 낮게 유영했다.

한 송이 연화가 봄바람을 타고 허공을 떠다녔다. 어느 때는 세차게 어느 때는 부드럽게 휘돌아 천지에 오직 꽃 한 송이뿐인 듯 자유로움을 만끽했다.

고승도가 고개를 끄덕이는 순간 우쟁천의 두 손이 교차했다가 떨어졌다. 고승도는 눈을 부릅떴다. 번운이 오른손에서 왼손으로 옮겨간 것이었다. 왼손이라서 조금 달라 보인다는 것 말고는 오른손으로 펼치는 것과 조금도 다르지 않았다.

파파파파팡!

파공음과 함께 우쟁천의 움직임이 갑자기 격렬해졌다. 왼손으로는 천수불영도법을, 오른손으로는 풍뢰신권을 동시에 펼치는 것이었다.

팡!

천 개의 손으로 펼치는 불타의 그늘 속에서 한줄기 벼락이 튀어나오는 순간 우쟁천의 신형은 어느새 삼 장을 물러났다가 흐릿하게 흐려진 후에 원래의 자리에 나타났다. 그 같은 움직임은 신묘무형보에 기인한 것이었다.

고승도는 단순히 우쟁천의 천수불영도법을 확인하고자 했을 뿐이었다. 그런데 지금 우쟁천은 그가 가진 모든 것을 보여주고 있었다. 하지만 탓할 수가 없었다. 얼마나 고련을 했는지, 우쟁천의 무공은 천수불영도법만 따로 떼어 펼치는 것이 오히려 어색할 것만 같았다.

고승도는 웃으며 고개를 저었다. 바로 그때 우쟁천의 도가 허공을 가로질렀다. 그리고 그때부터 천수불영도법과 혈호도법이 하나되어 천지를 소란스럽게 만들었다.

"저것은 득명의 혈호도법? 호! 저렇게 하니 공방이 하나되어 그럴듯해지는구나."

아호출림을 끝으로 우쟁천의 연무가 끝났다.

"왼손으로 펼칠 생각은 어떻게 했느냐? 건곤보태신공 때문이더냐?"

"건곤이란 곧 음양이요 양의이니 오른손으로 할 수 있는 것은 왼손으로도 할 수 있게 하라 하셨지요. 그래서 제 수련은 좀 더딥니다."

"더디다? 물론 게으른 천재보다는 노력하는 둔재를 좋아한다만, 더디다?"

고승도는 쓴웃음을 지으며 고개를 저었다. 그러나 곧 우쟁천을 직시하며 물었다.

"더디다는 걸 알고 있으니 어떻게든 내 지도를 따라올 수 있겠지?"

우쟁천은 눈을 치뜨며 즉시 무릎을 꿇었다.

"가르침을 주신다면 끝을 보기까지 죽지 않을 것입니다."

"흠! 그럴 때는 보통 죽어도 그만두지 않는다고 하지 않느냐?"

"강자가 되는 것은 저 하나의 노력으로 가능한 일, 그것으로 죽을 수는 없지요."

"그런 마음이면 되었다. 인연이 너무 늦게 닿아 득명을 가르치지 못했던 것이 늘 안타까웠다. 그와의 인연, 아우의 뜻과 네 꿈이 모두 너를 가르치라 하니 내 어찌 너를 박대할 수 있을까?"

우쟁천은 고승도의 발 앞에서 절을 올렸다.

"감사합니다, 어르신!"

고승도는 문득 미간을 찌푸리고 턱수염을 쓰다듬었다.

"어르신이라? 내 아우를 할아버지라 부르는데, 스승이 될 수도 없고,

그렇다고 어르신도 우습고, 너와 나는 어떤 관계일까? 역시 조손뿐이겠지? 하! 네 녀석은 참으로 사부 복이 없구나. 네 사람에게 무공을 배워놓고도 단 한 사람과도 사제지연을 맺지 못하다니."

"그것이 어찌 복이 없는 것이겠습니까? 넘치는 것이지요. 무공은 가르치시되 문규로 구속하지 않으십니다. 제게 한없는 자유로움을 주시니 행복할 따름입니다. 다만……."

"다만?"

"갑자기 할아버지가 두 분이 되시니 어찌 구별해야 할지…… 큰할아버지, 작은할아버지라고 할까요?"

고승도는 절로 드리워지는 애잔한 표정을 보이기 싫은 듯 등을 돌렸다.

'허허허! 만날 일이 없는 두 사람, 굳이 나누어 부를 이유가 있을까?

"후우!"

고승도는 한숨으로 얼굴에 드러난 슬픔을 털어버리고 다시 돌아섰다.

"호칭이야 네 마음대로 하고, 지금부터 내 말 잘 들어라."

우쟁천은 두 귀를 활짝 열고 있다는 듯 눈을 반짝이며 고승도를 직시했다. 고승도가 주변을 둘러보며 미소 지었다.

"나는 그저 하는 일 없는 늙은이에 불과한데, 이상하게도 내 주변에는 항상 뒤따르는 이들이 있다. 지금껏 알고도 모른 체했으나, 이제 너를 만났으니 그들의 존재가 귀찮게 여겨지는구나. 너는 일단 대동으로 방향을 잡고 세상 구경이나 하여라. 나는 뒤따르는 자들을 떼어놓고 너와 다시 만나겠다. 닷새 후 자정 무렵에 대동의 상영객잔 앞에서 보자."

우쟁천은 고개를 끄덕이고 고승도에게 절을 올렸다. 그리고 모닥불을 완전히 끄고 등짐을 챙겼다.

"논어와 맹자는 내게 다오."

우쟁천은 등짐 속에 넣으려던 두 권의 비급을 고승도에게 넘겼다.

"네 뒤를 따를지도 모르니 주의하여라. 그럼 먼저 떠나마."

고승도는 우쟁천의 대답도 듣지 않고 휘적휘적 걸어가 버렸다. 우쟁천도 바로 등짐을 지고 고승도와는 완전히 반대가 되는 길을 택해 걸었다.

산길을 내려가 얼마 가지도 않았는데 산음이었다. 우쟁천은 지금에서야 그 사실을 알았다는 것을 다행으로 여겼다. 미리 알았다면 무리를 해서라도 갔을 것이고, 그랬다면 고승도를 만나지 못했을 테니까.

산음으로 들어선 우쟁천은 아침부터 객잔을 찾았다. 이리저리 둘러보다가 찾은 곳이 청심객잔이었다.

"청심? 바가지는 안 씌우겠지?"

객잔에 들어서니 썰렁한 기운이 넘실거렸다. 우쟁천은 눈살을 찌푸리고 디밀었던 발을 빼려 했다. 손님 하나 없는 객잔이라면 무언가 문제가 있을 것이라고 생각한 탓이었다.

"어서 오세요!"

우쟁천은 도저히 발을 뺄 수 없었다. 십사오 세 정도 되어 보이는 까무잡잡한 얼굴의 소년이 눈을 애처롭게 반짝이며 그를 올려다보고 있었다.

우쟁천은 쓰게 웃고는 발을 내디뎠다.

소년이 환하게 웃으며 물었다.

"식사하실 거지요?"

"아니. 우선 방을 다오."

소년이 의아함과 경계의 빛을 담은 눈으로 우쟁천을 바라보았다. 우쟁천은 즉시 그 뜻을 이해했다. 이른 아침에 객잔에 들러 방부터 찾는 사람이라면 누구라도 이상하게 보리라.

우쟁천은 소년의 머리를 쓰다듬으며 웃었다.

"사흘 연장 노숙했다. 온몸이 서걱거리는 것 같아. 우선 목욕 좀 하고 밥은 한 시진 후에나 먹자. 떠나는 것은 오늘 저녁이나 내일 새벽녘이다."

우쟁천은 전낭에서 한 냥을 꺼내어 소년의 손에 쥐어주었다. 과용이었다. 삼백 문 정도에서 해결하려 했는데 소년의 얼굴을 보니 어쩔 수 없이 그렇게 되고 말았다.

"이걸로 방 값, 목욕 값, 세끼 밥값이 될까?"

소년은 활짝 웃으며 고개를 세 차례나 연이어 끄덕였다.

"돼요. 당연히 되고말고요. 뭘 드실 건지 몰라 정확히 말할 수는 없지만 오백 문은 남겠네요."

"지금 점소이는 너 하나뿐이지?"

"예? 예."

우쟁천은 소년의 머리를 쓰다듬으며 말했다.

"물 나르기 힘들겠구나. 나머지는 너 가져라."

'아이고! 이놈의 주둥이! 우쟁천 인마! 어제도 쓴 데 없이 열 냥이나 날렸잖아. 이거 왜 이래?'

우쟁천이 속으로 후회할 때, 소년이 정색을 하고 의젓하게 말했다.

"저희 객잔은 청심이라는 이름을 걸고 양심적으로 장사합니다. 오백 문이나 되는 큰돈을 그냥 받을 수는 없어요."

우쟁천은 눈을 치뜨며 고개를 갸웃거렸다.

"너, 꼭 이 객잔 주인의 입장에서 말하는 것 같구나?"

소년은 쓰디쓴 미소를 지으며 대답했다.

"주인이 제 아버지예요."

"오, 그래? 참 알뜰한 객잔이구나. 그래, 거스름돈은 어찌 되었든 간에 일단 방부터 보자."

소년은 미소 지으며 이층을 향해 손을 뻗었다. 소년을 따라 이층의 한 방에 들어선 우쟁천은 방이 너무 깔끔하고 넓어서 놀란 표정으로 소년을 보았다.

"하루 묵을 뿐이니 이렇게까지 좋은 방은 필요없는데?"

"예. 이 방이 제일 좋은 방인 건 맞는데, 어차피 손님이 아니면 묵을 사람이 없으니 그냥 쓰세요."

우쟁천은 소년의 어두운 표정에서 뭔가 사연이 있음을 읽고 고개만 끄덕였다.

소년이 방문을 나서며 말했다.

"욕실은 일층에 있습니다. 일각 정도면 뜨거운 물이 준비될 테니 귀중품만 챙겨서 내려오세요."

"알았다."

잠시 후 우쟁천은 번운과 전낭, 그리고 갈아입을 속곳만 들고 욕실로 향했다. 욕실의 커다란 나무 욕조에서는 이미 하얀 김이 모락모락 올라오고 있었다.

"손님, 물 온도 괜찮습니까?"

우쟁천은 목욕통에 발가락을 넣었다가 급히 빼고 말했다.

"너무 뜨겁다."

우쟁천은 오만상을 찌푸리며 욕조에 몸을 담았다.

"으! 살이 익겠다."

그때 소년이 물 한 통을 들고 들어와 욕조에 쏟아 부었다.

"그래, 딱 좋아. 노래가 절로 나올 것 같다."

소년이 밝게 웃어 보이고는 욕실을 나갔다.

우쟁천은 뜨거운 목욕에 갓 찐만두와 계란탕을 아침으로 먹고 포근한 이불 속에서 세 시진 반을 세상모르게 잤다. 그 같은 긴 수면은 들판에서 웅크리고 잔 짧은 잠과 연이은 노숙으로 인한 피로를 한꺼번에 날려 버렸다.

"에구! 길바닥에서 자고 또다시 처자다니 미쳤구만. 어쨌든 개운하다. 무경아, 밥 주라!"

우쟁천은 이층 계단을 내려오면서부터 소리쳤다. 그러나 그 다음 순간 텅 빈 객잔 안을 보고 미간을 좁혔다.

"뭐야? 아침이랑 똑같잖아?"

우쟁천은 텅 빈 객잔의 중앙 탁자에 앉았다. 곧이어 아침 식사 중에 자신을 적무경이라고 밝힌 소년이 억지로 웃으며 나왔다.

"편히 주무셨어요?"

"응! 아주 개운하다. 이게 다 네 덕이야. 근데 배고파."

"뭘 준비할까요?"

"아무거나."

적무경은 곤란한 듯 콧등에 주름을 잡으면서도 웃었다.

"아무거나, 라는 주문이 제일 까다로운데요."

"그런가? 그럼 얼큰한 탕과 초반, 그리고 고기 볶음 아무거나, 라고 하면?"

적무경은 웃으며 고개를 끄덕였다.

"그러면 되죠."

우쟁천은 주방으로 달려가는 적무경의 뒷모습을 보며 고개를 갸웃거렸다.

"친절하고 깨끗하고 음식까지 맛있는데 왜 손님은 달랑 나 하나야? 근처에 훨씬 잘하는 곳이 있나? 아침에는 참았지만 물어봐야겠네. 도대체 궁금해서 참을 수가 없잖아."

주방에서 도마를 두드리는 소리와 볶는 소리가 연이어 들려오자 우쟁천의 입 안에는 저절로 침이 고였다. 식욕을 돋우는 냄새까지 가세하자 우쟁천은 입맛을 쩍쩍 다시며 배를 쓰다듬었다.

"오래 기다리셨습니다."

적무경이 초반과 처음 보는 고기 볶음을 양손에 들고 가지고 나오자 우쟁천은 엉덩이를 들썩이며 고개를 끄덕였다.

"응, 오래 기다렸지."

그때 적무경의 뒤로 사십대 초반으로 보이는 사내가 나타났다. 검은 피부에 수염이 가슴까지 내려오고 눈썹과 눈꼬리가 올라가 눈매는 날카롭게 보이며 몸은 호리호리했다.

"아침에는 바빠서 직접 손님을 맞이하지 못했소이다. 탕이오. 입에 맞으실지 모르겠소."

우쟁천은 머리끝까지 올라왔던 식욕을 잠시 접어두고 사내의 눈을 보다가 코끝을 찌르는 강한 향내에 취해 고개를 숙였다. 탕이라고 하기보다는 화과라고 해야 옳았다. 손 크게 썬 고기와 내장, 그리고 갖은 야채들과 고추기름이 접어두었던 식욕을 북돋웠다.

우쟁천은 수저를 들어 탕을 맛보았다. 눈을 치뜨고 사내를 보지 않을 수 없었다.

"오우! 맛있습니다. 호쾌하군요. 그런데 이건 무슨 고기?"

사내는 날카롭던 눈가에 주름을 잡고 입매를 부드럽게 만들었다.

"멧돼지요."

"좋네요. 죄송하지만 먼저 먹겠습니다."

우쟁천은 적무경과 사내의 존재를 잊은 듯 먹기 시작했다. 계란밖에 안 든 초반이었지만 소금 간이 절묘했고 멧돼지로 여겨지는 고기 볶음 역시 입에 쩍쩍 달라붙었다.

후루룩 짭짭, 소리를 내며 먹는 우쟁천의 모습에 적무경과 사내는 마주 보며 기쁜 미소를 지었다. 사내는 우쟁천이 보지 않고 있다는 것을 알면서도 목례하고 안으로 들어갔다.

그때 객잔 안으로 험상궂은 사내들 네 명이 객잔 안으로 들어섰다. 손님을 맞이해야 할 적무경은 달려가기는커녕 눈을 감았다.

우선 허기를 면한 우쟁천은 젓가락을 천천히 놀리며 사내들을 보았다. 눈이 절로 찌푸려졌다. 사내들은 객잔 입구를 차지하고 가져온 음식과 술을 식탁에 놓은 채 불량스럽게 앉아 있었다.

객잔의 영업은 이제 막 시작된 것이나 마찬가지였다. 저녁때가 다 되어가니 밥 먹으러 오는 사람들이 있을 것이고 잠을 자러 오는 사람들도 하나둘씩 나타날 것이다. 그런데 험상궂은 사내들이 객잔 입구를 막고 있으니 누가 있어 객잔 안으로 들어오려 하겠는가.

우쟁천은 눈살을 찌푸리며 적무경을 보았다. 아예 상대할 생각을 하지 않고 눈을 감고 있는 것을 보니 거듭 되풀이되는 일인 것 같았다. 결국 손님이 없는 것은 그들 탓인 듯했다.

'아침에 왔으니 들어올 수 있었다? 그런 것이었군.'

기분이 나빴지만 그는 스쳐 지나가는 손님일 뿐이라서 전후 사정을 알지 못하고는 섣불리 참견할 수 없는 일이었다.

'하지만 밥맛이 떨어진 건 사실이야.'

우쟁천은 아직도 김이 올라오는 탕을 보고는 고개를 끄덕였다.

"무경아, 분주 말고 조금 약한 술 뭐 없을까?"

적무경은 억지로 웃으며 대답했다.

"저희 집에서 담근 술이 있는데 드셔보기겠어요? 설운주(雪雲酒)라고, 저희 어머니도 즐겨 드셨던 것이니 그리 독하지는 않을 겁니다."

“운주라면 탁주구나.”

“예. 집안의 비법인데 전 잘 모르겠지만 멧돼지와 궁합이 잘 맞는대요.”

“옳거니! 마셔보자.”

적무경은 불안한 눈빛으로 사내들을 힐끔 보고 안으로 달려갔다. 그때 사내들 중에 한 사람이 소리쳤다.

“이놈아! 손님이 왔는데 차도 한 잔 안 주냐? 차 가지고 와!”

적무경은 대꾸도 하지 않고 안으로 들어갔다.

사내들은 실실 웃다가 우쟁천에게로 눈길을 돌렸다.

“영 분위기 파악을 못하는 놈이구나. 대충 보면 감이 안 잡히냐?”

우쟁천은 눈살을 찌푸리며 숟가락을 들어 탕을 떠먹었다.

“어라! 이놈 보소? 사람을 개무시하네.”

사내들은 박도로 탁자를 쿡쿡 찍으며 우쟁천을 향해 다가왔다. 그들은 우쟁천을 둘러싸고 사방에서 박도를 번득거렸다.

“하아! 이놈 겁대가리를 상실한 놈이야? 무서워서 뜬눈으로 기절한 거야?”

우쟁천은 숟가락을 놓고 젓가락을 들어 멧돼지 고기 한 점을 집었다.

“밥 좀 먹자.”

사내들이 배를 잡으며 웃음을 교환했다. 왼쪽 눈 밑에 퍼런 점이 있는 사내가 박도를 먹다 남긴 초반에 쿡 찔러 넣으며 말했다.

“크크크큭! 이것들 봐! 이놈 지금 남자라고 말하는 거지? 이런 개도 안 먹을 것을 음식이라도 입에 처넣으면서 말이야.”

그 순간 우쟁천의 등 뒤에 있던 사내가 박도를 우쟁천의 목에 대면서 히죽거렸다.

“이봐. 개도 밥 먹을 때는 안 건드린다고 짖을 차례잖아?”

다른 사내가 말했다.

"얘가 개였어? 개밥이 사람 밥 먹는 식탁에 있으면 곤란하지."

사내는 우쟁천을 향해 미소를 지으면서 아주 천천히 식탁 위의 음식들을 바닥으로 밀었다.

쨍그랑!

초반과 멧돼지 볶음이 바닥에 흩어지고 그릇도 산산조각이 났다. 화과의 솥이 엎어지고 국물과 건더기들이 바닥을 어지럽혔다.

"하지 마! 다 죽여 버릴 거야!"

한 손에는 술병을, 다른 한 손에는 이 척 목곤을 든 적무경이 사내들을 노려보며 소리쳤다. 그때 적무경의 아비가 나타나 분노로 부들부들 떨리고 있는 적무경의 손을 쥐었다.

"안 된다!"

"이거 놔요!"

적무경이 몸을 뒤틀며 울부짖었다. 하지만 사내는 손아귀에 힘을 주며 완강하게 고개를 저었다. 잠시 그쪽을 바라보던 사내들이 피식 웃으며 다시 우쟁천에게로 고개를 돌렸다.

우쟁천은 고개를 흔들며 적무경의 증오와 슬픔이 어린 눈을 바라보았다. 그의 이마에 난 칼자국이 오래간만에 뇌전 모양으로 접혔다.

"훅!"

우쟁천은 고개를 뒤로 젖혀 등 뒤에 서 있는 사내의 얼굴을 바라보며 입을 동그랗게 말아 숨을 내쉬었다. 그 순간 히죽거리던 사내가 왼손으로 눈을 가리고 뒤로 물러섰다. 다른 사내들이 눈을 치뜨고 박도를 치켜들었다. 하지만 우쟁천은 이미 자리를 벗어나 밥그릇을 엎은 사내의 옆에 서 있었다.

사내는 박도를 치켜들고도 감히 휘두르지 못했다. 우쟁천의 이글거리는 눈빛을 감당하지 못한 것이었다.

"칵!"

주먹이 송곳처럼 사내의 입 안에 박혀 들어갔다. 사내는 박도를 놓고 두 손으로 입을 틀어막으며 주저앉았다.

사내들에게 있어서 우쟁천은 유령이었다. 푸스스 소리와 함께 몸이 흩어졌다가 다시 나타났다. 또다시 주먹이 입에 틀어박히기를 두 번. 우쟁천의 입 바람을 맞은 사내를 제외한 세 명의 사내들이 피와 부서진 이들을 토해내며 바닥을 기고 있었다.

"으아아아!"

홀로 남은 사내는 발악에 가까운 괴성을 지르며 우쟁천의 머리를 향해 박도를 내리찍었다. 우쟁천의 두 손이 허공에서 엇갈렸다. 그 순간 박도가 허공으로 튀어 올랐다.

우쟁천의 주먹이 사내의 명치에 틀어박혔다.

"우억!"

두 다리가 허공으로 치솟았다가 닿는 순간, 사내는 노란 물을 토하며 그대로 주저앉았다.

휘뤼뤽!

우쟁천의 신형이 탁자 주변을 휘돌며 사내들의 등을 차례차례 밟아나갔다. 겨우 몸을 일으키려던 사내들이 다시 납작 엎드렸다.

우쟁천은 옆 탁자의 의자 하나를 당겨 앉으며 말했다.

"이것들이 음식 귀한 줄도 모르고. 지금부터 바닥에 떨어진 음식들을 하나 남김없이 핥아먹는다. 쌀 한 톨, 국물 한 점이라도 남기는 놈은 밥 숟갈 들 생각이 없다고 간주하고 알아서 처리하겠다. 실시!"

우쟁천의 발 앞에 있던 사내가 고개를 들어 피 범벅이 된 입을 가리켰다.

“우어어어어!”

“뭐야? 이가 없으니까 혀로 핥기는 더 좋겠네. 빨리 못 먹어?”

우쟁천은 왼발로 바닥을 굴렀다. 사내가 떨어뜨린 박도가 튀어 올라 우쟁천의 손아귀로 빨려 들어갔다. 우쟁천은 박도의 도면으로 그의 왼쪽에서 부들부들 떨고 있는 사내의 등짝을 후려쳤다.

“이 자식아! 똥, 오줌 싸지 마! 냄새까지 다 핥아먹게 할 거야. 빨리 못 해?”

사내들이 납작 엎드려 깨진 그릇 조각들을 헤집어 가며 음식들을 먹기 시작했다.

우쟁천의 눈길이 명치를 맞아 노란 물을 토해낸 사내에게로 돌아갔다. 그는 벌떡 일어나 헐떡이고 있는 사내의 등짝을 도면으로 후려쳤다.

짝!

“넌 뭐 해, 인마? 엄살 부리지 마!”

유일하게 입이 온전한 그 사내가 고개를 비틀어 우쟁천을 올려다보며 힘겹게 말했다.

“네, 네놈이 가, 감히 이 산음에서 존오파(尊吳派)를 무, 무시하고도 무사할 줄 아느냐?”

우쟁천은 도면으로 사내의 머리를 사정없이 후려쳤다.

“이 산음에서 감히? 그런 개소리는 삭주에서도 들었어, 이 개자식아! 빨리 안 처먹어?”

우쟁천은 박도가 휘어져서 부러질 정도로 사내를 후려쳤다. 머리, 등, 엉덩이 할 것 없이 후려쳐 사내를 음식이 흩어져 있는 곳으로 몰고 갔다.

“손님! 이러시면 아니 되오.”

적무경의 아버지가 침울한 표정으로 말했다.

우쟁천의 사내의 눈을 직시하며 단호하게 말했다.

“주인장은 나서지 마세요. 이건 주인장과 하등 상관없는, 내 일입니다. 이놈들과 주인장 사이에 무슨 문제가 있든 그건 내가 상관할 바가 아니고, 난 다만 내 맛있는 밥을 엎은 놈들을 용서할 수 없을 따름입니다.”

적무경의 아버지는 물러서지 않고 오히려 눈을 부릅떴다.

“뜻이 그렇더라도 손님은 스쳐 지나가는 사람이오. 손님이 떠나가고 나면 당하는 건 우리란 말이오.”

우쟁천은 우선 통쾌하다는 표정으로 사내들을 내려다보고 있는 적무경을 힐끔 보고 다시 사내에게 말했다.

“이 이상 더 당할 일이 있습니까?”

사내의 날카로운 눈동자가 크게 흔들렸다. 사내는 적무경을 보고, 객잔을 둘러보았다.

우쟁천은 사내의 눈에서 할머니 기옥화의 눈을 보았다. 우쟁천은 사내에게 부드러운 미소를 지어 보이며 말했다.

“주인장, 추억은 장소에 머무는 것이 아니라 여기 이 가슴에 남는 것 아닌가요?”

사내는 화들짝 놀라며 우쟁천을 뚫어지게 보았다.

“내 사정을 아는 거요?”

우쟁천은 박도를 휘둘러 사내들의 궁둥이를 한차례씩 후려치고 다시 돌아와 말했다.

“알 턱이 없지 않습니까? 단지 그런 눈빛을 전에 본 적이 있지요.”

“맞소. 어떻게든 이곳을 지키고 싶었소. 안사람과 함께 이룬 이 객잔, 내 안온했던 삶의 추억, 그대로 물려주고 싶었소. 어렵다는 것을 알면서도 미련을 버리지 못했소.”

몇 개월 전만 해도 산음은 평화로운 곳이었다. 한 사람의 의인이 있어 정의로운 눈을 부릅뜨고 산음 구석구석을 살폈기 때문이다. 그가 바로 정맹호(正猛虎)라 불린 산음의 현령 조관이었다. 마을의 수장이 부패와 타락을 용납하지 않으니 오히려 불행해진 자들이 있고, 그들이 조관을 음해하니 조관은 한직으로 좌천되어야만 했다.

조관의 자리를 차지한 자는 조관을 음해한 자들이 쌍수를 들고 환영할 만한 성격의 소유자였으니, 없어야 세상에 이로운 인간들이 오히려 산음으로 모여들었다. 그 가운데 가장 큰 세력을 이룬 이들이 바로 존오파였다.

'그래, 미련이었지. 지킨다고 저 아이가 행복해질 리 없거늘, 나는 저 아이를 위한다는 명목 하에 내 추억을 지키려 했을 뿐이다.'

사내는 가벼워진 눈빛으로 우쟁천에게 물었다.

"그 눈빛의 주인은 어찌 되었소?"

"그 사람이 가장 사랑하던 사람을 실수하게 하고, 슬프게 하고, 후회하게 하고, 통곡하게 하였지요. 서로를 배려하는 마음이 지나치면 그것이 때로 서로에게 상처가 되더군요. 지금 주인장과 무경이처럼. 그럴 때는 둘 가운데 한 사람의 배려가 무시되더라도 쉽게 결정을 내릴 수 있는 사람이 결정을 해야 합니다."

우쟁천은 슬픈 미소를 머금으며 말을 맺었다. 사내는 그 표정만으로 그 사람이 가장 사랑하던 사람이 우쟁천 본인임을 깨달았다. 그때 우쟁천이 적무경을 보며 말했다.

"저 아이에게 객잔 주인의 자리를 넘겨준다면 잘할 것 같습니까?"

사내는 적무경의 옆모습을 빤히 바라보다가 웃으며 고개를 저었다.

"지금까지 참은 것만으로 용하오. 무경아!"

사내들을 지근지근 밟고 싶어하는 기색을 그대로 드러내고 있던 적무경이 아버지의 큰 목소리에 놀라 고개를 돌렸다.

"짐 싸라! 떠난다."

적무경은 어리둥절한 눈빛으로 아버지를 바라보았다.

"아, 아버지! 노인이랑 이주 허가서, 그리고 이 객잔은 어떻게……?"

"그런 것 다 필요없다. 이 아비 잠시 다녀올 동안 꼭 필요한 것만 간단히 챙겨라."

사내는 대답도 듣지 않고 안으로 들어갔다가 다시 나왔다. 그의 손에는 칠 척이 넘는 검은 장창이 들려 있었다.

우쟁천은 그 장창이 사내의 분위기와 정말 잘 어울린다고 생각했다. 하지만 눈을 뚱그렇게 치뜨는 적무경을 보자 사내의 앞을 막지 않을 수 없었다.

"제가 뿌린 씨앗, 제가 거두지요."

사내는 안광을 번득이며 고개를 저었다.

"아닐세. 아닌 척해도 어차피 우리 무경이 때문에 벌인 일 아닌가? 나는 이제 객잔의 주인이 아닌 흑룡창 적세운. 지금껏 이 창을 들고 물러선 적이 없는 몸일세."

기세만 바뀐 것이 아니었다. 말투까지 당당하게 변해 있었다.

우쟁천은 문득 과거 막유수에게 들었던 무림에 대한 이야기의 한 구절을 떠올렸다.

'흑룡창?

적세운이라는 이름은 금시초문이나, 흑룡창이라는 별호에 대해서는 들은 적이 있었다. 일맥단전의 신창문, 후인들은 모두 흑룡창이라고 불린 천하삼대절창의 하나. 세력은 없으나 창법 자체의 위력만큼은 산동악가와 아미신창에 비견된다는 것이 중론이었다.

"하지만 관의 비호를 받고 있을 텐데, 일이 잘못되면 무경이……."

적세운은 웃으며 고개를 저었다.

"자네, 나를 무시하는가? 걱정할 것 없네. 다시 강호에 나가는 기념이라 생각할 뿐일세. 그동안 생각만으로는 수백 번 죽였던 놈들일세. 안 사람이 꿈에 나타나 말리지 않았다면 진즉에 뒤집어 버렸을 걸세. 그리고 길을 떠나려면 전낭이 두둑해야 하지 않나? 청심을 버렸으니 내 마음은 이미 흑심이라네. 존오파 놈들에게 이 객잔 값을 받아야겠어.”

적세운은 성큼성큼 걸어 객잔을 나섰다.

우쟁천은 적무경이 걱정스러워 고개를 돌렸다. 하지만 적무경은 오히려 입가에 미소를 짓고 적세운의 등을 바라보고 있었다.

“무경아, 걱정되지도 않아?”

“창을 든 아버지는 천하제일입니다. 그런데 형님?”

우쟁천은 피식 웃을 수밖에 없었다.

“손님이 언제 형님이 됐어?”

“아버지가 창을 든 순간이요. 그런데 형님 성함은?”

우쟁천은 갑자기 바닥을 기고 있는 네 사내들을 보고는 귓속말로 소곤거렸다.

“우쟁천이다. 혹시 강호에 나섰는데 별 할 일이 없다 싶으면 태원의 등룡관으로 나를 찾아오너라. 내가 재미있게 해주마.”

적무경이 밝게 미소 지으며 고개를 끄덕였다. 우쟁천이 물었다.

“그런데 무경아, 오씨를 우러러 따른다는 이상한 이름의 그 오씨가 누군지 아냐? 걔들 두목이 오씨야?”

“그 오씨가 삭주 오성방의 둘째 소방주 오걸당이래요. 여기 두목이 삭주에서 왔다고 하니까 틀림없겠지요.”

와장창!

우쟁천은 뭔가 부서지는 듯한 소리에 고개를 돌렸다. 바로 갖은편 오성객잔이었다.

“응? 바로 저기가 저놈들 본거지였어?”

“그렇지 않으면 우리를 왜 괴롭히겠어요? 우리 쪽이 몫이 더 좋으니 내놓으라고 협박한 거예요. 흥! 삼십 냥 준다더군요.”

또다시 소란스러운 소리가 들렸다. 창문이 부서지면서 사람이 튀어나와 바닥에 나뒹굴었다. 계속되는 비명 소리가 부서지는 소리보다 요란하게 들렸다. 먼지가 피어오르고 문짝이 날아다녔다. 사람들이 엉금엉금 기어 나오고 적세운도 나왔다.

적세운은 한 사내의 멱살을 잡고 다시 객잔 안으로 들어갔다. 그리고 한동안 침묵이 흐르고 적세운이 홀로 나왔다.

적무경은 환하게 웃음 지었다가 눈을 치떴다.

“아! 짐 챙겨야 하는데?”

적무경은 급히 안으로 뛰어 들어갔다. 그때 적세운이 무덤덤한 표정을 한 채 안으로 들어섰다.

“객잔 값은 받으셨나요?”

적세운은 입술을 씰룩거리며 왼손에 들린 천 주머니를 들어 보였다.

“탈탈 터니까 육백 냥 정도 나오더군. 이 정도면 저 아이가 흑룡창이 될 때까지는 쓸 수 있을 걸세.”

“바가지 씌우셨군요. 그럼 이제 어디로 가시나요?”

“박산의 사문으로 돌아갈 생각이네. 무경을 제대로 가르쳐야 하니까.”

박산이라면 산서의 남쪽 끝, 하남성과의 접경지였다. 막유수가 말한 적이 있었다. 흑룡창은 어쩌면 소림곤에서 갈라져 나와 창으로 진보된 것일지도 모른다고. 우쟁천은 박산이라는 말을 듣고 막유수의 말이 사실일지도 모른다고 생각했다.

그때 적무경이 등짐 두 개를 힘겹게 들고 나왔다.

“아버지!”

적세운은 적무경이 건네는 등짐을 받아 어깨에 걸머졌다.

“일깨워 줘서 고맙네. 언제 또 만나게 될지…….”

적세운이 포권을 취하고 목례하자 우쟁천도 같이 답례했다.

“만나야 할 사람은 어떻게든 만나게 됩니다. 그렇지 않냐, 무경?”

적무경도 포권을 취하며 고개를 숙였다.

“형님, 제가 한 사람의 몫을 할 수 있게 되면 반드시 형님을 찾아가겠습니다.”

“그래. 대신 아버지만큼 강해지지 않으면 받아들이지 않을 거야.”

“형님보다 더 강해질 겁니다.”

“호! 그건 어려울걸? 나는 하늘과도 싸울 사람이거든.”

우쟁천은 적세운 부자와 그렇게 헤어졌다. 주인도 없는 객잔에 홀로 남은 우쟁천은 그의 눈치를 보며 여전히 바닥을 핥고 있는 네 사내들을 바라보았다.

“자! 이제 마무리를 해야지. 생각하기 귀찮은데 다 죽여 버려?”

그 말이 끝나는 순간 네 사내들은 혓바닥에서 피가 나도록 바닥을 핥았다. 우쟁천은 실실 웃으며 네 사내들 앞으로 다가갔다. 박도로 바닥을 콕콕 찍을 때마다 사내들의 몸이 움찔거렸다.

우쟁천은 박도로 바닥을 찌르고 그것에 기대어 쪼그려 앉았다.

“니들 말이야, 이렇게 산음에 나와 있으면 두수 그 친구가 모를 거라고 생각했어? 네놈들 같은 조무래기를 베자니 내 힘만 빠질 것 같아 관두는데, 쓸데없이 세력 늘인다고 난리 치지 마라. 그래도 오성방은 이 인근의 패자야. 인심을 잃어서야 되겠어?”

우쟁천은 눈을 부라린 다음 박도를 꽂아놓은 채로 느긋하게 짐을 챙겨 객잔을 나섰다.

우쟁천은 대동과는 반대 방향인 산천으로 길을 잡았다. 볼 것이라고는 황량함뿐인 불모지. 가는 이는 눈을 적시고 어깨를 축 늘어뜨린 깔끔한 군인이요, 오는 이는 비루먹은 망아지 꼴을 하고도 두 눈만은 생의 환희로 가득 찬 남루한 군인이라 하니, 오가는 이 모두가 장성을 들고 나는 군인들뿐인 곳이었다.

물론 우쟁천은 오가는 군인들을 만나지 못했다. 사흘 동안 드넓은 광야에서 혼자 지냈다. 낮에는 볕을 쬐며 책을 읽고 밤에는 연공을 했다. 보는 사람도 없었지만 누가 봤다면 혼자서도 잘 논다고 했으리라.

사흘째 밤이 되자 우쟁천은 짐을 챙기고 쫓기는 사람처럼 몸을 날렸다. 능광신법을 전력으로 펼치니 우쟁천은 유령이 되어 허공을 떠다녔다. 방향은 삭주를 돌아 산음, 그리고 대동이었다.

단 하루 만에 삭주를 돌아 산음을 지난 우쟁천은 아무도 없는 산중에 틀어박혀 운공으로 체력을 회복하고 날을 보냈다. 밤이 되어 이동하니 대동까지 두 시진. 때는 고승도와 약속한 오 일째 밤이었으니, 우쟁천은 뒤따르는 이가 있을지 모른다는 고승도의 말에 따라 나름의 대책을 행했던 오 일이었다.

우쟁천은 자정 무렵이 되자 어둠 속에서 벗어나 상영객잔 앞을 배회했다. 서너 번 오갔을 때 귓전에서 모기 울음소리 같은 목소리가 들렸다.

"북쪽으로 마을을 벗어나라. 관도를 벗어나지 말고 육십여 리 올라가면 무주하가 있다. 그곳 나루터에서 보자. 가깝지 않으니 서둘지 마라."

우쟁천은 고승도의 전음에 따라 북으로 달렸다. 칠흑같이 어두운 밤길인데도 불구하고 우쟁천은 반 시진도 못 되어 무주하에 이르렀다. 물소리를 들으며 나루터를 찾으니 관도에서 멀지 않은 곳에 있었다.

사람은 없고 쪽배만 두 척 나루터에 묶여 있었다. 우쟁천은 고승도를 찾아 주위를 두리번거렸으나 찾을 수가 없었다. 할 수 없이 나루터에 주저앉아 기다렸더니 일각이나 지나서야 고승도의 모습이 흐릿하게 보였다. 그가 걸어오면서 말했다.

"네 앞에 기다리는 것이라고는 지옥뿐이다. 서두르지 말라 했거늘 빨리도 왔구나. 능광신법이냐?"

우쟁천은 그때서야 자신이 먼저 도착했다는 것을 깨달았다.

"예. 보는 사람도 없고 해서 연습 삼아 달려봤습니다. 그런데 기다리는 것이 지옥이라니, 무슨 말씀이십니까?"

고승도가 어둠 속에서 완전히 빠져나와 입가의 미소까지 확연하게 드러냈다.

"녀석, 내 가르침이 쉬울 것 같으냐? 죽고 싶을 것이다. 그것이 곧 지옥 아니냐? 받아라."

고승도가 양어깨에 걸머지고 있던 커다란 포대 두 개를 우쟁천에게 넘겼다.

"뭡니까?"

고승도가 웃으며 말했다.

"우리 식량이다. 타라."

고승도는 우쟁천이 말할 틈도 주지 않고 조각배에 몸을 실었다. 우쟁천은 엉겁결에 배에 올라타고 나서 어리둥절한 표정으로 물었다.

"남의 배에 마음대로 타도 되는 겁니까?"

"흠! 강 건너에 매어놓으면 알아서 찾아갈 것이다. 물에 빠질라. 자리 잡아라."

고승도는 경험이 있는지 익숙한 몸놀림으로 배를 저었다. 물소리만 들리고 강과 땅이 구분이 가지 않으니, 흔들리는 조각배에 몸을 실은 우쟁천은 묘한 감정에 휩싸였다. 등줄기에서 짜르르 올라오는 기분 나쁜 감정, 두려움이었다. 전에 단 한 번 느꼈던 적이 있었다. 구봉산에서 혈불과 조우했었던 그때, 죽음이 코앞에 있다고 느꼈던 그 섬뜩함.

‘뭐야? 배 타고 강 건너는 것뿐이잖아? 그런데 왜 이런 기분이?’

“수영은 좀 하느냐?”

고승도의 갑작스런 물음에 우쟁천은 깜짝 놀랐다.

“개헤엄 조금.”

“그런데 뭐가 그렇게 무서워? 떨림이 내게까지 전해져 온다. 강물 잔잔하고 강폭 해봐야 사십여 장이다. 물장구 몇 번 치면 건너는 거야.”

우쟁천은 뒤통수를 긁적이며 말했다.

“이런 어두운 밤에 조각배를 타는 건 처음이라서…….”

“모든 일에 처음은 있는 법 아니던가?”

우쟁천은 대답하지 못하고 얼굴을 붉혔다.

“그렇다고 두려워했다는 것을 부끄러워할 필요는 없다. 두려움을 모르는 자는 이미 인간이 아닌 것이니.”

우쟁천은 눈을 치떴다. 그가 볼 수 있는 것은 고승도의 얼굴 윤곽 정도였다. 그런데 고승도는 그가 얼굴 붉힌 것까지 다 알고 있으니 놀랄 수밖에 없었다.

“놀랄 것도 없다. 보이는 것이 아니라 느끼는 것이니까. 너와 난 앞으로 한동안 천불동에서 지낼 것이다. 거기서 내가 가르칠 것은 단 두 가지, 칼을 잡는 마음가짐과 두려움을 느끼는 법이다.”

칼을 잡는 마음가짐과 두려움을 느끼는 법. 이미 알고 있다고 생각했다. 하지만 고승도가 한 말이었다.

“천불동이 큰가 보지요? 운강석굴 자체는 규모가 작아 별로 볼 것이 없다는 말을 들었는데?”

“그놈 참, 다른 질문을 기대했더니 곧 알게 될 걸 묻는구나.”

“할아버지가 한 말씀이시니 틀림없이 깊은 뜻이 있겠지요. 배우는 동안에는 의문을 가질 필요가 없다고 생각합니다.”

"허허허! 빨리 배우겠구나. 그래, 천불동은 작지만 크다. 천불동은 음흉한 부처님이지. 광대무변한 진리를 체득하셨으면서 겉으로 보이는 것은 별것없다. 하지만 그 손에 가려져 있는 것은 진리 그 자체, 크고도 넓지."

우쟁천은 무슨 뜻인지 몰라 미간을 좁혔다. 그때 배가 무언가에 부딪친 듯 흔들렸다.

"다 왔구나."

우쟁천은 짐을 챙겨 들고 강변으로 뛰어내렸다. 고승도가 배에서 내리면서 말했다.

"떠내려가지 않게 끌어 올려두어라."

우쟁천은 바닥을 더듬어 마른 바닥 위에 짐을 내려놓고 배를 강변 위로 끌어 올렸다. 그리고 다시 짐을 들고, 훌쩍 앞서 가는 고승도를 뒤따랐다.

얼마 걷지 않아 눈앞에 시커먼 절벽이 나타났다. 곧 무주산 남벽, 사람들이 운강석굴이라고 부르는 곳이었다.

우쟁천은 주위를 두리번거리며 고승도의 뒤를 졸졸 따라갔다. 가끔씩 낮밤을 잊고 기도에 열중하는 사람들이 있다 했는데, 날씨가 만만치 않아 사람의 기척을 느낄 수 없었다.

"여기가 천불동이다."

동굴 속에 들어왔는데 정말 아무것도 알아볼 수가 없었다.

"만져 보아라."

우쟁천은 벽을 더듬어가며 고승도의 뒤를 따랐다. 사람 손바닥보다 조금 더 큰 조각들이 벽면을 연이어 장식하고 있었다. 바로 그 조각상들이 불상이니 천 개의 불상이라 해보아야 별로 큰 공간이 되지는 않을 것 같았다.

　우쟁천의 짐작대로 통로가 좁았다. 겨우 두 사람 스쳐 지나갈 정도였다. 그 통로를 따라 천불동 안으로 들어가니 수십 명 정도는 함께 서 있을 수 있는 공간이 나왔다.

　"어둠에 익숙해지면 부처님이 보일 것이다."

　우쟁천은 실체는 있으나 정체를 알 수 없는 어떤 거대한 것의 앞에 서서 한참이나 바라보았다. 자비롭고 완만한 얼굴이 보이고 부드러운 어깨와 팔의 곡선이 보이고 배가 가부좌를 튼 다리가 보였다. 높이가 오 장에 이르는 거대한 좌불석상이었다.

　"배에서 내가 뭐라고 그랬지?"

　"음흉한 부처님. 겉으로 드러내 보이는 것은 별것없으나 그 손에 가려진 것은 광대무변한 진리!"

　고승도는 낮은 웃음을 토하고 합장하여 허리를 접은 후 무엄하게도 대불의 다리 위로 올라갔다. 그의 모습이 포개어진 두 손 뒤로 사라졌다가 다시 나타났다.

　고승도는 원래의 자리로 돌아와 합장배례하고 한동안 기다렸다.

　그르르르륵!

　낮고 무거운 마찰음과 함께 고승도 발 앞에 시커먼 동굴이 드러났다.

　"어두우니 조심해서 따라오너라."

　고승도와 우쟁천은 계단을 밟고 부처님의 두 다리 아래로 내려갔다.

　그르르르륵!

　등 뒤에서 돌문이 닫히는 소리가 들린 후 한참 동안이나 계단을 더듬어 내려갔다. 그리고 평지를 밟았다. 고승도의 발걸음 소리가 들리지 않았다. 다시 칠흑 같은 암흑 속에 갇힌 우쟁천은 움직이지 않고 가만히 서 있었다. 잠시 후 부싯돌 부딪치는 소리와 함께 작은 불똥이 튀고 다시 큰 불꽃이 피어올랐다.

횃불의 불빛이 암흑을 걷어가는 순간, 우쟁천은 그가 서 있는 곳의 일부를 볼 수 있었다. 불빛이 이르는 그 어느 곳도 막힘이 없었다. 빛 너머 어두운 곳 역시 빈 공간이리라. 광대무변은 과장이겠지만 천불동 밑에 이만한 공간이 있다는 것만으로도 놀라운 일이었다.

고승도는 횃불을 가지고 앞으로 달렸다. 횃불이 까닥일 때마다 불꽃이 하나씩 생겨났다. 삼십여 개의 횃불에 불을 밝혀놓고 우쟁천의 곁으로 돌아온 고승도는 들고 있던 횃불을 벽에 꽂아놓았다.

우쟁천은 동그랗게 치뜬 눈으로 횃불을 하나씩 따라갔다.

"아!"

우쟁천은 불꽃을 따라 제자리에서 한 바퀴 돌았다. 그때서야 그는 그가 서 있는 공간의 전모를 확인할 수 있었다. 거대한 원형 동부였다. 마치 잘 부푼 만두와 같이 위는 동그랗고 바닥은 평평한 동부였는데 지름이 십오륙 장은 되는 듯했고 높이 또한 십여 장은 될 것 같았다.

"이게 천연동입니까, 인공동입니까?"

공승도는 미소를 지으며 대답했다.

"초라한 천불동 아래 이런 거대한 공간이 있다는 게 놀랍지? 원래 천연동이었던 것은 오대파 스님들이 다듬어서 이렇게 만들었다 하더라. 공심동(空心洞), 혹은 불심동(佛心洞)이라고 부른다."

"공심동?"

우쟁천은 천장을 올려다보며 고개를 끄덕였다. 적절한 이름이라고 생각한 탓이었다.

우쟁천은 짐을 내려두고 아예 횃불을 따라 걷기 시작했다. 당장 보기에는 그저 원형의 동부일 뿐이었지만 사람이 지냈던 곳이니 뭔가 다른 것이 있을 것이라고 생각한 것이었다.

몇 걸음 걸으니 불꽃이 일렁이고 귓전에 선선한 바람이 지나갔다. 올려다보니 조그만 구멍이 뚫려 있었다.

'그렇지! 공기가 통해야 지낼 수 있지.'

벽면을 예의주시하며 다시 걸었다. 이번에는 졸졸거리는 물소리가 들렸다. 발 아래를 내려다보니 물이 솟아올랐다가 고인 듯 흐르다가 벽과 바닥이 맞닿는 곳의 구멍 속으로 흘러들어 가고 있었다. 우쟁천은 쪼그리고 앉아 두 손으로 물을 받아 마셔보았다.

"약간 텁텁한데? 마셔도 되나? 할아버지, 이거 마셔도 되는 물인가요?"

계단 앞에 앉아 있던 고승도가 고개를 끄덕였다.

"물맛이 조금 세지? 석회수라서 그래. 마셔도 해롭지는 않다."

우쟁천은 두 손바닥 가득 물을 받아 마시고 걸음을 옮겼다.

공심동, 아무것도 없는 동부가 아니었다. 거기에는 공기가 통하고 물이 있으며 또 천왕이 살았다. 횃불과 횃불 사이에 사람 크기만한 두 천왕이 서로 마주 보는 모양으로 조각되어 있었다. 주변을 살펴보니 원래 있던 동굴을 막아놓은 자국이 있는데, 두 천왕들 사이에 틈이 있어 바람이 새어 나왔다.

"여긴 뭐지요?"

"거긴 손대지 마라. 아직 열 때가 아니구나."

연다? 곧 문이라는 뜻이었다. 우쟁천은 그 정도만 알아두고 걸음을 옮겼다. 곳곳에 바람구멍이 나 있고 물이 나오는 곳이 한 군데 더 있었다. 그리고 천왕상 문처럼 소박한 연화문이 조각된 석문이 하나 더 있었다.

'연화문? 오대파!'

"여기는요?"

"거긴 열어도 된다. 우선 연화의 중심부를 누르고 문을 안으로 밀어보아라."

그르르르륵!

연화의 중심부가 곧 잠금 장치인 듯했다. 그것이 안으로 밀려 들어가니 석벽은 의외로 쉽게 열렸다. 거기에 또 다른 방이 있었다. 두세 사람 넉넉하게 생활할 수 있는 공간이었는데 양쪽에 허름한 나무 침상이 있고 중앙 석탁에는 불경을 비롯한 책 몇 권, 그리고 그 뒤로 도가가 있어 오래된 목도와 진도들이 뒤섞여 걸려 있었다.

우쟁천은 마침내 석벽 따라 일주를 마치고 고승도에게로 돌아갔다.

"감상이 어떠냐?"

"대단하다고 할 밖에는……. 그런데 오대파가 굳이 오대산도 아닌 이곳에 이런 동부를 지은 까닭이 무엇입니까?"

"이 동부는 삼백여 년 전에 오대파의 호법무승이었던 용무 스님에 의해 발견되었다. 원나라가 천하를 지배하던 그 당시 무승은 박해의 대상이 되어 함부로 정체를 드러낼 수 없었지. 특히나 오대파는 경사와 가까워 늘 곤란한 일을 당해야 했다. 장경각을 개방하라는 압력은 소소한 것에 불과했고, 폐관동을 뒤지는 일은 물론 산을 샅샅이 훑어 비밀 연무장마저 엿보려 했다는구나. 그런 외중에 이 무주산에서 거대한 자연 동부가 발견되자 오대파의 무승들은 우선 호법지공들을 옮겨다 놓고 동부를 개조하기 시작한 거지. 이렇게 만드는 데만도 백 년의 세월이 걸렸다는 구나. 내가 이 동부의 존재를 알게 된 것은 삼십여 년 전 상은암을 찾았을 때였다. 그 당시 오대파는 이미 근원을 잃어버린 상태였고 상은암에 마지막 호법무승이었던 헌월 스님 한 분이 남아 계셨다. 하지만 전란 중에 크게 다치시어 몸을 가누지 못하셨고 어쩔 수 없이 절름발이 소년승에게 의존하고 계셨지."

막유수에게 들은 적이 있었다. 오대파의 호법무승이라 함은 일대에 단 네 명밖에 뽑지 않는 오대파 최강의 무승을 가리킨다. 곧 소림의 사대금

강이나 마찬가지인 존재들이었다.

흥미진진하게 듣던 우쟁천은 절름발이 소년승이라는 말을 듣자 생각나는 것이 있어 입을 열었다.

"그분이 혹시 정 촌주님이신가요?"

고승도는 고개를 끄덕이고는 말 잘 끊었다는 듯 한숨을 내쉬었다.

"휴우! 간만에 말이 많다 보니 입이 마르는구나."

우쟁천은 등짐에서 수통을 꺼내 고승도에게 건넸다. 물을 달게 마신 고승도가 말을 이었다.

"정원은 호법무승의 자질을 인정받아 헌월 스님의 의발제자가 되었으나 전란 중에 발을 잃는 바람에 절름발이가 되었지. 내가 정원을 만난 때가 그의 나이 열일곱이었다. 헌월 스님은 무공으로 인해 오대파가 멸문을 한 것이니 이는 곧 부처님의 뜻이라시며 정원을 속인으로 돌려보내시고 그 장래를 내게 맡기셨다. 그리고 이 공심동의 처분을 내게 일임하셨지. 나는 곧 정원과 이곳을 찾아와 오대파의 비전을 찾은 후 지호촌으로 돌아가 정원을 가르쳤다. 물론 내 제자로 받은 것은 아니다. 오대파는 끝났지만 오대파의 무공만큼은 이어나가겠다는 정원의 의지에 따라 도움을 주었을 뿐이다. 그 후 정원은 오대파의 무공이 부처님의 손에서 사바세계로 넘어가는 다리가 되기로 하고 두 명의 제자를 두었다. 만나보았지?"

우쟁천은 옥유산과 방도렴을 떠올리며 미소를 지었다.

"장래에 뜻을 같이하기로 약조하였습니다. 물론 제가 일방적으로 밀어붙였습니다만."

"아직 세속의 때가 타지 않은 아이들이니 그것도 좋으리라. 홀로 세상에 나와 잘못된 길로 빠질 수도 있을 테니까. 대신 너는 책임감을 갖고 그들을 대해야 할 것이다."

"평생의 친구로 대하겠습니다."

"그런 마음가짐이면 되었다. 자! 짐을 연화방에 들여다 놓아라. 당분간 고될 테니 각오하고 쉬어라."

우쟁천은 짐을 챙겨 들고 연화방으로 걸음을 옮기면서 공심동의 천장을 올려다보았다.

'뭘 배울까? 얼마나 진보할 수 있을까? 각오하라 하시지만 기대밖에 안 되는걸?'

연화방으로 들어가는 우쟁천의 입가에는 환한 미소가 걸려 있었다.

■5장■
자존심을 버리고
취할 만한 것은 사랑뿐

지옥을 경험하게 될 것이라는 고승도의 말과는 달리 우쟁천의 육신은 안락하기만 했다. 그도 그럴 것이, 고승도가 시킨 것은 눈을 감고 가부좌를 틀고 앉아 있으라는 것이 전부였기 때문이다. 그러나 우쟁천의 정신은 곧 지옥 속으로 빠져들 수밖에 없었다.

횃불 하나 밝히지 않은 암흑 속이었다. 고승도의 움직임이 사라지는 순간 우쟁천의 머리 속은 긴장감으로 폭발할 것만 같았다. 가만히 앉아 있을 뿐인데 이마에 송알송알 땀방울이 맺혔다. 불구덩이처럼 뜨겁고 얼음 송곳처럼 차가운 기운이 배를 지나 등으로 튀어나갔다. 우쟁천은 가부좌를 튼 채로 허공으로 펄떡 뛰어올랐다가 바닥에 널브러졌다.

우쟁천이 겨우 자세를 바로 하자 고승도의 목소리가 들려왔다.

"어땠느냐?"

우쟁천은 눈을 감은 채로 대답했다.

"뭘 하시려는 건가 했더니 그렇게 갑자기 찌르시면 어쩌자는 겁니까? 안 그래도 분위기만으로 겁나서 죽을 것 같았는데요."

"내가 한 일은 내기를 돋워 네 배 앞까지 내뻗었다가 거두어들였을 뿐이다. 피라도 나느냐? 속이라도 뒤집혔어? 기분이 어떤가 물었다."

무언가 할 것 같다는 것은 알았지만 그 같은 일을 설명도 없이 할 것이라고는 생각지 못했다. 우쟁천은 조금 전의 그 기분을 다시 떠올리며 말했다.

"등줄기에서 송충이 두 마리가 기어올라 가는 것 같더군요. 사타구니 안쪽에서 짜르르 하더니 버티고 앉아 있을 힘마저 앗아가 버렸습니다."

고승도의 웃음소리가 들렸다.

"이제 시작인데 엄살은……. 족소음양경이 어디냐?"

우쟁천은 두 손을 등 뒤로 돌려 등줄기를 건드렸다.

"그래, 그곳이다. 인간이 두려움을 느끼면 바로 거기에서 가장 먼저 신호가 오지. 당분간 네가 할 일은 그곳을 단련하는 일이다."

"두려움을 없애는 수련입니까?"

"아니다. 우선은 두려움을 극대화하는 수련이다. 두려움이 없으면 인간이 아니라 했다. 그렇다고 두려움이 없다 해서 인간의 육신으로 신이 되는 것도 아니니 결국 만용뿐인 무모한 인간이 될 뿐이다. 두려움의 실체를 안다는 것, 무인에게 있어서 크나큰 장점이다. 내가 피해야 할 것과 방비해야 할 것을 쉽게 알 수 있을 뿐만이 아니라 상대의 반응을 살펴 손쉽게 대적할 수도 있다. 내가 가르칠 것은 살기에 대한 두려움이다. 무인에게 있어 가장 원초적인 두려움이지. 그 외의 두려움은 앞으로의 수련을 바탕으로 네가 살면서 체득해야 할 것이다."

우쟁천은 문득 두려움에도 종류가 있다는 것을 깨달았다.

귀신, 혼령과 같은 미지의 것에 대한 두려움, 대적할 수 없는 대자연의 분노에 대한 두려움, 인간의 본성에 대한 두려움, 그리고 죽음에 대한 두려움.

고승도의 말처럼, 인간이라면 누구나 느끼는 죽음에 대한 두려움 가운데서도 살기는 타인으로부터 느낄 수 있는 가장 원초적인 것이었다. 대개의 인간은 본능으로써 살기를 느끼나, 만약 살기에 대한 체계적인 수련이 가능하다면 그 어떤 수련보다도 큰 도움이 될 수 있으리라.

고승도가 말을 이었다.

"두려움에 대한 인간의 반응은 무엇이냐? 겁에 질리면 인간은 보통 움츠러들거나 물러선다. 이 수련으로 너는 움츠러들지 않고 물러서는 방법만을 취해야 한다. 싸우는 법을 생각해 보자. 물러서는 것과 맞서는 것뿐이구나. 갑작스레 당하면 물러서고 방비가 되어 있으면 맞선다. 알겠느냐? 겁을 내라 함은 물러설 시기를 알고 방비할 수 있는 기회를 찾으라는 것이다."

챙!

갑자기 도를 뽑는 소리가 들리자 우쟁천은 본능적으로 는을 치떴다. 고승도가 말했다.

"눈 감고 일어서라. 내가 무엇을 할 것인지는 대충 짐작했을 터, 이제부터 피해도 좋다. 그러나 움직일 수 있는 것은 단 한 발뿐이다. 명심하라. 네 앞길을 막아서는 사람들이 있다면 그들은 너 못지않은 고수다. 고수들의 싸움은 화려하지 않은 법. 일보일도(一步一刀), 한 발 물러서서 피하고 한 발 나아가서 벤다. 그 기회를 놓치면 한없이 밀리게 된다. 지금부터 내 칼은 네 수준에 맞는 자의 칼이다. 네 앞에서 멈추지 않으리라. 살이 찢기고 피가 날 것이다. 도가 발출되는 순간의 미약한 살기를 느끼고 거기에 반응해라. 눈을 뜨는 것보다 감는 것이 더 나으리라."

우쟁천은 침을 꿀꺽 삼키고 각오를 다졌다. 그때 고승도가 말했다.

“내가 든 것은 칼이냐, 칼이 아니라 검이라고 생각해라.”

우쟁천은 울상을 지으며 다시 각오를 다져야 했다. 베는 것이 아니라 찌르겠다는 뜻, 곧 살기를 느낄 만한 시간이 짧아진다는 것을 의미했다. 결국 느끼는 순간 도첨은 이미 우쟁천의 몸에 닿아 있으리라는 뜻이었다.

우쟁천은 고승도가 말한 지옥이 어디인지 깨달았다. 바로 그의 발 앞에 있었다.

정적, 그리고 이어지는 정적, 그리고 또 정적.

쉭!

발출될 때와는 달리 느릿하게 회수되는 도첨에는 피가 묻어 있었다.

정적, 또다시 한참이나 이어지는 정적.

쉭!

우쟁천은 낮은 비명을 토하며 어깨를 붙잡았고 고승도는 피가 묻은 도를 느릿하게 회수했다.

정적이 오기 전에 우쟁천은 급히 한 발을 비켜섰다.

쉭!

“크윽!”

분명히 이마에 살기가 꽂혔다. 그러나 찔린 곳은 배였다. 그리고 배로 향했던 살기가 있었다는 것을 깨달았다.

“먼저 느낀 것은 내 기세였다. 두 번째가 칼끝에 실린 살기였지. 이미 알겠지만. 비겁하다고 말하지는 않을 테지. 살기를 거듭 발하는 것은 물론 살기를 아예 죽이기도 할 것이다. 생각해 낼 수 있는 모든 방법을 동원할 것이니 알아서 대처하도록!”

우쟁천은 자신이 지옥에 서 있다는 것을 느낄 새도 없이 다시 지옥의 겁화에 빠져들었다.

고승도가 천불동에 들기 전에 준비해 온 벽곡단이 세 바구니나 사라졌다. 하지만 우쟁천은 그것으로 어느 정도의 세월이 흐른 것인지 알 수 없었다. 그리고 알고 싶지도 않았다. 관심이 있는 것은 오로지 한 가지, 지금의 정신 상태를 유지시켜 나가는 것이었다.

계속되는 긴장감으로 인해 육신을 볼품없이 앙상해졌지만 정신은 칼날 위에 선 것처럼 예리하게 닦여져 있었다.

우쟁천은 그의 몸속에 신기한 세상이 있다는 것을 깨달았다. 공심동 반대편 벽에서 작은 모래 한 알이 떨어지는 것마저도 확연하게 듣고 있었다. 공심동 요소요소에 뚫린 공기구멍에서 흘러들어 오는 미약한 바람들의 세기가 피부에 그대로 전해지고 있었다. 그 바람들이 뒤섞여 커졌다가 흩어지는 것이 눈앞에서 어른거리고 있었다.

우쟁천은 기묘한 웃음을 지으며 그 이상한 세상을 즐기고 있었다.

쉭!

우쟁천은 고개만 모로 꺾어 칼을 피해내고 히죽 웃었다.

쉬쉬쉬쉬쉭!

발가락 끝만으로 하늘거리는 육신을 지탱하고 게걸음을 걸어 다섯 번의 칼날을 피해낸 우쟁천은 기운이 없는 듯 털퍼덕 주저앉아 버렸다.

쉬쉬쉭!

연이은 도기는 잔인하게도 우쟁천의 머리와 가슴, 그리고 배를 향해 나아갔다. 우쟁천은 왼손으로 바닥을 후려치고 옆으로 훌렁 뒤집어졌다.

파파팍!

도기가 바닥에 부딪치고 돌가루가 튀어 올랐다.

잠시 후 고승도는 칼을 넣고 횃불 하나를 밝혀 공심동 주변을 돌았다. 다섯 개의 횃불이 밝혀지자 공심동의 전모가 어렴풋하게나마 드러났다.

고승도는 우쟁천에게로 다가갔다. 우쟁천은 여전히 드러누워 있었다. 고승도는 살기를 띠지 않고 두 손을 뻗었다. 우쟁천이 흐느적거리는 손놀림으로 고승도의 두 손을 잡으려 했다. 고승도는 그 손을 피하여 우쟁천의 두 뺨을 잡으며 말했다.

"되었다. 더 이상 긴장하지 않아도 된다. 잘 따라와 주었어."

우쟁천은 기묘한 표정을 지었다가 뺨에서 온기를 느끼며 두 손으로 고승도의 두 손을 감싸 쥐었다. 그의 눈빛이 서서히 누그러졌고 입가에 부드러운 미소가 감돌았다.

"이 정도로 된 건가요? 더 해도 되는데……."

"되었다. 한동안은 운공으로 체력 회복에만 주력하려무나."

우쟁천은 두 눈을 감으며 미소를 지었다.

"우선 잠부터 좀 잘게요."

"그렇게 하든지."

고승도는 우쟁천의 두 뺨을 놓아주고 일어서서, 말랐지만 평화로운 얼굴을 내려다보고 안도의 한숨을 내쉬었다.

고승도는 공심동 중앙에 자리잡고 가부좌를 틀고 앉아 있는 우쟁천을 가만히 보고만 있었다. 우쟁천 본인은 의식조차 하지 못하고 있겠지만, 잠자는 시간과 하루 두 번씩 벽곡단을 먹는 시간을 제외하고, 벌써 두 달째 호흡에만 집중하고 있었다. 처음 달포는 살기에 대응하는 수련으로 소모된 체력을 회복하는 기간이었고, 나머지 보름은 탁한 기운을 순후하게 다스리기 위한 시간이었다.

다른 사람의 호흡 수련을 보고 있는 것만큼 지루한 일은 없을 것인데, 고승도는 지난 닷새 동안 단 한 번도 지루함을 느껴보지 못했다. 그는 오히려 옆에 건곤보태신공의 비급을 펼쳐 놓고 우쟁천의 수련을 흥미롭게 지켜보고 있었다.

우우웅!

우쟁천의 낡은 옷이 부풀어 오르면서 옷감 사이사이로 푸른 기운이 솟구쳐 올랐다가 사라져 버렸다.

"쯧! 오늘도 심술인가? 그놈 참 말 안 듣는 용이로구나. 제 주인이 저렇게 노력하면 좀 따라줄 것이지."

고승도는 우쟁천의 내부 사정을 대강 짐작하고 있었다. 현관이 타통되면서 공력은 급증했지만 급증한 내력의 대부분이 고일도의 몸에 단련되었던 것이라 정순하지는 못했다. 하지만 체력을 회복한 후 지난 보름 동안 호흡 수련만 반복한 결과, 고일도의 내공을 거의 대부분 흡수하고 그 기운도 정순하게 다스릴 수 있었다. 그 결과로 단전에 똬리를 틀고 있는 용은 이제 완벽한 칠채 여의주까지 물게 되었다. 그런데 문제는 그 용이 아직 주인의 명에 순순히 따르지 않고 종종 심술을 부리고 있는 것이었다.

우우웅! 우우우우우웅!

낡은 옷이 조금 전보다 더 거칠게 펄럭이면서 일순간에 푸른 청기가 솟구쳤다. 고승도는 눈을 비볐다. 그 푸른 청기는 흩어지지 않고 우쟁천의 몸 주변에서 원구를 이루었는데, 고승도의 눈에는 마치 청룡이 우쟁천의 몸 주위로 똬리를 튼 것처럼 보였다.

고승도는 급히 건곤보태신공의 비급을 뒤쪽을 뒤적였다.

"저런 형태란 건? 저것을 과연 청룡회륜강기(青龍廻輪剛氣)에 들어섰다고 보아야 하나?"

청룡회륜강기는 건곤보태신공의 후반부, 즉 고일도가 익혀보지는 못했다는 실전 응용편에 속하는 호신강기였다. 호신강기를 뿜어낼 수 있다는 것은 곧 건곤보태신공이 천하에 몇 되지 않는 절정심법이라는 것을 증명하는 것이었고, 우쟁천이 내공에서만큼은 어디에 내놔도 달리지 않게 되었다는 의미이기도 했다.

고승도로서는 기뻐하지 않을 수 없는 일이었다. 동생의 노력이 결실을 맺는 순간이면서, 내공에 관한 한 우쟁천의 성취가 자신의 경지에 육박한 탓이기 때문이었다.

"저것을 운공 때만이 아닌 실전에서 사용할 수만 있다면 저 아이는 천하에 몇 안 되는 강자의 반열에 오르게 될 것이다."

하지만 그 같은 경지는 심즉발, 의형수형의 경지. 겨우 용꼬리를 잡고 힘겹게 지탱하고 있는 지금의 우쟁천에게는 요원한 경지였다.

고승도는 책자를 내려놓고 두 손으로 바닥을 짚어 튕기듯이 일어났다. 그는 부드러운 미소를 지으며 우쟁천을 바라보았다.

"곧 호흡 수련도 한계에 달할 것 같으니 다시 준비를 해볼까."

세월이 얼마나 흘렀을까요, 하고 물었더니 이 년은 넘었다, 라는 답변을 들었다. 우쟁천은 횃불 아래서 번운을 뽑아 들고 도면에 비치는 얼굴을 살폈다. 덥수룩한 수염 사이로 광대뼈가 드러나 보이는 얼굴이 흐릿하게 보였다.

"제기랄! 잘생긴 내 얼굴이 요 모양 요 꼴이 되다니……."

투덜거리기는 하지만 우쟁천의 얼굴에는 뿌듯한 미소가 감돌고 있었다. 고승도에게 배운 것은 일초반식도 없는 것 같은데 전에 없던 자신감이 느껴진 데 따른 것이었다.

"이놈! 뭐 하나 제대로 못하는 놈이 외모에만 신경을 쓰는구나."

고승도의 말에 우쟁천은 장난스런 표정으로 말했다.

"당연하지요. 장가는 가야 할 것 아닙니까? 이왕 가는 거 예쁜 색시 얻어야 할 거구요. 인품과 성격, 그리고 능력은 이만하면 되었으니 외모만 받쳐 주면 일등 신랑감인데 요 모양 요 꼴이니 안타깝네요.”

고승도는 어이없음을 웃음으로 흘릴 수밖에 없었다. 우쟁천의 질문이나 답변은 늘 자신의 생각과는 달랐다. 이번에도 ‘그런 게 아니라, 어쩌고저쩌고’ 하는 대답을 들을 것이라고 짐작했는데 당연하다는 말이 나온 것이다.

“패자가 되면 용모 따위는 상관없이 여자가 따르는 것 아닌가? 원하면 몇이라도 얻을 수 있을 텐데?”

“돌아가신 할머니께서 나타나 불벼락을 내리실 겁니다. 치국평천하는 몰라도 수신제가만큼은 반드시 이루어야 한다고 늘 말씀하셨지요. 그래서 장가가기 전에 어떻게든 두루 경험해 보려고 했는데, 이렇게 햇빛도 못 보고 갇혀만 지내는군요.”

고승도는 웃으며 손을 저었다.

“이놈! 잡소리 하지 말고 시작하자.”

헤벌쭉 웃고 있던 우쟁천은 고승도가 돌아서자 정색을 하고 그 뒤를 따랐다. 그동안 그렇게 궁금하게 여겼던 천왕문에 들어가는 첫날인 탓이었다.

설레는 마음으로 고승도를 따라가던 우쟁천이 천왕문의 일 장 앞에서 갑자기 번운을 뽑았다.

챙!

고승도는 번운에 가로막힌 자신의 애도 단정(斷情)을 억지로 내리누르며 말했다.

“왜 물러서지 않았느냐?”

“갑자기 당하면 물러서고 미리 알고 대비하면 쉽게 막는다!”

고승도가 웃으며 힘을 배가했다.

“상대를 제압하는 방식은 결국 세 가지뿐이지? 상대가 치기 전에 친다, 상대의 공격을 피하고 친다, 상대의 공격을 막고 친다. 그런데 왜 막기만 하느냐?"

그 순간 우쟁천은 버티고 있던 힘을 빼버렸다. 내리누르던 고승도의 힘에 도움 받아 빠른 속도로 반원을 그린 번운이 앞으로 쓰러질 듯 쏠린 고승도의 등을 내리찍었다.

"이러려고 참았지요."

앞으로 쓰러질 것만 같던 고승도의 신형이 오히려 가속도가 붙어 번운의 사정거리를 벗어났다. 고승도는 그 즉시 단정으로 바닥을 찍어 허공을 휘돌아서 우쟁천의 옆구리를 찍었다.

쉑!

칼이 닿기도 전에 푸른 청기가 허공을 갈랐다. 처음으로 내력을 주입한 것이었다. 우쟁천은 당황하지 않고 한 발 옆으로 비켜나면서 오히려 반격했다.

두 사람의 공방은 본격화되면서 움직임은 오히려 단순해졌다. 서로 마주 본 체 한 번 공격하면 한 번 피하기를 서로 반복하고 있었다.

웬만한 수준의 무인이라면 두 사람의 공방이 너무 단조롭다 할 것이고 절정에 달한 고수라면 눈 한 번 깜빡이지 못하고 숨 한 번 내쉬지 못하리라.

일보일도!

두 사람 모두 단순하지만 극한의 빠르기로 도를 떨쳐 내는데 한 번에 한 보씩만 움직여 이슬아슬하게 피하고 있었다. 그 같은 공방은 고승도가 우쟁천에게 가르친 초식 버리기에서부터 비롯되었다.

"초식이란 무인들이 각자의 경험과 연구를 바탕으로 만든 유효 적절한 싸움법이다. 정확히 말하면 유효 적절하다고 생각한 싸움법이라고 하는 게 맞겠지. 하지만 이 초식이 정묘하고 복잡해질수록 오히려 문제가 생긴다. 정형화되는 것이다. 사람마다 체형이 다르고 성격도 다른데 같은 초식을 배운다는 것이 의미가 있겠느냐? 그래서 수준에 오른 무인들은 다시 초식을 버리고 기본에 천착한다. 초식을 버린다 함은 아예 쓰지 않는다는 것이 아니라, 형을 버리고 그 초식의 뜻과 목적에 맞게 사용한다는 것을 의미한다. 대개는 빠르고 간단해지지. 곧 강자에게는 꼭 필요한 덕목이 있다. 응용력과 창조성이다. 자기에게 맞게 쓴다. 그것이 답이다."

거기에서 시작된 두 사람의 공방은 점차 빨라져서 도대체 누가 공격하고 누가 피하는지 알 도리가 없을 정도에 이르렀다.

챙!

처음 우쟁천이 고승도의 공격을 막은 이후 단 한 번도 부딪친 적이 없던 두 사람의 칼이 맞부딪쳤고, 두 사람은 그 충격을 탄력으로 이용하여 거리를 벌렸다.

고승도가 웃으며 말했다.

"나름대로 괜찮았다."

우쟁천도 웃으며 말했다.

"그 나이에 같이 하려니까 힘드시죠?"

"예끼, 이놈! 아직 멀었다. 네놈 정도는 이 초도 아까워."

우쟁천은 아무 말 없이 웃기만 했다. 고승도의 말은 경험으로 뼈저리게 느낀 사실이었다.

이 초가 필요없다.

그것이 지금 우쟁천의 실력이었지만 그는 실망하지 않았다. 고수의 싸움은 빨리 끝난다는 것을 알고 있으니까.

"이제 열어볼까?"

고승도의 말에 우쟁천은 심호흡으로 설렘을 달랬다. 그동안 그렇게 들어가 보고 싶었던 곳, 고승도가 가끔 밖에 나갔다 오면 반드시 열고 들어갔지만 그는 들어가 보지 못한 곳. 하지 말라면 더 하고 싶은 게 사람의 마음인데 억지로 참았던 곳. 바로 그 천왕동에 입동하게 된 것이었다.

그르르르륵!

고승도는 오른쪽 천왕의 손을 눌러 반쪽 문을 열었다. 시커먼 동굴의 입구가 드러났다.

"이 천왕동은 원래 오대파 호법무승들이 수련 결과를 최종 점검하는 관문이었다. 길이 좀 복잡하기는 하다만 결국은 이 공심동을 한 바퀴 도는 모양새다. 들어가서 왼쪽 동굴로 들어가면 결국 오른쪽으로 나오게 될 게야. 내가 네 수련 정도에 맞추어 개조를 해두었으니, 다녀오너라. 일향경(一香更) 안에 돌아 나오게 될 때까지 매일같이 계속하여라. 성공하면 공심동에서의 수련은 끝난 것으로 하겠다. 가거라."

우쟁천은 심호흡으로 가슴을 안정시키고 검은 동부 안으로 첫발을 내디뎠다. 그 순간 고승도가 왼쪽의 천왕상을 눌렀다.

세 사람이 어깨를 나란히 하고 갈 만큼 좁은 통로. 칠흑 같은 어둠. 병기 그 자체의 미약한 살기만을 드러낸 채 갑자기 튀어나오는 창과 기이한 궤적을 그리며 날아오는 칼날들.

우쟁천은 천왕동 안쪽의 환경을 떠올리며 어금니를 질끈 깨물었다.

"두고 보자! 오늘은 반드시 시간 안에 통과하고 만다."

그 같이 말한 것도 벌써 닷새째였다. 그렇다고 천왕동에 처음 입동한 날이 닷새 전이라는 것은 아니었다. 지금까지 향 백여 자루를 태워 먹었다. 고승도가 몇 번 강조했듯이 기회는 하루에 한 번뿐이었다. 우쟁천이 한 번 지나가면 기관을 교체 수정할 필요가 있었기 때문이다.

결국 계산하기 싫어도 자연히 일백여 일이 지났음을 알고 있었다. 처음 구십여 일간은 향 한 자루가 타고도 한참 뒤에 헉헉거리며 나왔다. 시간이 조금씩 빨라지기는 했지만 시간 안에 들어올 가능성은 전혀 없었다. 옷은 걸레가 되어 아예 벗어버렸고 육신은 자상으로 만신창이가 되었다.

다음 오 일간은 거의 상처를 입지 않고 돌았다. 가진 능력 모든 것을 다 동원하다가 신묘무형보가 급진전을 이루는 바람에 성과를 본 것이었다. 그러나 시간 안에 도는 일은 역시 무리였다.

그리고 오 일 전, 우쟁천은 문득 소리쳤다.

"젠장! 유수부쟁선은 무슨 유수부쟁선이야? 결국 '들키지 않게' 잖아."

그 말을 한 후로 갑자기 속도가 나기 시작했다. 점차 시간을 줄여 나가더니 어제는 향이 다 타고 마지막 연기가 사라지는 순간 동부를 뛰쳐나왔다. 그러니 오늘의 각오는 그저 각오인 것만은 아니었다.

"이놈! 무슨 뜸을 그리 오래 들이느냐? 불 붙인다."

고승도가 왼손에는 향을 들고 오른손은 천왕상에 대고 재촉했다.

"갑니다!"

우쟁천이 소리를 지르고 첫발을 내딛는 순간 고승도는 오른손으로 천왕상을 눌렀다.

끼르르륵!

기관 돌아가는 소리가 나자 고승도는 미소를 지으며 향의 삼분지 일을 뚝 부러뜨린 후 나머지 삼분지 이를 횃불로 가져갔다.

"후후후! 오 일 전에 나갈 수도 있었다만, 이왕 신묘무형보의 진수를 접했으면 연습을 하는 게 낫지 않느냐? 어제보다 조금 더 빨라야 할 거다."

고승도는 부러뜨린 삼분지 일의 향을 손바닥 안에서 가루로 만들고 훅 불어 완벽한 증거 인멸을 꾀하였다.

한편, 천왕동으로 들어간 우쟁천은 아예 눈을 감아버렸다. 눈에 의지하다가는 실패할 수밖에 없다는 것을 확연히 깨달은 것이었다.

눈을 감아야 제대로 보이는 것이 있다!

그것은 눈이 아니라 전신으로 보는 것이었다. 곧 발가벗은 피부가 공기의 파동을 느끼는 것이었다.

발끝이 뒤틀리고 몸이 흔들릴 때마다 날카로운 무엇인가가 살갗을 스쳐 지나갔다. 반의반치만 덜 움직였어도 피가 튀었으리라. 우쟁천은 그의 곁을 스치고 지나간 병장기의 종류까지 느끼면서 쉬지 않고 앞으로 나아갔다.

쉭! 쉐쉐쉐쉐엑

머리 위로 창이 하나 떨어져서 그것을 휘돌아가는 순간 세 개의 칼날이 동시에 날아왔다. 공간이 좁으니 차라리 세 사람이 동시에 공격하는 것이라면 수월하게 피했으리라. 하지만 벽에서 갑작스럽게 튀어나오는 칼날들이었다. 우쟁천은 허리를 숙여 앞으로 몸을 날리는 동시에 번운을 휘둘러 머리를 가를 듯 날아오는 청룡도를 막아 궤도를 틀어놓았다. 발끝이 땅에 닿는 순간 탄섬을 이용하여 빠른 속도로 앞으로 나아갔다.

머리 속에서 하얀 섬광들이 계속해서 스치고 지나갔다. 우쟁천은 그 섬광들 사이사이로 이동하면서 번운을 내뻗었다. 번운이 허공을 갈랐다. 하지만 우쟁천의 머리 속에서는 그 섬광의 발출자들이 피를 토하며 쓰러지고 있었다.

쾌도난마!

우쟁천의 입가에 흥분으로부터 기인한 미소가 번졌다. 정신이 칼날같이 곤두섰던 살기에의 대응 수련과 고승도와의 초식 버리기 훈련, 그리고 신묘무형보가 없었다면 지금 같은 쾌감은 맛볼 수 없었으리라.

"하앗!"

기분 좋은 기합성이 절로 터져 나오는 순간 우쟁천의 신형은 유성이 되어 흘러갔다.

＊　　　　＊　　　　＊

남녀의 벌거벗은 육신이 격렬하게 부딪쳤다. 너무나 격렬해서 애처롭게 보일 정도였고 너무나 처절하게 보일 정도였다.

남자가 여인을 엎드리게 해놓고 그 뒤에 붙어 몸부림을 쳤다.

"헉! 헉! 계집! 계집! 이 죽일 년! 왜? 왜 안 되는 거야? 왜?"

남자는 여인의 뒷머리 채를 붙잡아 거칠게 잡아당겼다. 여인은 목이 꺾여 낮은 비명을 토했다.

"악! 어르신! 어르신!"

여인의 비명 소리에 남자는 여인의 머리카락을 놓고 여인의 위로 엎어졌다.

"크윽! 경령!"

남자는 낮은 흐느낌을 토하며 여인을 바로 눕히고 풍만한 가슴속에 얼굴을 묻었다. 여인의 젖무덤을 쓰다듬으며 침상 위에서 한참이나 꼼지락대던 남자가 힘 빠진 목소리로 말했다.

"되었다. 나가거라."

남자가 여인의 위에서 내려와 침의를 걸치고 침상을 벗어나자 여인은 빠른 속도로 나삼을 입고 침상 옆 작은 문으로 사라졌다.

남자는 두 손으로 얼굴을 쓰다듬어 차분한 표정을 되찾고 침실을 벗어나 책상 앞에 앉았다.

그때 문 앞에서 인기척이 났다.

"제독, 소인 갈운이옵니다."

문 앞의 위사의 것이 아닌, 가늘고 높은 목소리가 급한 어조로 말하자 남자 왕직은 문을 바라보며 눈살을 찌푸렸다.

"들어와."

얼굴 선이 가늘고 경박하게 보이는 사내가 문이 다 열리기도 전에 몸을 비틀어 뛰어들어 왔다. 수염도 없는 매끈한 얼굴로 보아 그 역시 내관인 듯했다.

안 그래도 찌푸려져 있던 왕직의 얼굴이 와락 구겨졌다.

"첩형이나 되는 자가 그렇게 가벼우니 동창에 못 미친다는 소리를 듣는 것 아닌가? 역시 인사(人事)는 친분을 따지면 안 돼. 그런데 뭐야? 집에까지 쫓아왔으니 그럴 만한 일일 테지?"

평소 왕직에게 유독 자신감없는 태도를 보이는 사내 갈운이 손에 들고 있던 종이를 책상 위에 놓고 왕직을 빤히 바라보았다.

갈운의 태도가 이상하다고 생각한 왕직은 야단치기에 앞서 종이에 적힌 내용부터 살폈다. 왕직은 눈을 부릅떴다. 그리고 다시 한 번 읽었다. 잘못 읽은 것이 아닌 것을 확인한 후 왕직은 고개를 들어 갈운을 바라보았다.

갈운이 미소를 지으며 말했다.

"등잔 밑이 어둡다더니, 이렇게 가까이 있을 줄 누가 알았겠습니까?"

그 순간 왕직의 눈에서 차가운 한기가 일었다. 오랫동안 한 사람의 행방을 찾아 수하들을 달달 볶던 왕직이었다. 결국 찾게 되었으니 한시름 놓은 것은 물론이요, 칭찬을 받을 거라 생각했던 갈운은 왕직의 서슬 퍼런 눈빛에 고개를 숙이고 말았다.

쾅!

"코앞에서 살고 있는데, 그걸 삼 년이 다 되도록 찾지 못했었단 말이더냐? 무능하기 짝이 없는 것들! 찾은 것도 결국 너희들의 능력이 아니잖아. 제보가 없었다면 아직도 찾지 못했을 것 아냐, 못난 것들! 내가 너희들 같은 놈들을 믿고 어찌 황제 폐하와 귀비 마마를 편히 받들어 모실 수 있겠느냐!"

듣고 보니 옳은지라 갈운은 감히 머리를 들지 못했다. 그대 왕직이 의자 등받이에 머리를 기대며 목소리를 낮춰 말했다.

"잡아, 아니, 어서 가서 모셔와."

내심 안도의 한숨을 내쉰 갈운은 고개를 조아린 후 급히 문 쪽으로 달려갔다. 막 문이 열리는 순간,

"잠깐!"

왕직의 목소리에 화들짝 놀란 갈운은 뒤돌아서지도 못하고 학질 걸린 사람처럼 바르르 떨었다.

끼이익!

의자 밀리는 소리가 나자 갈운은 자신도 모르게 문 앞에서 비켜서며 고개를 숙였다.

왕직은 갈운에게로 향하며 말했다.

"귀비 마마께서 학수고대하시던 일이다. 내가 직접 가겠어."

갈운은 오가는 동안 내내 기를 펴지 못할 것이라는 생각에 용기를 내어 말했다.

"제독, 가깝다 해도 경사를 벗어나야 하니, 오가는 데 사흘은 족히 걸립니다. 어찌 그 같은 길을 제독께서 직접……."

"귀비 마마의 명을 받드는 일이다. 지옥길이라고 마다할까. 쓸데없는 소리 하지 말고 먼저 가서 서둘러 채비나 하여라. 이목을 집중시킬 일이 아님을 알지? 내부에 *끄나풀*이 있으니 많이 몰려갈 필요 없어. 사람들

입에 오르내리지 않을 정도로 적당히 준비해."

갈운은 내심 재수에 옴 붙었다고 생각하면서 왕직의 빠른 걸음을 뒤좇아 종종걸음 쳤다.

＊　　　＊　　　＊

명 성화 7년(서기 1471년) 경사.

이정웅이 말했다.

"인량! 우령!"

"옛! 장군!"

추인량과 진우령은 군례를 행한 후 부동 자세를 취했다.

이정웅은 웃으며 손을 저었다.

"그리 딱딱하게 서 있지 말고 앉게."

추인량과 진우령은 눈을 치뜨고 이정웅을 바라보았다. 당대의 명장이요, 덕장인 이정웅은 그 지위가 중군도독에 이른 사람이었다. 추인량과 진우령이 비록 약관을 겨우 넘긴 젊은 나이에 요직에 앉아 있지만 그들의 지위는 천호에 불과했으니 아무리 허물없다 하여도 감히 마주 앉을 상대가 아니었다.

"앉게. 내가 아쉬운 소리를 할 생각이야."

추인량이 진우령을 힐끔 보고 투구를 탁자 위에 올려놓으며 의자를 잡아당겼다. 진우령이 같은 모양새로 의자를 잡아당기자 추인량이 대표하여 말했다.

"그럼 무례를 범하겠습니다, 장군!"

이정웅은 입가에 부드러운 미소를 드리웠다.

“술 하려나?”

추인량과 진우령은 눈을 부릅뜰 뿐 아무런 대답도 하지 못했다. 이정웅이 쓴웃음을 지으며 고개를 저었다.

“하기야 나 같은 늙은이하고 술 마시면 맛이 날까?”

추인량이 당황하여 말했다.

“하, 하겠습니다.”

진우령이 고개를 숙이며 추인량의 옆구리를 찍었다.

“허허허! 괜찮아. 자네들 입장에서야 바늘방석에 앉은 것 같겠지. 여기가 야전도 아니고. 술은 접어두고 본론만 말하겠네.”

“옛! 장군!”

두 사람이 허리를 펴고 고개를 빳빳이 들어 경청할 준비가 되어 있음을 표시했다.

“자네들, 군에서 나가주어야겠어.”

“예에?”

두 사람은 펄쩍 뛸 것만 같은 표정으로 이정웅을 직시했다. 추인량이 말했다.

“소장들이 무슨 잘못이라도?”

“그런 거 없어. 그래서 내가 부탁이라고 하지 않았나? 힘들고 어렵고 지루한 임무를 맡아주어야겠네. 목숨 또한 보장 못해.”

추인량이 바로 대답했다.

“믿고 맡기시는 일, 목숨을 걸고 완수하겠습니다.”

이정웅이 진우령을 보았다. 진우령은 이정웅의 눈을 외면하고 추인량의 얼굴을 바라보며 말했다.

“인량과 함께라면 어디든 가겠습니다.”

이정웅은 흡족한 미소를 지으며 고개를 끄덕였다.

"허허허! 무슨 일인지도 묻지 않는군. 반역이라도 하라면 어쩌려고?"

두 사람이 동시에 말했다.

"이미 장군께 맡긴 목숨들입니다."

이정웅은 고개를 끄덕이며 탁자 위에 놓여 있던 무경총요 속에서 이미 읽은 표시가 나는 편지 한 장을 꺼내어 두 사람이 읽기 편하도록 펼쳐 주었다.

"믿어주니 고마워. 읽어들 보게."

두 사람은 말없이 고개를 숙여 편지를 읽었다. 그리고 깜짝 놀란 얼굴로 서로를 바라보았다.

"그 일을 두 사람에게 맡기려 하네. 몇 년이 걸릴지 몰라. 실패하면 죽음, 성공해도 큰 보상을 받지 못할지도 모르네. 물론 내가 그때까지 살아 있다면 개인적으로 보상하겠네만, 만 귀비의 권세가 하늘에 닿은 만큼 나 또한 실각할지도 모르고, 그러니 모든 것이 불투명해."

추인량은 주저없이 대답했다.

"최선을 다하겠습니다."

진우량도 따라서 고개를 숙였다.

명 성화 16년(서기 1480년) 북직례 대덕 근동의 작은 마을.

진소화의 흔들리는 눈동자가 한 사내를 좇아갔다. 보기만 해도 가슴이 시린 사람, 심혼을 다 바쳐 사랑하고픈 사람, 그러나 얻을 수 없는 사람, 추인량이었다.

추인량은 아이, 사실은 아이라고 부를 수 없는 존재였지만 본인이 그 사실을 모르기에 평범하게 대하고 있는 아이, 조우당에게 삼십육로철산권법(三十六路鐵山拳法)을 가르치고 있었다. 정확히 말하자면 가르치며 놀아주고 있는 것이었다.

진소화의 눈이 이번에는 조우당을 따라갔다. 그녀의 눈빛이 애증으로 교차했다.

조우당은 열한 살의 어린 나이답지 않게 의젓했고, 어떤 가르침이든 쉽게 소화시킬 만큼 총명했다. 사랑스러운 아이였다. 하지만 조우당이 있음으로 해서 그녀는 추인량에게 사랑하는 마음을 토해낼 수 없었다. 그래서 진소화는 한편으로 조우당을 증오했다.

'우당만, 우당만 없으면……'

진소화는 다시 추인량을 바라보았다. 추인량은 눈치없는 사내가 아니었다. 진소화가 비록 자신의 사랑을 입으로 절절히 토해내지는 못했지만 눈빛으로 호소하지 않은 것은 아니었다. 추인량은 그때마다 애틋한 눈빛으로 그녀를 외면했다. 그 표정을 기억해 낸 진소화는 눈을 감고 한숨을 내쉬었다.

'모르는 것이 아니다. 어쩔 수 없어서, 장래가 불투명해서 거부하는 것이다. 우당 때문에. 그런 그가 우당을 빼앗긴다면?

진소화는 너무나 당연한 결과를 떠올리고 고개를 저었다. 추인량은 틀림없이 죽음으로써 우당을 지켜 내려 할 것이다.

진소화는 갈등으로 가득 찬 눈빛을 버리고 추인량에게 말했다.

"추 가가, 저 잠깐 봐요."

추인량은 조우당에게 미소 짓던 그 얼굴 그대로 고개를 돌려 진소화를 바라보았다. 그 미소에 진소화의 가슴은 또다시 찢어질 것만 같았다.

'내게 그런 미소 보이지 말아요. 차라리 차갑게 대해요. 기대고 싶지 않게……'

추인량이 의아한 표정으로 말했다.

"소화야, 불렀으면 말을 해야지."

진소화는 억지 미소를 지으며 추인량에게 가까이 오라고 손짓했다.

"우당, 잠깐 소화 누나와 이야기하고 오마."

조우당은 장난스럽게 말을 받았다.

"외삼촌, 누나가 아니라 아줌마라니까. 서른 넘은 누나가 어딨어?"

진소화는 조우당을 향해 두 손의 손톱을 세우며 으르렁거렸다.

"요놈! 내 오늘은 반드시 잡아먹고 말겠다."

"이히히! 아줌마가 아니라 귀신할망구였구나."

조우당은 깔깔거리며 마당을 벗어나 방 안으로 뛰어들어 갔다. 조우당이 사라지자 진소화는 정색을 하고 추인량을 응시했다.

"응? 무섭게 왜 그래?"

"장난 아니니까 잘 들으세요."

진소화의 얼굴이 흐려지자 추인량도 정색을 했다.

"뭔데 그렇게 얼굴이 어두워?"

"최근에 오빠 얼굴 똑똑히 봤어요?"

"응?"

추인량은 질문의 의도를 몰라 고개를 갸웃거렸다.

"오빠가 추 가가 얼굴을 똑바로 본 적이 있냐구요?"

"응? 그러고 보니 요 이틀 길게 이야기한 적이 없네. 그게 왜?"

진소화는 추인량의 눈을 노려보면서 잠깐 입술을 깨물었다가 결국 입을 열었다.

"오빠가 수상한 사람들과 만나는 걸 봤어요."

추인량이 웃으며 진소화의 어깨를 툭 쳤다.

"소화가 우령의 친구를 다 알아? 친구겠지."

"우리가 왜 이곳에 자리잡았죠? 알 만한 사람은 다 아는 좁은 바닥이기 때문이잖아요? 내가 본 그 사람들 보통 사람들이 아니에요. 걸음걸이,

눈매가 전부 보통 사람들과는 달랐다구요.”

추인량은 노화가 이글거리는 눈으로 진소화를 노려보았다.

“그런 말 하지 마. 우령은 내 친구다.”

진소화는 붉게 물든 눈으로 낮게 소리쳤다.

“하나밖에 없는 내 오빠예요. 이런 말 죽도록 하기 싫은 사람은 바로 나라구요.”

추인량은 금방이라도 눈물이 흘러내릴 것만 같은 진소화의 눈을 한참 동안 바라보았다.

그도 알고 있었다. 그녀가 자신을 사랑한다는 것을. 그건 그도 마찬가지였다. 말을 하지는 못했지만 임무가 끝나는 날, 조우당이 자신의 정체를 떳떳하게 밝히게 될 날, 그녀에게 청혼을 할 생각이었다. 십 년을 하루같이 기다려 준 사람에게 남은 생애만이라도 건네줄 생각이었다. 미안함 대신 고마움을 맘껏 전할 생각이었다. 그런 여인의 말이었다. 누구보다도 갈등했을 여인의 말이었다.

추인량은 두 손으로 진소화의 두 뺨을 쥐었다. 그 순간 진소화의 붉은 눈에서 주르륵 눈물이 흘러내렸다.

“소화, 일단 이곳을 벗어나자. 우당을 안전한 곳에 데려다 놓고 난 우령을 만나러 다시 돌아올 생각이다. 너를 믿지 않는 것이 아니라 우령을 믿기 때문이다. 네가 오해한 것일 수도 있어. 다시 돌아갈 때까지 우당과 함께 있어주겠지?”

“잔인해요!”

추인량은 억지 미소를 지으며 진소화의 이마에 자신의 이마를 대었다.

“나 원래 그런 사람이잖아. 미안하다, 어려운 선택을 하게 해서. 그리고 고맙다, 나를 따라주어서. 우리 혹시 계속 살게 되면 다 갚아준다. 죽을 때까지 어떻게든. 그것으로 모자란다면 내생을 다 바쳐서라도 갚아준다."

정확한 표현은 아니었지만 진소화로서는 듣고 싶은 말을 들은 셈이었
다. 하지만 그녀는 기뻐할 수가 없었다. 추인량이 대의에 따르기 때문에
그를 선택한 것이라면 차라리 나으련만, 그녀의 선택이 핏줄과 사랑 사
이에서 이루어졌기에 그녀는 자신의 모진 마음씨에 비애를 느끼지 않을
수 없었다.

추인량은 진소화의 두 뺨을 잡은 채 엄지를 움직여 그녀의 두 눈에서
흘러내리는 눈물을 닦아주었다.

"울지 마라. 곧 돌아오게 될 게다. 아무 일 없었던 듯 돌아올 수 있을
거다. 간단히 짐 꾸려서 원행이나 떠나는 듯 가볍게 다녀오자."

진소화는 눈물 흔적 가득한 얼굴에 미소를 지으며 고개를 끄덕였다.

추인량은 돌아서서 큰 소리로 외쳤다.

"우당! 간만에 원행가자!"

조우당은 기쁜 얼굴로 튀어나왔다.

*　　　*　　　*

"볕 좋다!"

우쟁천은 삿갓을 들어올리고 실눈을 뜬 채 태양을 올려다보다가 점점
더 눈을 크게 떴다. 마침내 평소와 같은 눈으로 태양을 볼 수 있게 되자
우쟁천은 기분 좋게 삿갓을 날려 버렸다.

직접 태양을 보게 되기까지 나흘의 시간이 흘렀다. 나흘 전, 그와 고승
도는 한밤중에 공심동을 나왔다. 달빛을 눈에 익히고, 새벽 노을을 즐겼
다. 하지만 낮에는 눈을 뜨고 있을 수가 없었다. 너덜너덜해진 속곳을 찢
어 두 겹으로 겹쳐 눈에 감고 삿갓을 쓰고서 눈뜬장님처럼 지내야 했다.

하루가 지나서 한 겹을 풀고 다시 하루가 지나서야 속곳 안대를 눈에서 떼어냈다. 그리고 어제 처음으로 삿갓의 그늘 아래서 밝은 세상을 보았고 오늘에서야 직접 태양을 보게 된 것이었다.

우쟁천이 주변에 있는 것들이 모두 새롭다는 듯 주위를 둘러보았다. 그런데 방향이 좀 이상했다. 산서 어딘가로 간다면 서남쪽이어야 했다. 하지만 그들의 발걸음은 동쪽으로 향하고 있었다.

"우리 어디로 가는 겁니까?"

"산해관."

"산해관이요? 그 여진과 해동으로 가는 관문 말입니까?"

"그렇다. 천하제일관이라고도 하지. 그곳에 가서 사람을 만날 것이다."

"잘됐다! 좋은 구경하겠구나."

고승도는 수염으로 덥수룩한 우쟁천의 얼굴을 힐끔 보며 눈살을 찌푸렸다.

"좋아할 것 없다. 수련의 일환이니까. 그런데 그 수염 어떻게 잘라 버리지 않으련? 옷차림까지 거지꼴이니 사람들이 도적인 줄 알겠다."

우쟁천은 완강하게 고개를 저었다.

"얼굴에 살 오를 때까지는 안 돼요. 광대뼈가 툭 튀어나와서 이상하게 보인단 말입니다. 새 옷 좀 미리 사주시지 그랬어요? 그나마 나아 보였을 텐데."

고승도는 피식 웃으며 고개를 저었다.

"그런데 여긴 어디쯤입니까? 제 눈 때문에 걸음이 더뎌 얼가 못 온 것 같습니다만."

"이제 막 북직례에 발을 들인 셈이다. 간만에 세상에 나왔으니 충분히 즐기라고 일부러 걸음을 늦췄다. 이제 대충 적응된 것 같으니 걸음을 빨리 해보자.”

우쟁천은 보폭을 늘이는 것으로 대답을 대신하며 물었다.

“어차피 가는 길인데 경사에 들렀다가 가면 안 됩니까?”

“경사?”

고승도는 흠칫하며 순간적으로 눈을 감았으나 곧 제 얼굴을 되찾고 물었다.

“경사는 왜?”

“볼 것들이 많잖아요. 자금성 구경도 좀 하고 맛난 것도 먹으면 좋잖습니까? 벽곡단으로 끼니를 때웠더니 춘삼월 한낮인데도 으슬으슬합니다. 살을 좀 붙여야…….”

고승도는 자금성이라는 말에 또다시 슬픈 눈빛을 드리웠으나 우쟁천을 향해서는 그 눈빛을 드러내지 않았다.

“네 녀석이 동면이라도 했더냐?”

“동면한 거랑 뭐가 다릅니까?”

고승도는 우쟁천의 꿈꾸는 듯한 눈빛을 보고 생각난 것이 있다는 듯 의미심장한 미소를 지었다.

“혹시 네 어미를 보려는 건 아니고?”

이번에는 우쟁천이 흠칫하며 아예 걸음을 멈추어 버렸다.

“어머니라니요? 살아 있습니까?”

고승도는 순간 말을 잘못 꺼냈음을 깨달았다. 하지만 이미 돌이킬 수 없는 일이었다.

“아직 못 만나봤구나. 그간 별탈이 없었다면 잘살고 있을 것이다. 네 아비가 생전에 내게 한 말이니 너 또한 알고 있는 줄 알았는데.”

그가 자란 등룡관은 남자들만 사는 곳이라 특별히 엄마라는 존재에 대해 생각해 본 적이 없었다. 나이가 좀 들어서 다른 아이들에게는 엄마가 있고 그 엄마라는 존재가 아이들에게는 세상에서 제일 좋은 존재라는 것을 어렴풋이 깨달았지만, 여전히 절실하게 여기지는 않았었다.

"인연이 박하다는 말이 죽었다는 뜻인 줄 알았습니다. 아무도 그 얘기를 꺼내지 않아 정말 죽은 줄 알았습니다. 킥! 그런데 살아 있었군요. 흐헤헤헤! 그렇군요. 경사에서 잘살고 있다?"

우쟁천과 고승도는 거의 동시에 그들이 나아가던 방향을 바라보았다. 경사가 있는 그 방향을. 그들 두 사람은 서로가 같은 눈빛을 하고 있다는 것을 알지 못하고, 억지 미소를 지으며 서로를 보았다.

우쟁천은 밝게 가장한 목소리로 물었다.

"경사에서 뭐 한대요? 새로 시집간 모양이지요?"

묻고 싶은 것은 그것이 아니었다. 죽은 것이 아니라면 도대체 왜 그의 곁에 없는 것인지 묻고 싶었다.

고승도는 우쟁천이 아무것도 모른다는 것을 깨닫고 잠깐 동안 앞서 걸으며 그가 들은 바를 차분하게 정리했다. 그리고 마침내 입을 열었다.

"네 어미와 아비는 정식으로 성혼한 사이가 아니었다. 네 아비는 떠돌이 낭인이었고 네 어미는 별로 주목받지 못한 청기였는데, 우연히 눈이 맞아 같이 살게 되었나 보더라. 그 당시 네 아비도 꽤나 무정한 놈이었던지, 네가 네 어미 뱃속에 있는지도 모르고 태원을 훌쩍 떠나 삼 년이나 떠돌다가 다시 돌아갔다더구나. 애초부터 기대하지도 않았지만 혹시나 하고 찾아가 봤더니 네 어미는 떠나고 퇴기들 몇이서 소일 삼아 너를 키우고 있더란다. 한 사 년인가 뒤에 네 어미가 등룡관으로 절연장 비슷한 것을 보냈는데, 네가 커서 자신을 보고 싶어하면 경사의 동홍루로 보내라고 했단다. 그것이 내가 아는 전부다."

"그랬군요. 그렇게 된 거군요. 아버지 참 못됐다."

고승도는 우쟁천의 억지웃음을 보며 미소를 지었다.

'녀석! 버린 어미 욕은 하지 않는구나. 남자의 책임이라 이건가?'

"그때야 네 아비도 어린 나이에 참 고단한 삶을 살지 않았느냐. 가정을 꾸린다는 건 생각도 하지 않았을 것이다. 쟁천아, 내 꼭 한마디는 하고 싶구나. 아이 딸린 기녀의 삶은 참으로 힘들었을 것이다. 아무도 불러주지 않았을 거야. 그런데도 이 년이 넘도록 너를 홀로 키웠다. 비록 너를 남기고 떠나기는 했어도, 나이 든 퇴기들이라면 다른 어떤 사람들보다 너를 잘 키워줄 수 있을 거라 믿고 떠났을 것이다. 버리고 떠난 사람의 심정 또한 버림받은 사람의 심정 못지않게 고통스러웠지 않을까?"

"저 다 컸어요. 그런 말씀 하지 않으셔도 됩니다. 살아 계시다는 사실은 충격적입니다만, 그 외의 것에는 별다른 원망 없네요. 제 할머니가 워낙 억척스러우셔서 저 남부럽지 않게 살았거든요. 헤헤헤. 자! 가시죠. 경사에 가는 거예요. 동흥루도 한번 슬쩍 가보렵니다. 잘살고 있는지 보고 올래요."

고승도는 우쟁천의 말이 십중팔구 진심임을 깨달았다. 특히 할머니라는 말을 꺼낼 때의 표정은 슬픔과 함께 그리움이 가득 묻어났었다.

'그래. 그럼 나도 자금성 벽이나마 보고 갈거나?'

고승도는 아련함이 느껴지는 미소를 지으며 고개를 끄덕였다.

"그래, 그렇게 하자꾸나. 응? 들리느냐?"

우쟁천은 대답 대신 귀를 쫑긋거리다가 고개를 끄덕였다.

"제가 보고 오지요."

우쟁천은 바로 허공으로 솟구쳐 올랐다. 삼십여 장을 지나서 작은 동산의 모퉁이를 돌자 논밭 사이의 작은 길 위에 사람들의 모습이 보였다. 그들과의 거리는 이십여 장, 그리고 그들 뒤로 삼십여 장 뒤쪽에 마을이 보이는지라 우쟁천은 별일이 아니라고 생각했다. 하지만 칼 뽑는 소리와 함께 비통한 목소리가 들려오자 주의를 기하지 않을 수 없었다.

"우령! 네가 정녕……."

그 목소리의 주인공은 목 메인 듯 말을 잇지 못하다가 다시 말했다.

"우당이 서창의 손에 넘어간다는 게 무슨 뜻인 줄 모른단 말이냐? 서창은 곧 만 귀비의 수족이 아니더냐. 그런데도 네가 정녕!"

우쟁천은 뒤로 몸을 날리려다가 고승도가 이미 옆에 와 있음을 깨닫고 말했다.

"할아버지, 서창이 뭡니까? 동창 같은 곳인가요? 옷차림을 보니까 관복 같기는 한데."

고승도는 대답하지 않았다. 남녀와 아이를 둘러싼 십여 명의 푸른 관복을 입은 사내들을 바라만 보고 있었다.

'검혼! 네놈은 도대체 내 딸을 어떻게 키운 것이냐? 왜 그 아이가 사람들에게 욕을 먹어? 그 아이가 네 팔에 안겨 있어서, 그렇게 웃고 있어서 아내의 복수를 포기했고 동생의 믿음을 저버렸다. 그런데 왜?'

"할아버지?"

우쟁천의 부름에 정신을 차린 고승도는 손을 뻗어 잠시 기다리라는 표시를 하고 생각에 잠겼다.

'서창이라고? 저들을 대적하면 경령 그 아이가 나를 쫓게 되겠지. 흐허허허!'

"쟁천, 몇 번 흘려들은 적밖에 없지만 사람들이 서창에 대해 좋게 말하지는 않더구나. 하지만 내게 사정이 있어 저 일만큼은 가능한 한 관여하고 싶지 않구나. 다행히 저 지세에 저 정도 인원이라면 너 혼자라도 무리가 없을 터. 네 판단 하에 네가 도와주는 건 상관하지 않겠다. 그 몰골이면 나중에라도 뒤를 쫓기는 일은 없을 것이야."

우쟁천은 고승도의 어두운 얼굴을 보고 고개를 끄덕였다. 그리고 사람들의 목소리에 귀를 기울였다.

추인량이 수혈이 눌린 채 늘어져 있는 조우당을 등에 업는 순간 진우령이 진소화에게 소리쳤다.

"아화! 이리 오지 못해!"

진소화는 눈을 부릅뜨고 소리쳤다.

"싫어요! 도대체 왜? 왜 추 가가를, 우당을 배신한 거죠?"

진우령이 얼굴을 일그러뜨리며 말했다.

"못난 것! 우량에게 말만 하지 않았다면 몰래 우당을 넘겨줄 수 있었을 텐데, 그랬다면 우리 세 사람 모두 이 지겨운 생활을 청산할 수 있었을 텐데."

추인량이 진우령을 노려보며 차분하게 말했다.

"내가 아는 진우령은 사나이였다. 사내란 자긍심은 어디에 팔아먹었느냐!"

진우령은 가슴에 손을 얹으며 차갑게 말했다.

"자긍심? 여기 있다고 믿고 있던 것 말이냐? 정신 차려라. 그게 팔아먹을 가치나 있는 거냐? 이제 지겨워. 세월이 멈춘 것처럼 아무런 일도 일어나지 않는 이런 깡촌 생활이 우리에게 어울리냐? 우린 무인이야. 난 전선으로 돌아가고 싶을 뿐이다. 가끔씩 도시로 돌아가고 싶을 뿐이란 말이야. 너 때문에 어쩔 수 없이 따라왔다. 십 년이면 됐잖아? 날더러 더 이상 어쩌라고? 이러다가 미쳐 버리겠단 말이다. 인량! 우당을 내게 다오. 그럼 아무도 다치지 않고 끝낼 수 있다. 모두가 원하는 대로 될 수 있어."

추인량은 넋을 잃은 모습으로 고개를 저었다.

"믿을 수 없구나. 내 친우, 내 전우 진우령이 이런 가벼운 인간이었다니, 믿을 수가 없어."

"인량! 현실을 직시해. 언제까지 이런 촌구석에서 세월을 축내고 있을 거냐?"

추인량은 고개를 세차게 흔들고 도를 진우령을 향해 내뻗었다.

"이 칼끝에 묻을 핏방울은 흐르는 물에도 지워지겠지. 하지만 나와 소화의 가슴에 맺힐 피눈물은 흐르는 세월에도 지워지지 않으리라. 그래도 벨 것이다. 너만큼은 반드시 베고 말 것이다."

바로 그때 진우령의 뒤쪽에서 가늘고 차가운 목소리가 들렸다.

"유치해서 못 봐주겠군. 설득할 수 있다고 해서 기다려 주었다. 하지만 이젠 됐어. 그만 아이를 회수해."

진우령은 사색이 되어 그의 뒤에 서 있는 서창의 당두들을 헤치고 뒤로 뛰어갔다. 논 앞 넓은 곳에 이른 진우령은 사인교에 앉아 있는 왕직의 발 앞에 꿇어앉았다.

"제독! 잠시만 더 시간을 주십시오. 저 못난 계집아이는 제 하나뿐인 동생입니다. 잠깐만 더 설득할 시간을 주십시오."

왕직은 진우령의 머리에 발을 올리며 차갑게 웃었다.

"홍! 저들은 시류를 깨닫지 못하는데 넌 계집을 모르는구나. 사랑 앞에서는 핏줄도 몰라보는 게 계집이다. 저 뼈다귀 튼튼한 놈은 죽기 전에 아이를 내놓지 않을 것이고, 놈이 죽으면 네 동생이라는 계집은 죽이지 않아도 따라 죽을 것이다. 어차피 다 죽을 연놈들이란 소리지. 시류를 아는 너와는 달리."

왕직은 고개를 들고 사내들에게 말했다.

"아이를 회수해 와!"

"안 됩니다, 제독!"

진우령의 낮은 흐느낌과는 상관없이, 서창의 당두들은 일제히 칼을 뽑는 것으로써 대답을 대신하고 추인량과의 거리를 좁혔다.

조우당을 업은 채로 앞뒤에서 적을 맞아야 하는 추인량으로서는 절망적일 수밖에 없었다. 한때 전장을 누비던 젊은 호랑이 추인량이었지만 서창의 당두라면 셋 이상 대적하기 힘든 상대였다. 더구나 뒤를 맡고 있는 진소화는 한 사람 상대하기조차 버거우리라.

불행 중 다행이라고 할 만한 일은 그들이 두 사람 스쳐 지나가기도 어려운 좁은 논두렁 위에 있다는 것이고 좌우로는 이제 막 물을 대어놓아 철퍽거리는 논이 있다는 사실이었다. 하지만 그것만으로는 버티는 것이 한계일 것이고 결국 조우당을 빼앗기는 것은 시간문제일 따름이었다.

바로 그때 추인량의 등 뒤에서 장난스러운 목소리가 들렸다.

"에이, 사람 바빠 죽겠는데 왜 이렇게 길을 막고들 있나? 해결할 문제가 있으면 빨랑빨랑 해치우라고. 사람 좀 지나가게."

그 누구도 믿지 않을 말이었다. 추인량이야 도망치다 보니 논두렁으로 왔다지만, 사람이 막고 있는 것을 보고도 넓은 길을 놓아두고 논두렁으로 접어들었다는 것 자체가 명백한 시비였다.

"웬 놈이 감히 나랏일에 관여하려는 것이냐? 물렀거라!"

거지 중에 상거지꼴인 사내 우쟁천이 웃으며 말했다.

"웬 놈들이 감히 집도 절도 없는 거지의 앞길을 가로막는 것이냐? 물렀거라. 크크크!"

파바밧!

두말이 필요없다는 듯 서창의 당두 하나가 순식간에 거리를 좁혀 허공으로 치솟아올랐다.

휭!

도가 우쟁천의 머리를 가르려는 순간 우쟁천은 사내의 발밑으로 한 발 나아가 돌아섰다. 그리고 사내가 땅을 밟으려는 순간 그의 다리를 후려 찼다. 간단한 동작이었지만 절묘한 시기를 잡은 한 수였다. 사내는 옆으로 휘돌아 논 아래로 굴러 떨어졌다.

"이크! 머리를 정통으로 찍었네. 아프겠다."

"합!"

진소화와의 거리를 좁혀가던 다섯 명의 서창 당두들이 일제히 돌아서서 우쟁천에게로 쇄도했다.

"어절시구!"

우쟁천도 신명난 듯한 미소를 지으며 앞으로 나아갔다.

쉑!

"허억!"

풍덩!

칼이 허공을 가르는 소리 한 번에 비명 소리 한 번, 그리고 논두렁으로 처박히는 소리 한 번이 다섯 번 연이어 교차했다. 피를 토하며 논두렁에 처박힌 서창 당두들이 겨우 무릎까지 오는 논에서 허우적거렸다.

"하품 나게 느리군."

천왕동에서는 서너 개의 칼날들이 동시에 튀어나왔다. 그 칠흑 같은 어둠 속에서도 스쳐 지나친 칼날들인데 훤한 대낮에 하나씩 날아오는 칼날들을 피하지 못할 턱이 없었다.

우쟁천은 마침내 진소화 앞에 이르렀다.

"어이구! 예쁜 아가씨네. 갈 길이 바쁜데 비켜주시려나?"

말은 그렇게 해놓고 우쟁천은 회룡을 펼쳐 추인량과 서창 당두들 사이에 끼어들었다.

"뒤로 갈 사람이지요? 뭐 하나? 길 뚫렸는데 얼른 가버리지 않고?"

추인량의 수염으로 덥수룩한 우쟁천의 얼굴에서 유독 반짝이는 눈빛을 바라보며 급히 말했다.

"대협! 고맙소이다. 이 추인량, 대협의 은혜 결초보은하겠소. 성함을 가르쳐 주시오."

서창의 당두 한 사람이 칼을 휘둘렀다. 우쟁천은 두 손을 교차시켜 칼을 허공으로 날려 버리고 그 사내의 따귀를 후려쳤다. 사내가 한 바퀴 휘돌아 논두렁으로 떨어졌다.

"쳇! 그런 거 들을 시간 있다면 한 발이라도 더 도망가겠다. 평생 쫓겨야 할 신세면서 예의 차리기는. 어서 가쇼!"

추인량은 자신이 별다른 힘이 되지 못한다는 사실을 깨닫고 그의 등에 대고 포권을 취한 후 진소화의 어깨를 밀어 달려갔다.

서창의 당두 한 사람이 우쟁천에게로 칼을 휘둘렀다. 그 순간 그 뒤에 있던 사내가 우쟁천의 머리 위로 솟구쳤다. 우쟁천을 공격하려는 것이 아니라 추인량을 쫓으려는 것이었다.

우쟁천은 허리를 뒤로 접었다. 칼날이 코 위를 스치고 지나쳤다. 그 순간 오뚝이처럼 일어선 우쟁천은 사내의 칼 잡은 손목을 잡아 꺾었다. 반원을 그리던 칼날이 멈추지 못하고 계속해서 나아갔다.

사내는 눈을 부릅뜨고 자신의 칼날을 피해 머리를 숙였다. 관모가 날아가고 그 속의 상투마저 베어져 머리카락들이 허공으로 치솟는 순간 사내는 백팔십도로 돌아간 손목 때문에 칼을 놓고 말았다.

우쟁천은 사내의 품속으로 파고들어 등을 돌리고 추인량을 바라보았다. 그와 추인량 사이에 서창의 당두 한 사람이 떨어져 내렸다.

우쟁천은 그가 손목을 꺾은 사내가 떨어뜨린 칼의 도파를 손바닥으로 밀었다.

쉭!

막 땅을 박차고 다시 뛰어오르려던 서창의 당두가 칼이 박힌 허벅지를 붙잡고 논두렁으로 떨어졌다.

우쟁천의 왼쪽 팔꿈치가 손목이 부러진 사내의 명치에 틀어박혔다. 비명을 토하고 땅에 주저앉는 사내를 논두렁으로 밀어 굴린 우쟁천은 남은 세 명의 당두들에게 환한 미소를 지었다.

"자! 자! 지나가자고. 비키든지 물러서든지 하란 말이야, 엉?"

갑자기 튀어나간 우쟁천의 움직임에 놀라 마주 서 있던 당두가 엉겁결에 칼을 내뻗었다. 우쟁천은 귓가에서 바람 소리를 들었다. 순식간에 사내의 품속까지 파고든 것이었다.

우쟁천은 사내의 가슴에 왼손을 대고 밀었다. 순간 사내는 등 뒤에 있던 다른 사내에게 부딪치고 그 여파는 세 번째 사내에게까지 미쳤다.

세 사람이 거의 밀착되는 그 순간 우쟁천의 어깨가 사내의 가슴을 후려쳤다. 세 사람이 동시에 비명을 지르며 뒤로 나동그라졌다.

"하하하! 시원하다!"

대소를 터뜨린 우쟁천은 세 사내를 징검다리 삼아 밟으며 마침내 논두렁을 벗어났다.

"아이고! 무서워라."

우쟁천은 장난스럽게 어깨를 움츠렸다. 왕직이 사인교에 앉은 그대로 무섭게 노려보고 있었기 때문이다.

"무엇 하는 놈이건대 감히 서창이 하는 일을 방해하고 나선단 말이냐!"

"나참, 튼실한 고추를 달고 나왔으니 놈이라고 불러도 어쩔 수 없소만, 그 감히 라는 말은 좀 쓰지 마쇼. 감히 라는 말은 강자가 약자에게 쓰는 말이라고 누누이 강조했는데 어떤 연놈들도 귀담아듣지를 않는구려. 연놈이 아닌 것들도 그렇고."

환관인 왕직을 놀리는 말이었건만, 그는 화내지 않고 오히려 차분한 기색으로 사인교에서 일어났다.

"감히 라는 말은 강자가 약자에게 쓰는 것이다? 흥! 제대로 쓴 것임을 가르쳐 주마. 갈운!"

사인교 옆에 붙어 서 있던 갈운이 오른쪽에 차고 있던 검을 뽑아 왕직에게 검파를 내밀었다. 왕직은 검파를 쥐고 발 앞을 내려다보았다. 거기에는 꿇어앉은 그대로 넋을 놓고 있던 진우령이 있었다.

왕직은 발로 진우령의 어깨를 밟아 힘껏 밀어버리고 경멸 어린 표정을 지으며 말했다.

"친우의 등을 찌르려면 그만한 각오를 했어야지. 나약하기는."

왕직은 검을 늘어뜨리며 앞으로 나섰다.

우쟁천이 볼썽사납게 나뒹군 진우령을 보며 혀를 찼다.

"돌아 나와도 될 텐데, 군자도 아닌 양반이 대로행(大路行)을 고집하는군."

왕직은 차갑게 코웃음 치고 검을 뻗었다. 순간 검신이 요동을 치며 아지랑이 같은 기운을 내뿜었다.

"입담이 제법이로구나. 내 오늘 그 입만큼은 충분히 찢어주지."

우쟁천은 미소를 지으며 처음으로 번운을 뽑아 들었다. 그리고 왕직과 똑같이 앞으로 내뻗었다. 그 순간 번운에서도 푸른 구름 같은 기운이 일렁거렸다.

"그 정도로 내 입을 찢을 수 있겠소? 난 길이 뚫렸으니 그만 해도 되는데. 물론 해도 좋고. 하지만 시류를 아는 자는 당연히 하지 않겠지요?"

왕직은 번운에서 감도는 기운이 자신을 상회하자 얼굴을 차갑게 굳혔다.

"갈운!"

왕직은 검에서 기세를 거두고 검을 뒤로 뻗었다. 갈운이 급히 달려와 검을 받았다.

왕직이 말했다.

"입담만큼이나 실력이 있는 놈이구나. 좋아! 감히 라는 말은 취소하지. 어떤가? 그만한 실력이면 이름 정도는 밝힐 수 있을 텐데……."

우쟁천은 빙글빙글 웃으며 고개를 저었다.

"내가 미쳤소? 나중에 얼마나 귀찮게 하려고. 앞으로 복면 쓰고 다닐 거요."

왕직은 서서히 눈길을 돌려 번운을 유심히 살폈다. 우쟁천은 그 눈길을 따라가다가 장난스럽게 번운을 등 뒤로 숨겼다.

"이 칼도 팔아버려야지."

왕직이 가볍게 웃었다.

"행색을 보아하니 실력만큼 대접을 못 받는군. 어떤가? 내 밑으로 들어오겠나? 오늘의 일은 불문에 붙이지. 연놈들의 얼굴은 보았으니 다시 찾는 건 문제가 아닐 거야. 내게 오게. 대접 또한 남다르게 해주지. 부귀영화가 남의 떡이 아닐 거야."

우쟁천이 대답을 하려는 순간 갈운이 앞으로 나서며 말했다.

"이놈! 이분이 누구신지 아느냐? 바로 서창의 제독이시다. 말씀에 따르기만 하면 세상이 곧 너의 것이야. 돈, 명예, 권력, 여자, 그 모든 것이 너의 손끝에서 놀 것이다. 알겠느냐?"

우쟁천은 번운을 칼집에 넣고 뒤통수를 긁적였다.

"아참, 그 인간 정말 시끄럽네. 목소리도 안 좋은 양반이 왜 그렇게 떽떽거려?"

우쟁천은 갈운을 노려본 후에 왕직을 응시하며 고개를 저었다.

"호의는 고맙소만, 서창의 개가 되기는 싫구려. 부귀영화가 필요하면 내 손으로 얻지 못할까? 이보시오, 제독태감 나리. 사내는 자존심 아니오? 이 세상에서 자존심을 버려가면서까지 취할 것은 오직 사랑뿐이오. 자존심을 버리는 대가로 명성과 돈과 권력과 여자를 얻는다면 그건 버린

게 아니라 꺾인 거지. 곧 굴종이요, 노예인 것이오.”

왕직은 우쟁천이 기분 나빠할 만큼 담백하게 웃었다.

“자존심을 버리고 취할 만한 것은 사랑뿐이다? 그렇군.”

왕직은 차가운 미소를 지으며 다시 말했다.

“이목을 생각해서 너무 가볍게 움직였어. 오늘은 내가 비세이니 물러나지. 하지만 다음번에 만나면 용서없어. 그때는 물론 이렇게 마주 서서 대화하는 일은 없을 거야. 수단과 방법을 가리지 않을 테니까.”

우쟁천도 미소 지으며 말했다.

“오늘 안 되는 게 다음이라고 쉽게 될까? 그럴 리 없다고 생각하지만 혹시라도 알아보면 적어도 안녕, 이라는 말 정도는 해주시구려. 혹시 아오, 내 칼이 사람을 알아보고 가볍게 대해줄지?”

왕직은 사인교에 올라타며 고개를 흔들었다.

“끝까지 웃겨주는 친구로군. 다시 보세, 젊은 친구.”

“잘 가시오, 젊지 않은 양반!”

왕직은 실소하며 손짓했다. 두 사람이 사인교를 앞뒤에서 움직였다.

‘젠장맞을! 말 타고 왔으면 편했잖아.’

갈운이 속으로 투덜거리며 그 뒤를 따랐다.

“갈운, 왜 따라오나? 넌 아이들 수습해야 하잖아.”

갈운은 고개를 숙이고 입술을 깨물었다.

우쟁천은 사인교가 멀어지는 것을 보다가 걸음을 옮겼다. 그러나 몇 걸음 걷지 못하고 멈춰 섰다. 발 앞에 진우령이 대 자로 누운 채 멍하게 하늘을 보고 있었기 때문이다.

“배신의 열매가 달아 보여도 먹어보면 쓰다고 합디다. 쯧.”

우쟁천은 진우령을 돌아서 갈운에게 위협적으로 주먹을 쥐어 보이고 사인교의 뒤를 따랐다.

■6장■
죽어서도 남는
것은 오직 기억뿐

죽어서도 남는
것은 오직 기억뿐

　　　　　　　우쟁천은 완전히 다른 사람이 되어
있었다. 청의경장에 청의단삼을 덧입고, 머리카락도 올려 모아 상투를
틀고 사방평정건(四方平定巾)까지 썼다. 예전처럼 깨끗하게 밀어버린 것
은 아니었지만, 덥수룩하던 수염도 어지럽지 않을 만큼 정리되어 있었
다. 거기에 신발까지 경장에 잘 어울리는 발목 가죽신을 신고 있으니, 식
당을 가득 메운 경사 사람들도 그를 타관 사람이라고 쉽게 단정하지 못
하리라.

　"오리 고기도 맛있지만 이 사미리어(四味鯉魚)라는 것도 굉장하네요.
드셔보세요."

　우쟁천은 여섯 종의 요리들 가운데 잉어 요리를 따로 덜어 고승도 앞
에 놓고 나서 죽엽청도 따라주었다.

　고승도는 가벼운 미소를 머금고 잔을 들었다.

　"음! 간만에 단맛 나는 술을 마시니 이것도 나쁘지 않구나."

고승도는 잔을 내려놓고 우쟁천이 덜어준 잉어 요리를 떠먹었다. 절로 고개가 끄덕여지는 맛이었다. 산서에서는 보기 드문 생선 요리라서 그런지 몰라도 식탐이 없는 고승도마저도 다시 숟가락을 가져갔다.

"그래, 맛있다. 너도 한 잔 하……?"

고승도는 말을 끝맺지 못하고 입을 다물었다. 요리와 술을 잔뜩 시켜 놓고도 우쟁천은 맛만 보고 자꾸 딴 곳만 쳐다보고 있었다. 대개는 주인이 차지하고 있는 계산대였다.

일층 식탁만 삼십여 개가 넘는 동홍루이다 보니 계산대도 커서 두 사람이 나란히 앉아 있었다. 절로 복이 붙을 것 같은 서글서글한 인상의 초로인과 한때는 예쁘다는 소리 깨나 들었을 것 같은 장년 여인이었다.

초로인은 때때로 종업원들에게 호통을 치고 손님들과 실랑이도 했지만 눈길이 여인에게로 향할 때면 언제나 부드러운 미소를 지었다. 여인도 초로인의 마음과 같은 듯 얼굴이 마주칠 때마다 편안한 미소를 지었다.

"행복해 보이지요?"

고승도도 계산대를 바라보며 고개를 끄덕였다.

"음! 그렇게 보인다. 어떠냐? 만나보지 않을 테냐?"

우쟁천은 고승도를 향해 웃으며 고개를 저었다.

"지금 이렇게 만나고 있지 않습니까? 이걸로 됐습니다. 제가 어미젖이 필요한 놈도 아니고, 어머니도 평안해 보이는데 괜한 풍파를 일으킬 필요는 없겠지요."

"너보고 찾아오라고 했다면, 각오를 했다는 뜻이다. 아니, 이미 말했을지도 모르지. 그 정도는 받아줄 수 있는 양반 같구나, 저 바깥양반 말이다."

우쟁천은 얼굴을 찡그리면서도 미소를 지으며 다시 고개를 저었다. 그리고 지나가는 점소이를 불렀다.

"죽엽청 한 병 더 주시오. 그리고 말이오, 저기 저 계산대에 있는 양반들이 주인장들이지요?"

점소이가 의아한 눈빛으로 되물었다.

"그건 왜 물으십니까?"

우쟁천은 웃으며 대답했다.

"하도 금슬이 좋아 보여서 나도 미소가 지어지잖소. 꼭 내 부모님을 보는 것 같아서 말이오."

점소이의 입가에도 미소가 감돌았다.

"그렇지요? 십수 년을 한결같이 사시는 분들이라고 주위 분들 칭찬이 자자하지요."

고승도도 은근슬쩍 물었다.

"저 바깥주인 양반 말일세, 저런 인상을 지닌 양반은 다복하다던데?"

"물론이지요. 첫 부인 일찍 잃은 것 말고는 저보다 더 좋을 수는 없겠지요. 아닌가? 강짜가 심한 부인이었다던데, 일찍 죽었으니 더 좋은 건가? 어쨌든 장사 잘되지, 늦게 본 두 도련님 모두 총명하지, 부부 금슬 좋지, 뭘 더 바라겠습니까요. 늙어서 병으로 고생하지만 않는다면 한평생 즐겁게 사시는 셈이지요."

처음에는 의심스럽다는 눈치를 보이던 점소이가 수다스럽게 떠들자 고승도가 말을 막았다.

"그렇구만. 아! 이 잉어 요리 하나 더 주게. 산서에서는 먹기 힘들어서 말일세."

점소이는 밝게 웃으며 주문을 되풀이했다.

"죽엽청 한 병, 사미리어 하나 추가요."

점소이가 사라지자 고승도가 물었다.

"안심이 되느냐? 널 버리고 저렇게 행복하게 사는 게 원망스럽지는 않아?"

우쟁천은 씁쓸하게 미소 지었다.

"안심이 됩니다. 원망 같은 건 없구요. 원래 없는 줄 알고 살았는데, 다 커서 원망할 일이 뭐가 있겠습니까? 낳아준 양반입니다. 도전할 가치가 있는 이 세상을 보게 해준 사람입니다. 행복하면 그걸로 족하지요."

고승도는 웃으며 죽엽청을 우쟁천의 잔에 따라주었다.

"그럼 이제 산해관으로 가도 되겠지?"

우쟁천은 죽엽청을 마시고 나서 고개를 저었다.

"이 맛있는 것들을 놔두고요? 그런 말씀 마세요."

젓가락을 든 우쟁천의 눈길은 다시 계산대로 향했다.

친구를 보면 그 사람을 알 수 있듯이, 병사를 보면 장군의 인품을 알 수 있다.

산해관에 이르러 수문 병사에게 배첩을 전한 고승도는 병사의 태도에 감탄하고 고개를 끄덕였다. 문을 지킬 때에는 강한 눈빛에 절도있는 움직임을 보이더니, 사람을 대할 때는 온건한 눈빛과 정중한 태도를 보였다.

고승도는 그가 아는 산해관 총병 이정웅의 인품을 느낄 수 있어 부드럽게 미소 지었다.

철겅! 철겅! 철겅!

갑주 흔들리는 소리가 나더니 안에서 중갑을 입은 중년 군인 한 사람이 뛰어왔다. 그는 수문 병사들의 군례를 가볍게 받고 바로 고승도에게 다가왔다. 그가 날카로운 인상처럼 예리한 눈빛으로 고승도를 바라보며 물었다.

"노인장께서 총병께 접견을 청한 고승도란 분이 맞소이까?"

"내가 고승도요."

중년 군인은 우쟁천을 힐끔 보며 물었다.

"이쪽 젊은 친구는?"

"내 의손자요."

중년 군인은 그때서야 가볍게 군례를 취해 보이고 자기소개를 했다.

"참장 유태방이오이다. 따르시오."

유태방이 앞서고 고승도와 우쟁천이 그 뒤를 따르니 엄중한 경비 속에서도 막아서는 이는 없고, 오로지 군례만 이어졌다.

성벽을 따라 요소요소의 병사들을 헤치고 나아가니 성벽 위에 덜렁 누각 한 채가 있었다.

"망경각(望境閣)이오. 장성 너머를 한눈에 볼 수 있기 때문에 외래 빈객들이 가장 좋아하는 곳이라오. 보통 사람들은 오고 싶어도 올 수 없는 곳이오."

유태방은 무릎 어림부터 뚫린 크고 넓은 창문 앞 탁자를 향해 손을 뻗었다. 그리고 자신이 먼저 투구를 벗고 앉으면서 맞은편 자리를 가리켰다. 고승도는 부드러운 미소를 지으며 자리에 앉았다. 창가에 앉으니 과연 유태방의 말대로 멀리 여진이 보이는 것만 같았다.

젊은 병사가 차를 내어주었다.

유태방이 차를 권하며 말했다.

"맨발로 맞아도 모자랄 분이 오셨는데 직접 맞이하지 못하는 결례를 저지른다고 말씀 전해달라 하셨소이다."

처음부터 그랬지만, 유태방의 말투는 선이 가는 인상에 어울리는 사무적인 목소리였다. 그래서 그런지 그를 통해 듣는 이정웅의 말은 가슴에 와 닿지 않았다. 곧 이정웅의 손님이기는 하나 유태방 자신과는 상관이

없다는 느낌이었고, 장군인 자신의 위치에서 평민에다가 별 볼일 없는
늙은이처럼 보이는 고승도를 인정할 수 없다는 분위기가 느껴지기도 했
다.

고승도는 분위기에 개의치 않고 대답했다.

"나랏일을 하시는 귀한 양반을 미리 기별도 하지 않고 불쑥 찾아온 이
늙은이가 결례를 한 것이지요."

유태방은 알긴 제대로 아는구나, 하는 느낌의 미소를 지었다. 우쟁천
의 눈썹이 꿈틀거렸다. 그러나 탁자 밑에서 자신의 무릎을 톡톡 두드리
는 고승도의 손 때문에 창밖으로 고개를 돌렸다.

유태방이 물었다.

"그런데 노인장은 우리 총병님과는 어떻게 아시는 사이요?"

고승도는 미소를 지으며 찻잔을 들어 입을 적셨다.

"십여 년 전이던가? 산서의 편관 너머 청수하 근방에서 우연히 만나
작은 도움을 준 적이 있소이다."

유태방은 아랫입술을 삐죽 내밀고 고개를 끄덕였다. 그러다가 다시 고
개를 갸웃거리며 중얼거렸다.

"십 년 전? 편관 너머라면 장성 너머? 청수하?!"

유태방이 눈을 치뜨고 벌떡 일어나 고승도를 바라보았다.

"그렇다면 노인장, 아니, 어르신께서 산서 지호촌의 도신이란 말씀입
니까?"

지호촌의 도신. 이정웅에게서 들은 적이 있었다. 그냥 들은 적이 있었
던 게 아니라 이정웅이 술에 취했을 때마다 들었으니 토씨 하나까지 다
기억하고 있었다.

"내가 전에 말했던가? 산서 편관에 가면 지호촌이란 호상단이 있어. 거기

에는 세상 사람들이 모르는 도신이 살고 있지. 내가 말이야, 산서 총병으로 있었을 때의 일이야. 갑자기 호연지기가 일어 측근 다섯만 데리고 장성을 넘어간 적이 있었지. 시야가 확 트인 초원이니 원의 잔당들을 보면 드망치면 된다고 생각했던 거지. 허허허! 무모하고 어리석게도 말이야. 결국 벌받았지. 갑자기 때 아닌 일진광풍을 만난 거야. 거 뭐라고 그러나? 용권풍? 그렇게 말들 하더군. 어쨌든 그 때문에 길을 잃고 말았어. 말들은 다 도망가 버리고 가진 거라고는 각자 검 한 자루뿐이었지. 방향을 잡아보려고 할 때였어. 안 그래도 죽겠는데 설상가상 격으로 만난 것이 이백여 기 정도나 되는 몽골 기병이었단 말이야. 갈증과 피로가 겹쳐 검조차 들지 못할 지경이었으니 이거 죽었구나, 했지. 그때 몽고 기병들과 우리 사이에 끼어든 사람이 바로 지호촌의 촌장이었지. 그때는 말이야, 객기 부릴 나이가 지나도 한참 지난 늙은이가 쓸데없이 나서서 죽음을 자초한다고 안타까워했었지. 그런데 잠시 후, 믿지 못할 광경을 보았어. 늙은이가 쇄도하는 몽고 기병들을 향해 마주 달려가더니 갑자기 칼을 뽑는 거야. 당연히 미쳤구나 했지. 말발굽에 짓밟혀 갈기갈기 찢겨지는 육편을 상상했어. 그때 노인의 칼끝에서 파란 빛이 쭉 뻗어나갔어. 말들이 기세에 놀라 울면서 좌우로 갈라지고 노인은 그 틈을 타고 훨훨 날아가 어느새 몽고 수장의 목에 칼을 들이대고 있었지. 그걸 보고도 믿지 못했어. 너무 피곤해서 신기루를 보고 있다고 생각했지. 그런데 신기루 같은 꿈이 끝나지 않는 거야. 몽고군의 수장과 노인이 한동안 이야기 하다가 몽고군이 썰물처럼 빠져나갔지. 그 뒤로 지호촌의 보표들이 합세하여 물을 주고 편관까지 길 안내를 해주더군. 아! 도기충천이라는 말이 무색했던 그때 그 광경, 도저히 잊을 수가 없어. 어이구! 갈증나는군. 한잔씩 하세나.”

유태방이 이정웅의 경험담을 떠올리고 있던 그때, 잿빛 수염을 가슴까지 드리운 갑주 차림의 초로인이 누각 안으로 들어왔다.

“어이쿠! 은공! 오랜만에 뵙소이다. 오셨다는 소릴 들었으니 바로 달려와 뵈었어야 했는데, 이렇게 늦어서 죄송하오이다.”

이정웅이 만면에 반가운 미소를 짓고 달려와 포권을 취했다. 고승도도 급히 일어나 이정웅이 포권을 취한 손을 감싸 쥐었다.

“이 장군, 공사다망한 분이신데, 이렇게 갑작스럽게 찾아와 결례를 범하오. 하지만 여전히 강건하신 것 같아 기분이 좋소이다.”

이정웅은 한 손을 빼내어 고승도의 손을 덧잡고 말했다.

“은공께서도 변함이 없으시오이다. 이게 육 년 만이지요?”

“그렇소이다. 경사의 도독부에서 뵙고 처음이구려. 중군도독에서 이곳 총병으로 좌천되었다는 소식을 듣고 가슴이 무척 아팠소이다.”

“껄껄껄! 괜찮소이다. 경사에서 그 더러운 짓거리들을 보고 있느니 차라리 야전에 나와 있는 것이 속이 편하지요.”

이정웅은 감정의 찌꺼기 한 점 묻어나지 않는 대소를 터뜨리고는 유태방을 향해 말했다.

“유 참장, 결례하지는 않았겠지?”

유태방이 우물쭈물하는데 고승도가 끼어들었다.

“결례랄 게 뭐 있겠소? 여기까지 편안하게 안내받아 왔소이다.”

이정웅은 고승도에게 자리를 권하고, 안도의 한숨을 내쉬고 있던 유태방에게 말했다.

“이게 뭔가? 내가 아무리 가난하다지만 구명의 은인께 달랑 차 한 잔 대접할 수는 없는 일이야. 산채박주일망정 한 상 들여오게.”

유태방은 즉시 군례를 취하고 달려나갔다. 그사이에 고승도가 자리에 앉자 이정웅도 자리에 앉으며 아직 앉지 않은 우쟁천을 바라보고 웃었다. 겨우 인사할 기회를 얻은 우쟁천이 포권을 취하며 허리를 숙였다.

“말학 우쟁천이 장군을 뵙습니다.”

고승도가 바로 이어 말했다.

"내 의손자 겸 제자올시다."

그 순간 이정웅이 우쟁천의 눈을 빤히 바라보다가 벌떡 일어나 손을 덥석 잡았다.

"은인의 제자라면 도를 잡는 순간 무적이겠군 그래. 이보게. 자네 나와 같이 지내지 않으려나? 공이 있어야 상이 있는 것이니 당장 대접은 시원찮을 테지만, 모름지기 무인이란 전선에 있어야 어울리는 것 아닌가? 날 좀 도와주게."

우쟁천은 당황스러움을 웃음으로 얼버무렸다. 이정웅의 눈이 웃고 있는 것으로 보아서는 농담이었지만 손을 꾹 잡고 놓지 않는 것으로 보아서는 진담인 듯도 했기 때문이었다. 하지만 한 가지는 분명히 가슴에 와 닿았다. 공이 있어야 상이 있으니 당장 대접은 시원찮을 것이라는 말이었다. 며칠 전에 만난 왕직의 말과는 반대가 되는 까닭이었다.

우쟁천은 이정웅의 손아귀에서 손을 빼기 위해 은근슬쩍 힘을 주었다. 그러나 이정웅은 그 정도 가지고는 놓아줄 생각이 없는 듯했다.

우쟁천이 반농담조로 말했다.

"며칠 전, 곁에서 도와주면 부귀영화를 누리게 해주겠다는 제의를 받았습니다. 그것도 거절했는데, 대접을 시원찮게 해주실 장군의 곁에 머물 이유가 없지 않습니까?"

이정웅은 장난스럽게 혀를 차며 우쟁천의 손을 놓아주었다. 우쟁천은 이정웅의 편안한 분위기에 매료되었다. 처음 만난 사람 같지가 않았다. 명장 소리를 듣는 사람이라 좀 더 딱딱할 줄 알았건만, 마치 오래 알고 지낸 옆집 아저씨처럼 격의가 없었다.

이정웅이 반장난조로 못마땅한 표정을 지으며 말했다.

"젊은 사람이 벌써부터 대접받을 생각을 하면 안 되는 걸세. 도대체 어떤 놈이 자네에게 부귀영화를 안겨준다던가? 그럴 능력이나 되는 놈이던가?"

"서창의 제독이라면 어떻습니까?"

"응?"

이정웅이 정색을 하고 우쟁천을 바라보았다. 그리고 확인하듯이 고승도를 바라보았다. 고승도가 고개를 끄덕여 대답을 대신했다.

"태감 왕직은 황궁 안에서도 쉽게 만날 수 있는 인간이 아닌데, 어디서 만났던가?"

우쟁천은 왕직과 만난 일을 간단히 설명해 주었다.

"서창의 태감이 몸소 사람을 쫓았다? 누군지 아는가?"

"추가 성을 지닌 삼십대 사내였는데, 경황이 없어서 이름은 흘려듣고 말았습니다. 아! 이 아이가 서창에 넘어가는 게 무슨 뜻인지 아느냐, 만귀비의 손에 넘어가는 것이다, 라고 말했던 것으로 보아 아이를 뺏으려 하고 지키려 하는 상황인 듯했습니다."

이정웅은 눈을 부릅뜨며 다시 우쟁천의 손을 잡았다.

"혹시, 혹시 추인량이라고 하지 않던가? 진우령이라고 하지 않던가?"

"아! 맞습니다. 추인량이 맞는 것 같습니다. 진우령인지는 모르겠고 우령이라고 하더군요. 그런데 그들이 서창에 쫓기게 된 것은 그 우령이라고 불린 사내의 배신 때문인 듯했습니다."

이정웅은 두 손으로 이마를 감싸 쥐었다. 분위기가 하도 심각하여 고승도와 우쟁천은 그가 다시 말을 하기까지 가만히 기다렸다.

이정웅이 한숨을 내쉬어 제 표정을 되찾고 고승도에게 말했다.

"은공을 앞두고 제 일에만 신경 썼소이다. 죄송합니다."

고승도가 손을 저으며 말했다.

"별말씀을 다하시오. 사안이 중차대한 모양인데, 괘념치 마시오."

고숭도가 고개를 끄덕이고 다시 우쟁천에게 물었다.

"그래서 그들은 무사히 도주했는가?"

"예, 일단은 서창이 물러갔으니까요. 하지만 얼굴을 알게 되었으니 찾는 건 시간문제라고 장담하더군요."

이정웅은 씁쓸한 미소를 지으며 고개를 끄덕였다.

"아무튼 고맙네. 자네는 자네도 모르는 사이에 이 나라에 큰 공을 세웠네. 자세한 것은 말해 줄 수 없으나 나중에 밝혀도 될 때가 되면 응분의 보상을 받을 수 있을 걸세."

"뭐, 상 받자고 한 일도 아닌데요. 신경 쓰지 마세요."

그때 세 명의 군사들이 화과가 섞인 안주 두어 개와 술병을 들고 들어왔다. 이정웅은 고숭도에게 술을 권하면서 말했다.

"그런데 은공께서는 이 먼 곳까지 어인 일이시오? 이 사람을 보러 오셨다면 기쁘기 한량없겠소만, 그렇지는 않을 것이고."

고숭도는 술잔을 놓고 이정웅에게 술을 권하며 대답했다.

"바쁜 분이시니 간단히 말씀드리겠소. 한 가지 물을 것이 있고, 한 가지 부탁도 있소이다."

"예, 주저하지 말고 말씀하시오."

고숭도는 우쟁천을 향해 말했다.

"맹자를 다오."

우쟁천은 등짐을 뒤져 천수불영도법을 꺼냈다. 이정웅이 의아한 눈빛으로 난데없는 맹자를 바라보았다. 고숭도는 표지를 뒤로 넘겼다.

"알아보시겠소? 내가 전에 부탁드린 그 책자요."

"응? 이것이 이 사람이 만 귀비에게 건넨 그 책이란 말이오? 도대체 어떻게?"

"역시 부탁대로 전해주셨구려."

“물론이오. 비록 내키는 일은 아니었지만 은공의 부탁인데 어찌 소홀할 수 있었겠소? 우연히 구했다 하고 직접 전했소이다.”

고승도는 눈을 지그시 감고 고개를 끄덕였다.

“결국 그쪽에서 동창으로 넘어간 것이 맞구만. 내 마음이 닿지 않는군.”

이정웅은 중얼거리는 고승도의 얼굴을 의아한 눈빛으로 바라보았다. 고승도는 쓴웃음을 지어 원래의 신색을 되찾고 다시 말했다.

“그리고 장성을 넘나들 수 있는 출입증 하나만 주시겠소? 한 번 나가고 한 번 들어오면 되오.”

놀란 사람은 오히려 우쟁천이었다. 지금까지 단 한 번도 언급하지 않은 일이기 때문이었다. 하지만 고승도가 하는 일이었다. 우쟁천은 끼어들지 않고 다음 말을 기다렸다.

“이 녀석이 세상 넓은 줄도 모르면서 입을 열 때마다 천하 타령을 하는구려. 이 녀석의 천하는 장성 이남뿐인가 보오. 그래서 이번에 천하가 얼마나 넓은지 알려주고 싶소이다. 장성 이남이야 언제든지 갈 수 있는 일이니 우선 나돌아다니기 어려운 장성 이북으로 보내려 하오. 가능하겠소?”

“출성은 여기서 하실 테지요?”

“그렇소만 가는 것은 이 녀석 혼자요.”

우쟁천은 또 한 번 눈을 부릅떴다. 그때 고승도가 우쟁천을 보며 말을 이었다.

“네가 무엇을 하든, 무엇을 느끼든 그건 네 몫이다. 일 년 동안 장성 이북을 두루 살피고 편관으로 돌아오너라. 난 여기서 바로 편관으로 갈 것이다. 일 년 후, 지호촌에서 네 말을 들어보고 마지막 수련을 할 것인지 말 것인지 결정하겠다.”

우쟁천은 놀람을 거두고 고개를 끄덕였다.

"일종의 시험이군요."

"애써 보려 할 것도, 느끼려 할 것도 없다. 그냥 경험 삼아 다닌다 생각하고 자연스럽게 보고 느끼면 된다. 그것이 곧 네 마음일 테니."

이정웅이 웃으며 장난스럽게 말했다.

"허! 대책도 없이 만리타국으로 쫓아내는 이런 무정한 할아버지를 따를 필요 있겠는가? 그냥 나와 함께 지내자니까. 사내로 태어났으면 당연히 나라의 안녕을 위해 최선을 다할 의무가 있는 것일세."

우쟁천도 웃으며 말을 받았다.

"장군께서는 군에서 국태(國泰)에 만전을 기하십시오. 저는 강호에서 나라가 다하지 못하는 민안(民安)에 최선을 다하겠습니다."

"허! 한 칼 먹었군."

이정웅은 무모한 조손을 보며 환한 미소를 지었다.

*   *   *

명 성화 17년(서기 1481년) 정월 북직례 제검전.

"전주우!"

제검전 요인들의 경호를 담당하는 금벽단(金壁團)의 단주 정학은 절망적인 목소리로 소리를 지르며 제세전을 향해 달려갔다.

쉬릭!

그가 제세전 입구에 이르는 순간 네 명의 호위무사들이 검을 뽑아 들고 정학의 앞을 막아섰다.

"비켜라, 이놈들! 내가 누군지 모른단 말이냐?"

“절차를 지켜주십시오, 단주.”

“급전이다.”

“절차를 지켜주십시오.”

정학은 눈을 부릅뜨고 호위무사들을 노려보았으나 그들은 요지부동이 었다.

“끙!”

정학은 품속에서 은패를 꺼내어 호위무사 한 사람에게 건넸다.

“내전에 통보하겠습니다. 기다려 주십시오.”

“서둘러라. 화급을 다투는 일이야.”

호위무사는 무표정한 얼굴로 고개를 까닥이고 안으로 들어갔다. 그리 고 잠시 후 그가 나와서 다른 호위무사들을 물리고 안쪽으로 손을 뻗었 다. 정학은 호위무사들을 째려보는 것도 잊은 채 안으로 줄달음질쳤다. 안으로 들어간 정학은 또다시 비슷하면서 더 까다로운 절차를 밟고서야 은패를 돌려받고 안으로 들어갈 수 있었다.

정학은 북직례와 산동 일부를 입체적으로 형상화해 둔 제세전의 특이 함에 눈 돌리지 않고 입구를 지나자마자 바로 허리를 접은 후 소리쳤다.

“전주! 소전주가 입마경에 든 것 같습니다!”

쾅!

대전의 한 누각에서 굉음이 울리더니 곧 정학 앞에 만검혼이 나타났 다.

“뭐라 했느냐? 누가 어쨌다고?”

“소전주가 입마경에 빠진 것 같습니다. 폐관동을 나서자마자 광소를 터뜨리면서 시비들을 죽이고 천검원의 호위무사들마저 참살했다 합니 다! 금벽단원들이 막고 있습니다만 역부족이라고…….”

만검혼은 더 이상 묻지 않고 제세전의 문을 뚫듯이 밖으로 튀어 나아갔다. 그 순간 두 장년 검사가 따라붙어 만검혼의 뒤를 따랐다.

만검혼은 따로 길을 이용하지 않았다. 목적지까지의 최단거리를 가로지를 뿐이었다.

"물렀거라. 전주시다!"

"물렀거라. 전주시다!"

두 장년 검사가 만검혼의 뒤를 따르며 번갈아가면서 소리쳤다.

담 너머로 붉은 기운이 치솟아오르고 낮은 비명 소리가 들렸다. 만검혼은 담 위에 올라서서 담 안쪽의 상황을 살폈다.

천검원(千劍園)!

만검혼의 아들 만정산이 꽃 대신에 천 개의 검을 꽂아두고 기필코 검의 극의에 달하겠다는 의지로 만든 정원이었다. 그곳이 지금 핏물로 물들어 있었다. 내동댕이쳐진 시비들이 정원을 수놓은 검에 꽂힌 채 널브러져 있었고, 호원무사들임에 틀림없는 청의조각들을 걸친 육편들이 난자되어 정원 여기저기에 흩어져 있었다.

"안 돼!"

만검혼의 시선이 절규에 찬 목소리를 따라갔다. 붉은 머리카락을 곤두세운 괴인이 검을 회수하고 있었다. 그리고 그 앞에 허리가 잘려진 흑의검사가 바닥에 쓰러졌다. 그 주위로 금벽단원임에 분명한 흑의인영들이 핏물 속에서 널브러져 있었다.

"정사안!"

만검혼이 불을 토하듯 소리를 지르자 혈발인이 고개를 돌렸다. 두 사람의 눈이 마주쳤다. 순간 혈발인이 기괴한 미소를 지으며 혀를 핥았다.

쇄엑!

만검혼의 신형이 혈발인을 향해 쏘아져 나갔다. 혈발인이 혈기가 감도는 검을 내뻗었다. 줄기줄기 솟구친 혈기가 일 장을 넘어 뻗어 나오며 만검혼의 가슴을 노렸다. 만검혼은 엄지와 검지를 모아 혈기에 맞부딪쳤다. 그의 손끝에서 튀어나온 가느다란 백기가 혈기와 맞부딪쳤다.

파파파파파팟!

가느다란 쇠꼬챙이 같은 하얀 기운이 몽둥이 같은 붉은 기운을 갈라놓으며 파고드는 순간 불꽃이 튀는 듯 혈기가 흩어지고 검신이 산산이 부서졌다. 혈발인은 검파만 남은 검을 보며 붉은 눈을 치떴다. 그때 만검혼의 왼손이 혈발인의 가슴에 닿았고 그 즉시 좌우로 비틀렸다.

푸아!

혈발인은 입에서 피를 토하며 무릎을 꿇었다. 만검혼이 혈발인을 부축하여 가슴에 안았다.

"정산! 이게 어떻게 된 일이냐? 자질이 나를 능가한다 생각했거늘 이 꼴이 무어란 말이더냐?"

혈발인은 만검혼의 비통한 목소리를 듣고 고개를 갸웃거리다가 히죽 웃으며 눈을 감았다.

만검혼은 혈발인을 바닥에 눕히고 가슴 부위를 시작으로 해서 전신대혈을 두드려 제압했다.

"소전주를 결박하여 가두고 의원을 불러라."

두 장년인들이 장읍을 취한 후 혈발인을 업고 담을 넘었다. 홀로 천검원에 남은 만검혼은 피로 물든 정원을 둘러보면서 한숨을 내쉬었다.

경천신검 만정산이 미쳤다!

사람이 너무 많이 죽은 탓에 함구령이 내려지기도 전에 소문은 삽시간에 전 내에 퍼졌다. 그로 인해 제검전은 은밀하게 술렁거렸고, 그 여파는 북직례와 산동 전역에까지 미쳤다. 마땅한 후계자가 없기 때문이었다.

만검혼은 슬하에 일남일녀를 두었다. 곧 일남이 만정산이고 일녀가 당금천하를 좌지우지하는 여걸 만 귀비다. 결국 만검혼에게는 만정산을 대신할 후계가 없는 셈이었다.

만검혼의 가계를 생각해 보면 이상한 일이었다. 만검혼은 원래 사 형제의 맏이였는데, 동생들 가운데 둘째와 셋째는 성혼하기 전에 도마에게 목숨을 잃었다는 소문이 있고, 마지막 동생은 만검혼이 제검전을 세울 당시 그와 싸우고 집을 떠난 상태였다. 하지만 적어도 손이 귀한 집안은 아니었건만, 이상하게도 만검혼의 직계는 손이 귀했다. 만검혼의 경우는 전술한 바 있고, 만정산마저 딸 하나를 두었을 뿐 아들은 없었다. 곧 만정산이 제정신을 찾지 못한다면, 제검전에는 직계뿐만이 아니라 방계마저도 후계자를 찾기 어려운 실정이었다.

제검전만한 세력에 후계자가 없다는 것, 그것은 어떤 사람들에게는 위기가 될 것이고 또 어떤 사람들에게는 기회가 될 만한 일이었다.

제검전 사람들은 친분이 있는 동료들과 하나둘씩 모이기 시작했다. 그들이 모임으로써 제검전 밖의 세력들도 줄을 설 계파를 찾기 위해 술렁거리고 있었다. 그러나 그 누구도 그 같은 움직임을 섣불리 드러내지 않았다. 기대와 불안 심리가 뒤섞여 움직이고는 있었지만, 절대자 만검혼의 한마디면 그 어떤 움직임도 한순간에 무위로 돌아갈 것이기 때문이었다. 그리고 한 달이 지났다.

"어찌 되었느냐?"

제세전에 홀로 앉아 있던 만검혼이 중얼거리듯 말했다.

멀리 입구 쪽에서 차분한 목소리가 들렸다.

"약신(藥神) 구몽인 역시 고개를 가로저었다 합니다. 마기가 골수에까지 뻗쳐 손을 대기가 불가능하다 했답니다."

만검혼은 한동안 침묵을 지키다가 차가운 목소리로 말했다.

“사마동!”

“예, 전주!”

다른 목소리였다.

“미뤄두었던 일과 정산이 너와 의논했던 것들을 정리하여 가져오너라. 전의 후계 문제는 내 따로 생각해 둔 바가 있으니 그 문제로 실없이 떠들고 다니는 자가 없도록 하여라.”

“존명!”

만검혼은 일어서서 그의 침실이자 집무실인 누각에서 내려왔다. 뒷짐을 지고 누각의 주변을 한 바퀴 돈 만검혼이 말했다.

“하늘이 보고 싶구나.”

그르륵, 기계음이 들리고 천장이 열렸다.

“혼자 있겠다.”

옷자락 팔락이는 소리가 연이어 들리고 사위가 조용해졌다. 만검혼은 뒷짐을 진 채 허공을 올려다보며 중얼거렸다.

“네게 떠넘긴 짐이 너무 무거웠느냐? 너라면 능히 해낼 줄 알았다. 네 일이라 생각하고 욕심을 부리지 않았다. 그런데 그게 너를 망쳤구나. 정산! 거두겠다. 네게 떠넘긴 일, 이제 내가 하겠다.”

만검혼은 뒷짐을 풀고 오른손을 검결지로 만들어 앞으로 내뻗었다. 하얀 기운이 누에 실처럼 뽑혀 나와 이 장을 뻗어나갔다. 손끝이 부드럽게 움직이자 하얀 기운이 허공을 휘저었다.

“미안하다, 고승도! 너를 맞이하기 위해 금사신공(金絲神功)을 이 경지까지 이루어놓았는데, 이젠 내가 너를 피해야겠어. 너를 이겨 강자임을 증명하기보다는 제검천하를 이루어 역사의 패자가 되기로 했다. 이제 너를 찾지 않을 것이다. 들었다. 제자를 들였다고? 그래, 그 아이가 크기 전까지는 애써 싹을 밟지 않으마. 그러니 너는 오지 마라. 너는 지금 그대로 이름없는 강자로 살다가 그냥 가거라. 미안하다, 내 거친 잠자리와 쓰디쓴 쓸개가 되어주었던 친구여!"

만검혼은 손을 휘저으며 허공을 휘돌았다. 하얀 기운이 바닥을 파고들어 휘저어놓고 사라졌다. 만검혼은 검결지를 거두고 뒷짐을 진 채 바닥을 굴렀다. 그의 주변에 있던 모든 것들이 산산이 부서져 허공으로 솟구쳤다가 떨어졌다.

만검혼은 폐허가 된 주변을 둘러보며 중얼거렸다.

"새집을 지으려면 먼저 부술 수밖에."

*　　　　　*　　　　　*

나라 안의 성문이 일정한 시간 동안 열리고 닫히는 것과는 달리, 장성의 문은 쉽게 열리지 않는다. 유사시 군이 출입하는 순간이나 출입을 허가받은 특정한 사람들이 오가는 그 순간만 열린다. 그러니 외국과의 교통이 잦은 산해관 같은 곳이라면 드문드문 열리는 모습을 볼 수 있지만, 산서의 국경에 위치한 장성의 문은 대개가 굳게 닫혀 있어 성벽과 다름없는 역할을 한다. 특별한 경우가 아니라면 문을 열려는 사람은 오직 외적뿐이기 때문이었다. 그런데 그 장성의 문을 누군가가 두드리고 있었다.

쿠웅! 쿠웅! 쿠웅!

산서의 장성수비군 위장 고진은 자신의 귀를 의심했다. 편관 관할 제삼문의 책임자로 부임한 지 이 년이 다 되어가지만 장성 밖에서 누군가가 문을 두드리는 일은 단 한 번도 없었다. 먼저 안에서 밖으로 나가고, 명적이나 신호탄 등으로 약속된 연락을 먼저 취하면 그때서야 여는 것이 순서였다. 더구나 지금은 산서의 겨울이 막 끝난 삼월 초, 특별히 나간 사람이 있을 턱이 없었다.

성벽 위를 경계하던 고진과 장성수비군들이 성문 아래쪽을 내려다보았다. 고진의 표정은 어두웠지만, 일백이 넘는 성문 근처 장성수비군들은 오히려 호기심 가득한 표정이었다. 춥기만 하고 아무 일도 일어나지 않는 곳에 간만에 소일거리가 생겼다는 표정들이었다.

"거기 누구냐?"

고진이 고함을 치자 성벽 앞에 있던 사람이 뒤로 몇 발짝 물러서서 성위를 바라보았다. 누더기같이 꼬질꼬질한 양털 옷으로 전신을 감싸고 시커먼 얼굴을 하고 있는 장한이었는데, 등에 한 자루의 칼을 메고 양손에 물통과 마포 주머니를 들고 있었다.

"문 좀 열어줍시다."

가끔씩 몽고인들이 집단으로 내려올 때도 있었다. 그들이 모두 먹을 것을 찾아 떠도는 유민이라는 것을 알지만 외국인인 관계로 아예 성벽 근처로의 접근을 허락하지 않았다. 하지만 아무도 눈치채지 못하게 문 앞까지 이른 그 사내는 몽고인의 복장을 하고 있으면서 산서 사투리를 쓰고 있어서, 고진으로서는 당혹스러울 수밖에 없었다.

"이곳은 국경 밖의 사람을 들일 수 있는 권한이 없는 곳이다. 적법한 허락을 얻어 월경한 자라면 문서가 남아 있는 출발지로 돌아가거나 산서 입국소가 있는 노영관(老榮關)으로 가라!"

"엑! 여기가 노영관 아니오?"

"이곳은 편관 관할 제삼문이다."

"그럼 노영관과 이곳 중에 지호촌까지 더 가까운 곳이 어디요?"

"가깝기는 이곳에서 더 가까우나 이곳은 적법한 출입소가 아니다. 돌더라도 노영관으로 가라."

"젠장! 더럽게 까다롭네."

사내는 투덜거리고는 고개를 숙이는 듯하더니 돌아가기는커녕 오히려 허공으로 몸을 뽑아 올렸다.

고진과 병사들이 눈을 부릅떴다. 장성의 성벽은 지형에 따라 높낮이가 다르다. 고산 지대에 있는 장성 벽의 높이는 보통 이 장이 조금 넘고, 평야 지대에 있는 벽은 대개 삼 장이 넘는다. 그 가운데서도 고진이 지키는 편관 관할 제삼문은 평야 지대이기도 하고 외적의 침입이 잦은 곳이기도 하여 특별히 높아서 그 높이가 사 장에 이르렀다. 그런데도 사내는 단 세 번 벽을 박차는 것으로 고진의 앞에 내려섰다.

채채채채챙!

고진을 필두로 하여 병사들이 도를 뽑고 장창을 앞으로 내뻗어 사내를 겹겹이 에워쌌다. 병사들의 얼굴에는 더 이상 호기심이 엿보이지 않았다. 비록 한 사람에 불과했지만 사 장이 넘는 성벽을 날아올라 온 사람이니 무시할 수가 없는 것이었다.

사내는 때가 그득한 시커먼 얼굴에 미소를 드리웠다. 그리고 책임자를 찾는 듯 사방의 병사들을 둘러보다가 고진을 발견하고 말했다.

"잠깐! 내게 산해관 총병이신 이정웅 장군의 친필 허가증이 있소. 그러니 너무 빡빡하게 굴지 말고 서로 좋게 좋게 넘어갑시다. 응? 이게 누구야? 고진 형님 아니십니까? 그 고지식한 성격 못 버려 또 좌천되셨소?"

고진은 경계를 풀지 않고 사내의 얼굴을 뚫어지게 바라보았다. 하지만 누군지 알 수가 없었다.

고진의 얼굴에서 의혹이 가시지 않자 사내는 바닥에 털퍼덕 주저앉았다. 그는 적의가 없음을 표시라도 하듯 천천히 칼을 벗어 바닥에 내려놓았다. 그리고 다시 일어나 발등까지 오는 두터운 털옷을 벗어버리고 모자까지 벗어던졌다. 그 안에서 나온 옷은 오래된 청의단삼과 청의경장, 그리고 다 낡아 구멍이 난 가죽신이었다.

"나요! 우쟁천. 구봉산의 쟁천이 말이오."

"구봉산? 우쟁천? 너!"

고진이 눈을 치뜨자 우쟁천은 환하게 웃으며 두 팔을 벌렸다. 그러나 고진은 우쟁천에게 다가가지 않았다. 고진에게 있어서 우쟁천은 칠 년 전에 한 번 보았던 사람이었다. 다시 한 번 확인하겠다는 듯 눈을 부릅떴다. 하지만 곧 쓸데없는 일임을 깨달았다.

'누가 있어 구봉산을 알 것이며, 고지식한 내 성격과 좌천을 입에 올릴 것인가? 내 생명의 은인 우쟁천이 틀림없다. 그러나……'

우쟁천은 두 팔을 벌렸다가 무안을 당하자 두 겨드랑이에 번갈아 코를 박고는 오만상을 찌푸렸다.

"크! 냄새. 전에는 모르던 것이 왜 이제 와서 느껴지는 거지? 나라도 가까이 오기 싫겠다."

고진은 참고 있던 반가움을 표시하기 위해 희미한 미소를 지었다.

"엥? 그게 다요?"

"그래, 지금은. 네가 비록 내 생명의 은인이다만, 그것은 사적으로 갚아야 할 일. 만약 네게 신분을 증명할 만한 문서가 없다면 나는 어쩔 수 없이 너를 포박하여 압송하여야 한다."

"쳇! 고지식한 건 여전하구만. 그러니까 여기 왔겠지만. 잠깐만 기다리시오."

우쟁천은 안쪽이 보이도록 단삼을 뒤집었다.

"크! 지독하다."

우쟁천은 또다시 올라오는 악취에 코를 찡그리며 단삼의 왼쪽 허리 선을 뜯어 유지에 싸인 종이를 꺼냈다.

우쟁천은 유지째 고진에게 건네고 나서 왼쪽 신발에서 단도 하나를 꺼내고 품속에서 또 다른 봉서를 꺼냈다.

"그리고 이건 이 장군의 신표, 그리고 이건 지호촌주의 신분 증명서. 이 정도면 되겠소?"

고진은 먼저 이정웅의 친필 증명서를 읽고, 이정웅이라고 음각된 단도를 확인한 후, 고승도의 신분 증명서까지 차례로 읽었다.

우쟁천이 말했다.

"이 장군의 증명서는 한 번밖에 못 쓰는 것이니 회수하시구려. 노영관에 문서가 당도해 있을 것이오. 대조해 보면 분명히 알 것이오. 앞으로 한동안은 지호촌에 머물 것이니 문제가 되면 그때 잡으러 오시구려. 반항 않고 끌려와 줄 테니까."

고진은 그때서야 밝게 웃으며 고개를 저었다.

"이 문서가 위조인지 아닌지 정도는 나도 판별할 수 있다. 그런데 너, 굉장한 양반들과 친분을 나누고 있구나."

우쟁천은 의미심장한 미소를 지었다.

"한낱 죄수였던 주제에 말이오?"

고진은 웃으며 고개를 저었다.

"나이도 어린 주제에 말이다."

"지호촌주는 내 의조부 되시고, 이 장군은 의조부와 친분이 있으신 게요. 내가 아니라. 그럼 가도 되겠소?"

고진은 이정웅의 단도를 건네며 고개를 끄덕였다.

"지호촌으로 간다 했지? 편관으로 나갈 때 한번 들르마. 닥 어르신 소식도 듣고 싶고."

"닥 어르신 못 뵌 지 한 오 년 되었소. 하지만 뭐, 그 양반이야 천하의 한량이니 지금도 세상 좁다 하고 떠돌아다니실 게요. 어쨌든 시간 나면 찾아오시오. 회포나 풀어봅시다. 그리고……."

우쟁천은 자신이 벗어놓은 털옷과 털모자를 힐끔 보고는 말했다.

"이것 좀 처리해 주시오. 빨면 털이 뭉개지겠지만 한겨울도 거뜬할 거요. 그리고 이건 술 같지도 않은 마유주, 이건 그런대로 맛있는 양 고기 육포니까 번이 바뀌면 동료들과 한잔하시구려."

우쟁천은 커다란 물통과 마포 자루를 가리키고는 번운만 챙겨 들고 일어섰다.

"그럼 곧 봅시다."

"그래, 곧 보자."

우쟁천은 미소 지으며 손을 들어 보이고 성벽 아래로 훌쩍 뛰어내렸다. 병사들의 감탄사를 뒤로하고 군영을 지나친 우쟁천은 빠른 속도로 달려다가 갑자기 멈춰 섰다.

"형님! 지호촌이 어느 방향이오?"

고진은 쓴웃음을 지은 후 손을 뻗어 방향을 가리켰다.

컹! 컹! 컹!

먼저 반긴 건 개들이었다. 우쟁천은 지호촌의 공동묘지를 스쳐 지나며 미소를 지었다.

"진미와 별미가 아직 살아 있는가 보네."

묘지를 지나 지호촌이 한눈에 드러나는 순간 진미와 별미가 달려와 꼬리를 흔들었다.

"오! 네 녀석들은 냄새난다고 박대하지 않는구나. 그래, 네 녀석들에게서 맛있는 냄새가 난다. 좋아."

우쟁천은 개들의 목덜미를 쓰다듬다가 지호촌을 향해 걸어갔다. 몇몇 사람들이 집 안에서 고개를 내밀고 우쟁천을 살폈다. 하지만 거지꼴을 하고 있는 그를 알아본 사람은 아무도 없었다. 오히려 우쟁천이 옥유산과 방도렴을 먼저 알아보았다.

“사인바인오?”

옥유산이 의아한 눈빛으로 우쟁천의 말을 되풀이했다.

“사인바인오? 안녕하냐는 소리지?”

우쟁천은 옥유산과 방도렴을 번갈아 보며 계속해서 몽고말로 말했다.

“많이 늘었나? 싸워보자!”

상대가 갑작스레 칼을 뽑아 들고 만만치 않은 기운을 뿜어내자 옥유산도 화답이나 하듯이 웃으며 소리쳤다.

“이건 또 무슨 말이야? 싸우자는 말이지? 좋아!”

옥유산은 앞으로 튀어나오며 쌍칼을 뽑아 바로 휘둘렀다. 순식간에 도신 가득 도기가 번득였다. 횡으로 휘두르고 동시에 종으로 가르니 도기가 십자를 이루며 우쟁천의 전신을 찢으려 했다. 처음 보는 사람에게 너무나 갑작스러운 공격이기는 했지만, 옥유산 나름대로의 계산과 배려에 따른 공격이었다. 상대의 기세로 보아 크게 다치지는 않을 것이라고 생각한 것이었다.

우쟁천은 옥유산의 기대에 부응하여 한 발 옆으로 움직이며 종으로 날아오는 도기를 피하고, 번운을 올려쳐 횡으로 날아오는 도기를 막아냈다. 그리고 그 다음 순간 뿌옇게 흐려져 옥유산의 시야에서 사라져 버렸다.

옥유산은 두 팔을 나란히 뻗은 자세로 목을 잡힌 채 멍하게 서 있어야 했다. 꿈을 꾼 것만 같았다. 상대가 어떻게 그의 코앞까지 들어와 두 팔을 겨드랑이에 끼워 감고 자신의 목을 감아쥔 채 내려다보고 있는지 알 수 없었다. 종으로 휘두른 도에 상대의 팔이 날아가 버린 줄 알았다. 그 순간 횡으로 휘두른 도가 튕겨졌고 상대는 이미 그의 품 안에 들어와 있었다. 납득할 수 없는 일이었다. 마치 스스로 품을 열어준 것 같은 느낌이었다. 그렇다고 상대가 빠르다고 느껴지는 못했다. 물에 떨어뜨린 종이에 물이 스며든 것처럼 자연스럽게 그 자세가 되고 말았다.

옥유산은 자신을 위에서 내려다보고 있는 시커먼 사내, 우쟁천을 외면하면서 말했다.

"도, 도렴아! 이 야만인 어떻게 좀 해봐. 냄새나 죽겠다!"

방도렴이 멀뚱멀뚱 쳐다보며 말했다.

"그 칼 번운이다."

옥유산은 코를 움츠려 콧구멍을 막고 다시 우쟁천의 얼굴을 바라보았다. 우쟁천이 씩 웃으며 팔을 놓아주고 떨어졌다. 그리고 그 즉시 번운의 도면으로 옥유산의 머리를 후려쳤다.

"넌 이제부터 영원히 내 종이다."

옥유산은 머리를 쓰다듬으며 얼굴을 구겼다.

"대형이었소? 뭐, 할 말 없소. 어떻게 당했는지도 모르니 승복할 수밖에."

오히려 당황한 건 우쟁천이었다. 길길이 날뛰며 다시 한다고 할 줄 알았건만 너무나 간단히 승복한 데다가 말투까지 공대를 취하고 있기 때문이었다.

"이상한 약 먹었어? 이 반응은 뭐야?"

"뭐, 좋을 대로 생각하시구려. 근데 인간적으로 냄새가 너무 지독하네."

옥유산이 과장되게 코를 싸쥐고 물러섰다.

우쟁천은 피식 웃으며 말했다.

"너도 한 네 달 안 씻고 견뎌봐라, 이런 냄새 안 나나. 이봐! 종! 첫 번째 명령이다. 목욕물 좀 데워라."

"흥! 그 정도는 해주지, 뭐. 대장간에 가면 간단한 일이니까."

우쟁천은 고개를 갸웃거리며 방도렴을 바라보았다.

“넌 어때? 한판해 볼래?”

방도렴은 아랫입술을 쭉 내밀고 고개를 저었다.

“옆에서도 무슨 짓을 했는지 못 봤는데 해보면 뭐 하나? 내가 유산보다 더 느린데.”

우쟁천은 미간을 좁히고 고개를 갸웃거릴 수밖에 없었다. 그가 조금 전에 느꼈던 옥유산의 기세는 사 년 전, 방도렴이 보였던 기세와 별다름이 없었다. 결국 우쟁천을 얕잡아본 것이고 제압을 한답시고 치명적인 공격은 피한 것이리라. 다시 붙는다면 다른 모습을 보일 것이 틀림없었다.

'정말 이상한데? 이것들이 왜 이렇게 쉽게 승복하는 거야? 할아버지가 달리 말해 둔 게 있나?'

그때 옥유산이 눈을 치뜨고 방도렴에게 물었다.

“빨라서 못 본 거야?”

“스리슬금 다가서는 것 같더니 한순간에 찰싹 붙어 있던데.”

결국 결정적인 것을 보지도 못했다는 방도렴의 대답에 옥유산은 다시 우쟁천을 바라보았다.

“난 그렇게 빠르다고는 생각지 못했는데? 그냥 그렇게 되는 게 당연한 것 같았다고. 응? 그렇다면 그게 빨라서 그런 건가? 그런 거요?”

우쟁천이 웃으며 대답했다.

“몰라. 그냥 그렇게 하면 될 것 같아서 했더니, 그렇게 돼버렸네.”

옥유산이 눈을 흘기며 말했다.

“쳇! 가르쳐 주기 싫다 이거지? 흥! 그런데 좀 놀고 왔다고 북쪽 놈들 말 좀 하는구려.”

우쟁천이 웃으며 다가섰다.

“그럼 잘하지. 배고파, 밥 줘, 같이 자자 정도는 유창하게 말할 수 있지. 그런데 고 할아버지는?"

방도렴이 물러나며 대답했다.

"사부와 대장간에."

방도렴과 옥유산 두 사람은 일부러 보라는 듯 코를 싸잡고 돌아섰고 우쟁천이 그 뒤를 따랐다. 그 순간 두 사람은 몸을 날려서 대장간 안으로 들어가 버렸다.

"저, 저것들이?"

우쟁천은 다시 겨드랑이에 코를 박아보고는 손으로 코앞을 휘저었다.

우쟁천이 막 대장간 안으로 들어가려는 순간이었다. 옥유산과 방도렴이 문 양쪽에 서서 칼로 쿡쿡 찌를 듯 위협했다.

"훠이, 훠이! 어디를 들어오겠다는 거요? 그 몸으로 들어오면 이 안이 어찌 될 거라고 생각하는 거요, 응? 거기서 후다닥 인사만 하고 집 뒤에서 씻으쇼. 물 데워줄 테니."

"이, 이것들이 정말!"

우쟁천이 눈을 치뜨려는 순간 그 두 사람 사이에 고승도와 정원이 나타났다.

"잘 다녀왔느냐?"

우쟁천은 편안한 얼굴로 맞이하는 고승도를 보자마자 바닥에 넙죽 엎드려 절했다.

"그간 강녕하셨습니까? 소손, 재밌게 놀다 왔습니다."

"허허허! 재밌게 놀다 왔다? 그래, 그 얼굴 보니까 그런 것 같구나."

우쟁천은 밝게 웃으며 일어나 정원에게 장읍을 취했다.

"정 아저씨께서도 편안하셨지요?"

정원도 만면에 웃음을 담고 고개를 끄덕였다.

"내가 불편할 게 뭐가 있겠나? 다시 보니 좋구먼."

고승도는 우쟁천의 전신을 빠르게 훑어보고 나서 말했다.

"유산이 물 받는 것 같으니, 일단 씻고 보자. 서두르지 말고 깨끗이 씻어라."

"에고! 할아버지마저 박대하시는구나. 알겠습니다. 그럼 나중에."

우쟁천은 대장간 뒤로 걸어가면서 미소를 지었다.

'내 부탁대로 태원에 다녀오셨나? 전보다 얼굴이 편안해 보이시네.'

물 데우는 일 정도는 간단할 것이라고 생각했지만 그것은 옥유산의 착각이었다. 무려 두 시진 반을 목욕에 투자하고 나서야 우쟁천의 몰골이 겨우 사람처럼 보일 정도로 바뀌었다. 하지만 먼지와 묵은 때를 닦아냈는데도 시커멓게 타버린 얼굴은 한동안 그대로 일 것 같았다. 어쨌든 찌든 때를 벗겨낸 후 방도렴의 옷을 헐렁하게 차려입으니 그때서야 우쟁천이라고 알아볼 만하게 되었다.

우쟁천은 대장간의 뒷문으로 들어가면서 겨드랑이에 코를 대고 킁킁거렸다.

"음! 이 희미한 노린내는 잘 안 없어지네. 양 고기하고 마유주 때문일까? 하지만 기분은 조오타! 고생했다, 유산!"

우쟁천은 옥유산의 등을 두드리며 미소를 지었다. 그러나 옥유산은 입을 삐죽 내밀며 우쟁천을 외면하고는 정원에게 말했다.

"사부, 목욕통 갖다 버려야겠는데요. 이젠 못 써요. 썩었어요."

우쟁천은 팡팡 소리가 날 정도로 옥유산의 등을 세게 후려치며 너털웃음을 터뜨렸다.

"으허허허! 이 자식, 과장이 심하구나. 할아버지, 정 아저씨! 목욕 시중의 답례로 나중에 유산에게만 꼭, 반드시 천왕동을 견식시켜 주고 싶은데, 괜찮은가요?"

옥유산은 무슨 말인지 몰라 의심스러운 눈빛으로 우쟁천을 보았다. 하지만 곧 그것이 좋은 뜻이 아님을 깨달았다. 정원의 말 때문이었다.

"죽이지만 않는다면야 좋은 경험이 되겠지. 그렇게 하려무나."

그때 가만히 웃고만 있던 고승도가 우쟁천의 벌어진 옷섶 사이로 드러나는 특이한 목걸이를 보고 물었다.

"그게 뭐냐?"

우쟁천은 목걸이를 벗어 고승도에게 건넸다. 가죽 끈에 시커먼 동물 발톱을 엮어 만든 목걸이였다.

"곰 발톱 아니냐?"

"헤헤헤! 전사의 징표지요. 지난가을 동몽골에 있을 때 갑자기 튀어나온 놈을 엉겁결에 잡았는데, 그때 그 곰을 뒤쫓던 사람들이 만들어 주었습니다. 저보고 '한주먹으로 곰을 잡은 용사'라며 크게 대접해 주었지요."

옥유산이 중얼거렸다.

"쳇! 한주먹으로 곰을 잡아? 거짓말을 해도."

우쟁천이 주먹을 들어 보이며 말했다.

"너, 한번 맞아볼래? 거짓말인가, 아닌가?"

고승도가 다시 물었다.

"이게 무엇인지는 나도 안다. 그런데 여기 이건 무엇이냐?"

고승도가 지적한 것은 발톱들 사이에 금으로 만든 가짜 발톱이었다.

"아! 그거요. 곰 가죽을 가진 그 부족의 수장이 자신의 이름을 파서 넣어줬어요. 자세히 보면 다얀이라고 적혀 있죠?"

다얀!

원이 망한 후 한때 강성했다가 몰락해 가고 있는 서몽골, 즉 오이라트를 밀어내며 동몽골의 강자로 떠오르고 있는 신흥 세력의 수장이었다.

"그렇구나. 다얀! 이름은 들어보았다."

"이제는 칸이 되었습니다. 아직 어린 친구지요. 하지만 부인이 대단한 여걸이라더군요. 다른 곳에서 들은 건데, 원래 그 부족의 수장은 그녀의 전 남편이었는데 일찍 죽는 바람에 과부가 되었다고 하더군요. 다얀은 당시 어린아이에 불과했는데 핏줄이 좋다던가 뭐라던가 해서 그녀가 데려가 키우다가 나이가 차자 남편으로 삼았답니다. 그리고 왕으로 내세웠다더군요. 결국 오이라트를 밀어낸 것은 다얀이라기보다는 그 만투굴이라는 여수장인 거예요. 하지만 다얀이라는 젊은 친구도 머지않아 크게 될 것 같더군요."

"흠! 그렇구나. 우리가 동몰골까지 갈 일은 없다만 혹시라도 가게 되면 다얀이라는 이름을 반드시 기억하고 있어야겠구나. 그래, 재밌게 지냈다더니 정말 그런 것 같다."

그때 방도렴이 화롯가의 사람들에게 일일이 차를 따라주었다. 우쟁천은 찻잔을 코앞으로 가져가며 행복한 표정을 지었다.

"아! 그리웠어. 여기 있을 때는 그냥 아무 생각 없이 마셨는데, 마시지 못하니 이것하고 풀이 제일 간절했다고."

풀이라는 것이 채소를 의미하는 것임을 깨달은 사람들이 모두 웃음을 터뜨렸다. 그들도 몽골을 자주 오가다 보니 그들의 식생활을 잘 알고 있었다. 몽골인들은 육식 위주의 식사를 했다. 육식이 좋아서라기보다는 채소가 귀하기 때문이었다. 그래서 채소의 영양분을 대신하기 위해 주정이 거의 없는 마유주를 물처럼 마셨다.

우쟁천이 눈을 감고 차의 여운을 즐기다가 찻잔을 내려놓자 고승도가 말했다.

"지난 일 년간 네가 어디서 무엇을 하고 다녔는지는 시시콜콜 묻지 않겠다. 무엇을 느꼈느냐?"

우쟁천은 지금의 질문이 일 년 전 고승도가 산해관에서 그에게 내어준 과제임을 깨닫고 진지하게 대답했다.

"인간에 대해 좀 더 깊이 생각할 수 있게 되었습니다."

"좀 더 자세히 듣고 싶은데?"

우쟁천은 기다렸다는 듯이 대답했다.

"산해관을 벗어나기 전에는 장성 이북에 사는 인간들을 흉노니 북적이니 하여 야만인이라고만 생각했습니다. 하지만 직접 보니 그들의 삶이 이해가 되더군요. 그들이 대초원이라고 미화하는 그들의 땅은 인간이 살아가기에는 참으로 열악한 땅이더군요. 물과 식물은 귀하고 혹한과 싸워야 하는 나날도 깁니다. 땅을 파서 일구려 해도 나는 것도 적습니다. 결국 그들이 택한 삶은 양 떼를 이끌고 이동하면서 자연이 주는 것을 고맙게 받아먹을 따름이었습니다. 그러니 늘 모자랍니다. 우리가 도적질이라고 손가락질하는 것을 그네들은 당연한 것으로 생각합니다. 혹독한 환경에서 적자생존은 당연한 일이니까요. 하지만 그들은 단순명쾌한 삶을 살지요. 복잡한 생각을 하지 않습니다. 하루하루를 나름대로 행복하게 살려 할 따름입니다. 소손은 그들의 삶에서 인간의 행복과 욕망의 차이를 느꼈고, 인간을 판단하는 기준이 행위가 아닌 그 행위의 이유가 되어야 함을 보았습니다."

우쟁천은 말을 끊고 찻잔을 입으로 가져갔다. 고승도는 우쟁천의 말이 아직 끝난 것이 아님을 알고 있는 듯 차분히 기다렸다. 우쟁천이 찻잔을 내려놓고 말을 이었다.

"소손은 또 그들에게서 천명을 보았습니다."

고승도는 우쟁천의 말이 끝나지 않았음을 알면서도 무의식적으로 말을 내뱉었다.

"천명? 네가 천명을 안다는 말이냐?"

우쟁천은 가볍게 미소 지으며 대답했다.

"물론 하늘이 저를 왜 태어나게 했는지는 알 도리가 없지요. 전 다만 제가 꿈꾸는 세상을 위해서 어떤 사람이 되어야 하는가를 깨닫게 되었습니다. 동몽골 한 부족의 현인이 말하기를, 원이 멸망한 이유는 중원의 화려한 문물을 접한 지도자와 수장들이 타락하여 대초원의 강인함을 잃은 탓이랍니다. 제가 몇몇 부족들을 거치는 동안 그들처럼 살면서 그들의 삶과 생각을 관찰하다가 느낀 것 또한 그러했습니다. 한 부족의 흥망은, 그 부족 안에 어떤 인재와 현인이 있든 또 어떤 의인이 있든지 간에, 결국 지도자의 자질에 좌우됩니다. 안주하지 않고 이끌고 나아가려는 강인함을 지니고, 인재를 알아보는 안목을 키우며, 욕심을 버린 공평한 분배를 행할 수 있다면 전 제 꿈을 이룰 수 있다고 믿습니다. 곧 힘있는 자가 상식에 어긋나지 않게 힘을 쓴다면 그것이 곧 대의명분이요, 천명일 것입니다. 그들이 '오고타이 칸' 이라고 부르는 자가 말하기를, 인간에게 중요한 것은 멋지게 살고 멋지게 죽는 것. 죽어서도 남는 것은 재산이나 지위가 아니라 기억뿐이라더군요. 전 그 말에 크게 감동했고 그렇게 살고 싶습니다."

우쟁천이 할 말을 끝냈다는 눈으로 고승도를 바라보았다. 고승도는 눈가에 잔주름을 잡으며 고개를 끄덕였다.

"합격이다. 그걸로 충분해. 사실은 네가 재밌게 놀다 왔다고 했을 때 더 이상 물을 이유가 없었다. 내가 너를 홀로 척박한 환경의 이국 땅에 보낸 이유는 그야말로 홀로 있었을 때의 너를 살펴보라는 것 이상이 아니었다. 전에 너의 지난날을 들었을 때, 네 곁에는 언제나 누군가 의지할 만한 사람이 있었다는 생각을 했다. 할머니, 막 대협, 내 아우 등이 항상 네 의지처가 되었다. 하지만 장차 네 삶은 남들을 이끌고 가야 하고 또 어떤 경우에는 고독을 감내하면서 힘든 결정을 내리기도 해야 하는 삶이니, 우선 혼자인 것이 어떤 것인가를 느껴보라고 보낸 것이다. 그 외의 것은 덤일 뿐인데, 덤마저도 제대로 얻어왔구나.”

우쟁천이 입가에 기쁨의 미소를 드리우는 순간 옥유산이 볼멘 목소리로 끼어들었다.

“촌주님, 제가 지금껏 분위기가 심각한 듯하여 가만히 듣고만 있었는데요, 대형이 하는 말은 당연하기 그지없는 말 아닙니까? 굳이 가지 않아도 책에 다 써 있다구요. 그게 뭐가 대단한 덤입니까?”

우쟁천이 옥유산을 노려보며 인상을 썼다. 그때 정원이 옥유산의 머리를 후려치며 말했다.

“이놈! 책을 읽고 아는 것과 직접 보고 들어 느끼는 것은 천양지차다. 네놈에게 희대의 비급이 있다 하자. 읽고 보니 고개를 끄덕일 만한 내용이었다. 그렇다고 그걸 수련없이 실제로 사용할 수 있다더냐? 몸으로 느낀다는 것은 무공을 수련하는 것과 다름이 없는 것이다. 모자란 놈이 자기 모자란 건 모르고 남 모자란다 한다더니, 바로 네놈을 두고 한 소리구나.”

방도렴이 옥유산을 향해 혀를 찼다.

“쯧쯧쯔! 분위기 그럴듯할 때는 아는 척 나서는 게 아니야, 바보야. 어려운 말 할 때는 나처럼 가만히 있지. 본전도 못 찾았잖아.”

우쟁천이 덧붙였다.

“유산! 넌 미운털 박혔어. 각오해!”

우쟁천은 콧방귀 뀌는 옥유산을 노려보다가 고승도에게 물었다.

“그럼 다음 수련은 여기서 시키실 건가요?”

고승도가 미소 지으며 말했다.

“수련? 무슨 수련? 지난 일 년간 얻은 것도 작지 않을 텐데, 수련이 더 필요하더냐? 필요하면 계속하면 되겠지.”

"절 속이신 거예요? 결과를 보고 수련을 계속할 것인지 결정하신다고 했잖아요?"

"허허허! 속였다. 어쩔 테냐?"

우쟁천은 얼굴을 긁적이며 중얼거렸다.

"에이! 그럼 태원으로 돌아가 버릴까? 작은할아버지가 나 돌아오기만 학수고대하고 계실 텐데."

고승도가 정색을 하고 말했다.

"아우에게는 미리 말해 두었다. 올 겨울까지는 여기 있어라. 이곳도 곧 바빠질 것이다. 여기 일 도와가면서 능력이 서로 다른 사람들이 함께 일을 하는 방법도 엿보고, 사람들을 이끄는 것이 어떤 일인지 경험도 해 보아라. 네 꿈에 비하면 좁쌀만한 일이다만 안 하는 것보다 낫고, 이 정도가 통이 작은 내가 네게 해줄 수 있는 전부다. 그리고 시간이 날 때마다 나와 칼이나 가지고 놀자. 놀면서 배우는 것 또한 작지는 않을 것이다."

우쟁천은 고개를 끄덕이며 고승도의 얼굴을 찬찬히 바라브았다. 분명히 전보다 편한 얼굴이었다.

'아우에게 미리 말해 두었다?'

"할아버지, 정말 태원에 다녀오셨군요?"

"그랬다. 네 말대로 했다. 정말 나이는 못 속이겠더구나. 죽기 전에 앙금을 풀고 가야 한다고 한번 생각을 하니 가지 않고는 못 견디겠더구나. 그런데 일단 만나고 보니 왜 삼십 년을 얼굴조차 보지 않고 살았는지 알 수가 없더구나. 사람이란 게 참으로 이상해. 해보면 맥 빠지게 쉬운 일도 한없이 어렵게 느껴서 주저하지."

"아하! 그래서 할아버지 얼굴에서 그늘이 한 꺼풀 벗겨져 있었구나. 이제 한 꺼풀 남았네요. 그게 뭔지 모르지만 홀러덩 벗어던지세요."

고승도로서는 웃을 수밖에 없었다.

'그래, 나도 그랬으면 좋겠구나. 그 한 꺼풀의 사연을 털어놓음으로써 아우와의 앙금은 벗어던졌다. 하지만 그 한 꺼풀은 죽는 순간까지 무덤으로 가져갈 수밖에 없어. 그 아이가 검혼을 아버지로 생각하고 있는 한은.'

우쟁천은 고승도의 얼굴에서 그가 마지막 한 꺼풀을 생각하고 있음을 깨닫고 모른 체하며 기지개를 켰다.

"아아함! 먼 길 다녀왔고, 기분 좋게 목욕도 했으니 간만에 이불 속에서 한번 자볼까? 도렴, 네 잠자리 어디냐? 한숨 자자."

■7장■
만나고 또 만나니
그 인연 작지 않아

만나고 또 만나니
그 인연 작지 않아

명 성화 17년(서기 1481년) 9월 여전
히 산서 편관

우쟁천은 황량한 초원에 누워 넋을 놓고 있었다. 마지막 수업이라는
소리와 함께 알 수가 없는 일을 당했기 때문이다. 근 반년 동안 시간이
날 때마다 칼을 맞대어왔기에 고승도와 격차를 많이 줄였다고 착각하고
있었다. 마지막 수업이라는 소리를 듣고 오늘은 제대로 해보자는 말을
했더니만, 그 순간 목에 칼이 들어와 있었다.
"도대체 어떻게 된 거야? 분명히 막아냈는데 도기가 휘었단 말이야.
그걸 피해낸 순간에 칼이 들어왔어."
일단은 소림의 와선장이나 풍뢰신권의 풍류비선 같은 회선장력과는
달랐다. 그러한 종류의 무공은 풍륜기와 같이 원래부터 휘게 만드는 비
법을 가지고 있었기 때문에 휜 것을 막아내면 되는 일이었다. 그러나 막

아내려는 순간 그 방어벽을 타고 넘어오는 도기는 다른 차원의 문제였다.

"빠르지도 않고 강하지도 않아. 부드러웠단 말이야. 부딪쳤는데 타 넘었지? 그럼 바람이고 유수(流水)잖아?"

우쟁천은 다시 고승도가 그 같은 도기를 내뻗을 때의 모습을 떠올려 보았다. 이를 악물지도 눈을 부릅뜨지도 않았었다. 칼을 휘두르는 모습 또한 바람에 칼을 얹어놓는 듯했다.

"미치고 환장하겠네. 그런 식으로 해서 기세가 살아?"

스스로 펼치는 모습만 상상해 보아도 맥이 쭉 빠지는 것만 같았다. 하지만 어떻게든 배워내고 스스로의 것으로 승화시키지 못하면 안 될 것이었다. 고승도가 한 말이 있기 때문이었다.

"이건 내가 가르칠 수 있는 게 아니다. 네가 얻는 것이지. 전에 내가 말했지? 내가 비록 네게 가문의 도법을 전하기는 했다만, 나는 이미 초식을 잊은 사람. 네게 가르친 것을 사용하지 않는다. 다만 초식을 잊는다는 게 어떤 의미인지 떠올려 보면 가전의 도법을 가르친 것 또한 의미가 있겠지. 하지만 한 가지는 분명히 기억해 두어라. 네가 깨달아 얻는 너의 것과 방금 본 내 것은 다른 형태로 나타나야 해. 상승의 무공을 익히려는 자는 본은 받되 모방을 해서는 안 된다. 언제가 될지 모르겠다만, 네가 어떻게든 그걸 얻게 되는 순간 넌 나에게서 자유로워질 수 있을 게다."

우쟁천은 고승도의 말을 떠올렸다가 머리를 벅벅 긁었다.

"우와! 모르겠다."

그때 멀리 마을에서 옥유산이 소리를 질렀다.

"대형! 송 노야 도착했소!"

우쟁천은 손을 흔들어 알았다는 표시를 해 보였다.

"제길! 하필이면 이런 때에…… 그런데 오늘이던가? 에구! 일단 다녀와서 풀어야겠구나."

지금까지의 출행 횟수는 십이 회, 그 가운데 삼 회는 그냥 따라다녔고 그 후 칠 회는 거리가 짧은 출행 위주로 십여 명 정도의 작은 단위 출행을 책임졌다. 그리고 나머지 이 회는 지호촌 사람들의 인정을 받아 장거리 출행인 호극도까지 나갔었고 그로 인해 겨울까지 그가 지호촌의 출행 책임자가 되었다.

우쟁천은 벌떡 일어나 마을로 달려갔다. 지호촌을 통하여 장성을 오가는 상인들 가운데 가장 큰 고객인 송인홍의 상단이 마을에 들어옴으로 해서 지호촌은 며칠 만에 다시 시끌벅적해졌다. 마을의 규모와 어울리지 않았던 중앙의 대로가 여덟 대의 짐마차로 채워져 있고, 그 주변으로 수십여 명의 사내들이 있었다.

우쟁천은 마을 사람들과 어울려 이야기하고 있는 상단 사람들을 훑어보다가 작지만 다부진 체구에 능글맞고 의뭉스러운 얼굴을 한 초로인을 발견하고 그에게 다가갔다. 그가 바로 송인홍이었다.

송인홍은 올해만도 다섯 차례나 지호촌을 드나들었다. 그 가운데 우쟁천이 책임진 출행이 네 번이었고, 그래서 이제는 우쟁천과도 익숙한 사이가 된 사람이었다.

"송 노야, 이번엔 어디로 가실 겁니까?"

송인홍은 미소를 지으며 우쟁천의 포권지례를 받았다.

"오! 우 소협! 이번에는 좀 멀리 가야겠네."

소인홍은 웃으며 등 뒤에 있는 짐마차로 시선을 옮겼다.

"글쎄, 멀리 어디요?"

송인홍은 쓸데없이 짐마차를 들추는 척하다가 우쟁천이 대답을 강요하자 얼버무리 듯 웃으며 대수롭지 않게 말했다.

"패자묘라는 곳일세."

우쟁천이 눈을 치뜨고 송인홍을 보았다가 곧 짐마차를 둘러보며 낮게 소리쳤다.

"패자묘? 패자묘를 왜 여기서 가요? 바리바리 쌓아놓은 이 짐들을 보세요. 지난번의 배는 되지 않습니까? 이것들을 끌고 패자묘까지 간다는 게 가능하다고 생각하십니까?"

우쟁천의 놀람은 당연한 일이었다. 패자묘는 몽골의 내륙 북동쪽에 위치해 있는 도시였다. 북직례에서 간다 해도 칠백 리 길이니 편관에서 간다면 일천오백 리가 넘는 길이었다. 지호촌이 생긴 이래로 단 한 번도 간 적이 없는 곳이었고, 갈 생각을 하지 않는 곳이기도 했다. 가는 길이 멀뿐만 아니라 위험하기도 했고, 무엇보다도 지금껏 단 한 번의 교류조차 하지 않았던 다얀의 영역인 탓이었다.

"패자묘가 어딘 줄 아는 모양이구먼. 부탁이네. 꼭 가야 해."

"안 됩니다. 호극도도 아니고 패자묘라니? 호극도에서 패자묘까지의 여정이 얼마나 위험한지 아십니까? 그쪽은 협정조차 되어 있지 않잖아요? 그 근역의 부족들 모두가 우리에게는 마적이나 마찬가지 존재들입니다. 돈 때문에 다 같이 죽자는 소린가요? 차라리 사막을 건너가자 그러세요."

장성을 오가는 상단은 비단길을 오가는 대상과는 장사 방식이 달랐다. 사분오열된 몽골을 깊숙이 들어가는 것은 곧 자살 행위나 다름없으므로, 상단과 몽골의 상대가 위험 부담을 나누는 방식을 택하고 있었다. 상단은 장성을 넘어 멀지 않은 곳까지 가고 상대 또한 원거리를 이동해 와서 장성 근처에서 거래하는 방식이었다.

지호촌이 자주 가는 곳은 제삼문으로부터 백 리 남짓 떨어진 청수하가 대부분이었고, 조금 더 간다고 해봐야 육십여 리 더 나아간 탁극탁(托克托) 정도였다. 갈까 말까 망설여야 하는 호극도만 해도 편관에서 북쪽으로 삼백 리 이상을 가야 나오는 큰 도시로, 지호촌 사람들은 따로 위험 수당을 받지 않으면 결코 가지 않는 곳이었다.

송인홍은 울상을 지으며 우쟁천의 팔을 붙잡았다.

"큰 거래처를 잡았네. 물건만 파는 거라면 호극도에 가서 풀어놓아도 문제가 없네만, 대가로 받아올 게 흑담비털이란 말일세."

우쟁천도 흑담비털이 귀하다는 것쯤은 알고 있었다. 흑담비털은 그 빛깔과 부드러움, 그리고 희소성으로 인하여 귀족이나 부자들만이 옷을 해 입을 수 있는 것으로써, 그 무게가 아니라 부피만큼의 금을 치러야 겨우 구할 수 있다고 했다. 하지만 호상단이 하는 일은 표국과 달라서 물건이 아니라 사람을 지키는 것이 임무였다. 흑담비털이 귀하든 말든 우쟁천이 상관할 바가 아니었다.

"이보게. 사정 좀 봐주게. 내 이천 냥 내겠네. 어떻게 열 명만 좀 안 되겠나?"

이천 냥에 열 명이면 두당 이백이었다. 하지만 그 정도 인원으로 패자묘까지 간다면 그건 기적이나 다름없는 일이리라. 그렇다고 많은 인원을 대동하는 것도 어려운 일이었다. 몽골인들의 경계심을 유발할 수도 있기 때문이었다.

"안 됩니다. 우리가 비록 목숨을 걸고 이 일을 합니다만, 나름대로 안전을 확보한 후에 하는 겁니다. 하지만 패자묘는 아니지요. 차라리 산해관으로 가세요. 거기라면 칠백 리 길. 거기다가 다얀 칸의 영역이라 통과세만 내면 비교적 안전하게 갈 수 있습니다."

"그건 안 되네. 철혈금상회가 있는 한 우리는 그 길을 사용할 수가 없어."

우쟁천 또한 들어본 적이 있었다. 송인홍이 비록 산서에서 제법 알아
주는 상인이지만, 상대가 철혈금상회(鐵血金商會)라면 상권을 침범하는
일 따위는 생각조차 할 수 없는 일이었다.

철혈금상회는 천하의 상권을 좌지우지하는 다섯 개의 상단 가운데 북
직례와 산동 근역을 장악한 상단이다. 그들은 나라로부터 승인을 받아
북방 무역의 독점권을 행사하는 강력한 상인 집단이며, 또한 그들이 영
향권을 행사하는 지역을 군림하는 제검전과도 밀접한 관련이 있는 것으
로 알려져 있다. 결국 철혈금상회가 호랑이라면 송인홍은 고양이만도 못
한 존재였다.

우쟁천은 송인홍이 말하는 내용을 알아들으면서도 울 것 같은 그의 얼
굴을 외면했다. 표정과 마음이 같지 않다는 것을 이미 알고 있는 까닭이
었다.

"응? 여자?"

송인홍이 당황하여 우쟁천의 앞을 막아서면서 급히 말했다.

"강호의 여협이라네. 위험한 여정이라서 강호 협사들을 몇 고용했구
면. 그러니 열 명이면 되지 않겠나? 응?"

송인홍에게는 불행한 일이었지만, 우쟁천은 그보다 머리 하나가 더 컸
다. 앞을 가로막는다고 해서 시야가 막히는 것은 아니었다. 우쟁천은 송
인홍의 말을 무시하고 여인을 뚫어지게 바라보았다.

뱃사람들처럼 특별히 여자를 무시하거나 금기시하는 것은 아니었다.
우쟁천이 여인을 유심히 보는 것은 눈에 띄는 탓도 있지만 어디선가 본
적이 있는 여인인 것 같아서였다. 다시 한 번 여인을 찬찬히 살펴본 우쟁
천은 마침내 그녀의 정체를 생각해 내었다.

여인의 주변을 살폈다. 그녀와 연관된 사람을 찾는 것은 쉬운 일이었
다. 다른 사람들과는 달리 주위와 어울리지 못하고 경계하고 있는 이만

찾으면 되었고, 그 같은 사람이 바로 그녀의 옆에 있었다.

우쟁천은 여인의 곁에 있는 사내의 얼굴까지 확인한 후에 송인홍을 바라보았다.

"흑담비털보다 더 귀한 걸 모시고 다니는군요. 사람 바보 만들 생각하지 말고 이리 와보세요."

송인홍은 지나치게 당황한 기색을 드러내며 주춤 물러서려 했다. 하지만 우쟁천이 완력으로 끄니 어쩔 수 없이 끌려갈 수밖에 없었다.

우쟁천은 송인홍을 끌고 대장간으로 들어갔다.

"할아버지."

차를 마시던 고승도와 정원이 일어나 송인홍에게 인사하자 송인홍은 어색한 표정으로 마주 인사했다. 고승도가 우쟁천을 바라보며 말했다.

"당분간의 일은 너에게 일임했는데 무슨 일로?"

우쟁천은 웃으며 송인홍을 앉혔다. 그리고 그의 앞에 차를 따라주며 그도 앉았다.

"송 노야, 솔직히 털어놔요. 흑담비털이니 철혈금상회니 해서 깜박 속아 넘어갈 뻔했지만, 이제는 안 통합니다."

"무, 무슨 소리를 하는 건지 잘 모르겠구먼."

우쟁천은 미소를 지으며 고개를 저었다.

"그래요. 일단 패자묘까지 간다고 쳐요. 거기서 산해관까지는 어떻게 갈 건데요? 길이나 알아요? 안면있는 사람이나 있나요?"

"사, 산해관이라니? 거길 내가 왜 가?"

우쟁천은 눈썹을 꿈틀거리며 정색하여 말했다.

"아이는 어딨지요? 서창에 밀고해 버릴까요?"

송인홍은 그때서야 정색을 하고 우쟁천을 바로 바라보았다. 지금까지의 약한 모습과 당황하던 태도는 온데간데없고 차분하게 가라앉은 눈빛을 드러냈다. 그가 눈빛 만큼이나 차분한 어조로 말했다.

"어떻게 알았나?"

호기심 어린 눈으로 대화를 듣기만 하던 고승도도 내용을 눈치채고 미소를 지으며 말했다.

"이정웅 총병과는 친분이 있소. 그리고 지금 말하고 있는 일남일녀와 아이도 전에 한 번 본 적이 있소이다. 그쪽에서는 우릴 모르겠지만."

우쟁천이 이어 말했다.

"그 사람들은 결코 북직례를 지나지 못해요. 이 총병님이라면 서창으로부터 그들을 지켜줄 수 있겠지만 문제는 거기까지 가기가 어렵다는 것. 그래서 무리해서 패자묘의 거래를 만들고 일단 가보겠다는 건가요? 아니지, 패자묘의 거래는 애초부터 없을지도 몰라. 그냥 가져다 팔 생각인지도 모르지."

송인홍은 우쟁천을 빤히 바라보았다.

"흠! 귀신도 아니면서 꼭 처음부터 끝까지 다 지켜본 것처럼 말하는군. 맞네. 일단 거기까지 가서 장사를 하면서 다얀의 영토를 통과시켜 줄 안내자와 용병을 구할 생각이었네."

"무모하군요."

"때로는 모험을 해야 할 때가 있네, 인생을 걸고라도."

"그렇게까지 무리를 하시려 하다니, 추인량 그 사람과는 무슨 관계지요?"

송인홍은 눈을 치뜨고 엉덩이를 꿈질거렸다.

"이름까지 아는가?"

우쟁천은 신발을 뒤져 이정웅의 단도를 꺼내 건넸다.

"자초지종을 말씀해 보세요. 이 장군을 돕는 일이라면 도울 수 있는 일은 기꺼이 도와야죠. 신세를 진 것도 있으니."

우쟁천은 허락을 구하려는 듯 고승도를 바라보았다. 고승도는 눈을 감았다가 뜨고는 차분히 말했다.

"때로는 모험을 해야 할 때도 있지, 살다 보면."

우쟁천은 단도를 만지작거리는 송인홍을 재촉했다.

"자! 이제 까놓고 말해 봅시다."

송인홍은 결심을 굳힌 듯 우쟁천의 눈을 직시하며 고개를 끄덕였다.

"자네가 말한 게 다 맞네. 추 대협과는 예전에 안면이 있었네. 그가 군인이었을 때의 인연이지. 서창으로부터 지난 일 년 내내 쫓겨 다니다가 날 찾아왔더군. 처음에는 북직례, 산서, 하남, 섬서까지 돌아다녔다 하네. 서창의 손길이 미치지 않는 곳이 없어서 할 수 없이 깊은 산에까지 숨어들기도 했지만, 그 아이는 반드시 제대로 된 교육을 받아야 할 이유가 있는 아이기 때문에 어쩔 수 없이 나오게 되었다네. 서창의 손길로부터 자유롭게 살기 위해서 이 장군을 찾아가는 것이고. 그러니 좀 도와주게."

"제대로 된 교육을 받아야 할 이유가 있는 아이? 고귀한 아이다 이 말인데, 그 아이가 황제의 자식이라도 되나요? 서창이 뒤를 쫓는 걸 보면 그런 정도의 사연은 있지 싶은데."

송인홍은 대답하지 않고 웃었다. 우쟁천은 송인홍의 표정을 무언의 시인으로 받아들이고 고개를 저었다.

"응? 황제의 자식을 무슨 이유로 서창이 뒤를 쫓는 겁니까? 당금 황실에는 적통 황자가 없는 걸로 아는데, 모서가도 모자랄 판에 뒤를 쫓는다? 뭔가 말이 안 되는 거 아닙니까?"

송인홍이 말했다.

"귀신인 줄 알았더니 판세를 읽는 데는 미숙하군. 이상하다면 황제의 자식이 황궁 밖에서 정체를 숨기고 산다는 것 자체가 이상한 거지. 결국

황제는 아이의 존재를 모르고 있고, 그 측근의 누군가는 아이가 황태자
가 되는 것을 원하지 않는 거야."

"으흠! 그 측근이란 게 그럼 만 귀비?"

고승도의 안색이 어두워졌다. 하지만 우쟁천과 송인홍은 그것을 미처
알아차리지 못하고 말을 이었다.

"그렇지. 원래 만 귀비에게도 소생이 있었지. 하지만 일 년도 못 살고
죽고 말았네. 그 후로 만 귀비가 조금 이상해졌다더군. 여걸의 풍모를 잃
고 질시가 심해졌다지. 자신의 소생을 황제로 만들어 황후가 되지 못한
한을 풀 생각이었는데, 그게 안 돼서 성격이 변했다는 게 중론이네."

우쟁천은 고개를 끄덕이다가 송인홍을 흘겨보았다.

"쳇! 난 또 추인량 그 사람과의 인연을 생각해서 돕는 건 줄 알았더니,
결국 그거였군. 어쩐지 인생을 걸고 모험한다더니, 후일을 위한 투자잖
아. 좋은 꿈이라도 꾸셨나요?"

"그랬네. 태양을 향해 솟구치는 황룡의 꼬리를 잡은 꿈이었지. 금으로
된 미늘이 툭툭 떨어져 내 품속에 쌓이더라구."

우쟁천은 고개를 저으며 고승도를 바라보았다. 고승도는 복잡한 심사
를 감추기 위해 눈을 감았다.

'평범한 여인의 행복을 못 누리고 황태자의 유모가 된 것 같아서 분노
했었다. 유약한 황제의 여인이자 든든한 후견인이 되었다 해서 그나마
안도했었다. 거기서 행복을 찾지 못한 거냐? 모르겠구나. 내가 어떻게
해야 하는 거냐?'

"할아버지?"

고승도는 눈을 뜨고 송인홍을 바라보았다.

"아이는, 아니, 황자는 어떤 아이 같소?"

"총명하더이다. 추인량이 워낙 고지식하고 바른 사람이라, 밝고 바르

게 컸더이다. 어려운 삶을 살았으니 장차 황제가 된다면 성군이 되지 않을까 생각합니다."

우쟁천이 다시 송인홍을 흘겨보았다.

"쳇! 나중에 얻어먹을 떡고물 생각으로 무모한 일에 뛰어든 양반이 말은 잘하십니다."

"껄껄껄! 내가 사는 이 산서는 경사에서 그리 멀지 않음에도 불구하고 너무 낙후되어 있어. 모두가 가져가기만 하고 보태주지는 않아. 내가 원하는 것은 거의 독점되고 있다시피 한 중원의 상권이 한 번 흔들리는 것 정도일세. 그리되려면 현 황실의 실세들이 낙마를 해야 뭐가 돼도 될 테지. 내가 바라는 건 그것뿐이야. 물론 그 이상이 되어 황금 디늘이 후드득 떨어지면 더없이 좋고."

그때 고승도가 송인홍에게 물었다.

"가져가는 물건들을 꼭 패자묘에 풀어야 하오?"

"아니오이다. 청수하에서야 사겠다는 작자가 나타나지 않겠지만 호극도 정도만 되어도 어떻게든 팔아치울 수 있을 겁니다."

송인홍은 순순히 대답을 해놓고도 질문의 의도를 몰라 고승도를 빤히 바라보았다.

고승도가 우쟁천을 향해 말했다.

"내가 같이 가마. 나는 호극도로 갈 테니, 너는 산해관으로 가거라. 도착해서 북직례를 통해 태원으로 돌아가면 되겠구나. 조금 이르다만 어차피 경험 삼아 한 일이니 조금 일찍 돌아간들 못 얻고 가는 것은 없겠지. 나도 겨울이 되면 이곳을 정비해 놓고 태원으로 가겠다."

우쟁천이 정원을 바라보며 물었다.

"유산과 도렴은?"

고승도가 정원을 보자 정원이 대답했다.

“내가 가르치기에는 너무 커버렸어. 불자가 될 팔자들은 아닌 것 같으니 여기서 살아서는 아니 될 일이지. 데리고 가서 많은 것을 보고 배우게 해다오.”

“알겠습니다. 그런데 문제가 남았네요. 삼문의 책임자가 누군지 아시죠?”

송인홍은 미처 생각지 못했다는 듯 미간을 좁혔다.

“그렇군. 물목 하나하나를 실물과 대조하는 인간이 있었어. 고진이라 했지? 아이를 데리고 나가는 일이 쉽지 않겠군. 좀 쓰면 될까?”

우쟁천은 코웃음을 쳤다.

“고지식한 것이 정도에 지나친 사람입니다. 공사가 너무나 분명하지요. 개인적인 친분이 있으나 그게 통할 인간이 아니에요.”

“이문으로 갈까?”

“나가기도 전에 의심받을 짓이지요. 내게 생각이 있긴 한데, 쩨쩨하게 굴지 않으실 거죠?”

“돈으로는 안 된다며?”

“그 인간은 안 돼도 그 위에 앉아 있는 놈은 되지요. 그런 놈한테 돈을 안겨준다는 게 분하지만.”

“얼마나 필요하지?”

“삼백이면 될 것 같은데. 금수품목 나간다고 하고 우리 나갈 때만 고진을 불러들이라고 하면 될 겁니다.”

“이백으로 안 될까?”

“저한테는 돈 안 되는 일입니다. 송 노야가 직접 가시면 돈 더 드는 일이구요. 흥정하실 생각 마세요.”

“쯧! 알았네.”

송인홍은 앉은 자리에서 전표를 내어놓았다. 우쟁천은 그 돈을 챙겨 넣고 다시 말했다.

"이제 장사를 해야지요. 두당 백이십에 열다섯입니다. 그리고 산해관까지 가는 세 사람은 두당 사백이에요."

송인홍이 난색을 표했다.

"산해관까지 사백은 납득을 하겠네. 하지만 호극도까지 백이십은 너무 많아. 평소에도 팔십이면 가지 않는가?"

우쟁천은 빙긋 웃으며 대답했다.

"바가지예요. 끝물에 약점까지 잡았으니 당연한 것 아닌가요? 대신 산해관까지는 무슨 일이 있어도 안전하게 옮겨 드리죠."

"자네는 신용이란 말도 모르는가? 약점을 잡아 물고 늘어지다니, 이래서야 믿고 일 하겠는가?"

"지호촌은 독점인데 무슨 문제가 있겠어요? 그리고 신용은 좋은 것이지만 환전이 안 된다고 말했던 양반이 누구였지요?"

송인홍은 쓴웃음을 지으며 눈을 감고 고개를 저었다.

"세상에! 뻔뻔하게 제 입으로 바가지라고 말하다니. 자네, 태원으로 가지 말고 내게 오게. 대접은 충분히 해주지."

"됐네요. 그럼 흥정 끝난 거지요?"

"흥! 그게 흥정인가? 강요지."

송인홍은 말과는 달리 품속을 뒤졌다.

"정 아저씨, 돈 받으세요. 저는 일단 편관에 다녀오겠습니다."

정원이 웃으며 고개를 끄덕였다.

우쟁천은 대장간 밖으로 한 발을 내디디고 송인홍을 돌아보며 말했다.

"우리가 추인량 그 사람과 아이의 신분을 안다고는 말하지는 마세요. 그냥 이 총병님과 친분이 있어 나선 것이라는 정도면 편하겠어요. 아이는 아이로 대하는 게 편할 것 같고."

“알았네. 아이 문제는 우리도 그러고 있어. 아이도 자기가 누구 자식인지 아직 몰라. 산해관에 가면 알게 되겠지.”

우쟁천은 웃으며 대장간을 나섰다.

편관의 제삼문이 열리고 여덟 대의 마차와 여덟 기의 인마가 성문을 빠져나왔다. 우쟁천을 비롯한 말을 탄 사람들이 짐마차를 지나 선두로 나섰다.

“도렴, 청랑기 걸어!”

방도렴은 말에서 뛰어내려 선두 마차로 올라탔다. 대나무 깃대에 감겨 있던 깃발 바람을 맞아 펄럭거렸다. 청랑기라는 이름처럼 푸른 늑대가 그려진 깃발이었다.

청랑기는 장차 송인홍 상단이 지나게 될 대부분의 지역을 관할하는 나투친의 상징이었다. 곧 송인홍 상단이 나투친에게 통행세를 내고 있다는 것을 의미하는 것이어서, 깃발을 무시하고 상단을 약탈한다는 것은 아직 근역에서 위세가 꺾이지 않은 오이라트의 만호장, 나투친을 적으로 돌리는 것과 마찬가지였다.

방도렴이 마차에서 뛰어내려 말에 올라 우쟁천의 옆으로 다가왔다. 그때 뒤쪽에서 한 사람이 말을 타고 달려왔다. 우쟁천은 고개를 살짝 비틀어 그 사람을 확인하고 빙긋 미소를 지으면서도 모른 척했다. 하지만 송인홍으로서는 그럴 수 없었다. 달려오는 이가 바로 고진인 탓이었다.

“이보게. 저 인간이 왜 오는 건가? 이러다가 일이 잘못되는 거 아닌가?”

우쟁천은 빙긋 웃으며 대답했다.

“걱정 마세요. 저와 저 양반의 대화나 잘 듣고 있다가 때때로 맞장구나 치시면 아무런 문제 없을 겁니다.”

송인홍은 미간을 좁히며 고개를 끄덕였다. 그때 고진이 우쟁천의 뒤까지 따라붙었다. 그는 송인홍과 우쟁천의 사이를 파고들어 나란히 달리며 인사했다.

"촌주님, 그리고 송 노야, 오랜만에 뵙습니다."

고승도가 미소를 지으며 목례를 지었다. 송인홍 또한 불안한 표정을 지우고 고개를 끄덕였다. 그때 우쟁천이 말했다.

"형님이 그런 차림으로 장성을 벗어날 때도 있소?"

고진은 대답하지 않고 웃음으로 넘겼다. 우쟁천도 웃으며 다시 물었다.

"비밀 임무라도 맡은 모양이구려. 이제야 사람을 제대로 쓰는군. 그런데 어디까지 가오?"

"이 상단은 어디까지 가는 거냐?"

"우린 두 패로 나뉠 것이오. 대다수는 호극도로, 일부는 패자묘로."

송인홍은 눈을 치뜨고 우쟁천의 얼굴을 바라보았다. 그때 고진이 이미 알고 있는 사실이라는 듯 달리 놀라지 않고 말했다.

"그럼 넌 어느 쪽으로?"

"패자묘요."

"그럼 거기까지는 동행할 수 있겠구나. 그동안은 나를 상단의 일행으로 여겨줬으면 좋겠다."

송인홍은 급히 입을 틀어막았다. 너무 놀라 비명을 지를 뻔했던 탓이었다. 그러나 우쟁천은 빙긋 웃으며 가볍게 말했다.

"잘됐네. 그쪽은 위험하니 한 사람 더 있으면 서로 도움이 되겠지. 그럽시다. 그런데 임무가 혹시 다얀 쪽의 정세를 확인하는 것이오? 하긴 그쪽이 요즘 팽창일로에 있지. 슬슬 조심할 때가 되긴 된 거야."

우쟁천이 다 아는 척 넘겨짚자 고진은 오히려 무표정을 가장하여 대답을 피했다.

"그런데 형님, 몽골에서는 칼을 차는 게 당연한 거요. 형님처럼 어정쩡하게 숨기면 더 이상하게 본다오."

고진은 옷을 찔러 불룩하게 만든 도파를 확인하고 칼을 아예 허리에 찼다. 그때 송인홍이 말을 늦춰 우쟁천의 뒤로 가서 우쟁천의 옷을 잡아 끌었다.

"잠깐 나 좀 보세."

우쟁천도 말을 늦춰 상단의 후미로 갔다.

"지금 뭐 하자는 것인가?"

거의 사색이 되다시피 한 송인홍이 급히 물었다. 우쟁천은 미소를 지으며 고진의 뒷모습을 바라보았다.

"그게, 어제 일이 이상하게 되어 내가 저 양반을 죽여주기로 했어요. 저 양반 때문에 상단들이 금수품목을 취급하지 못해 힘들었던 모양이더군요. 그 때문에 장 참장 그 인간도 주머니가 허전했구요. 그래서 이번에 아예 치워주기로 했지요."

"뭐야? 정말 죽이겠다는 건가?"

우쟁천은 대답하지 않고 빙그레 미소 지었다.

"무슨 뜻인가? 저 사람 패자묘까지 따라간다 하지 않는가?"

"저 양반이 비록 꽉 막힌 사람이긴 하지만 분류를 하자면 협의파 인간입니다. 우선은 탁극탁에 도착하기 전에 추인량 그 양반에게 직접 만나 솔직하게 털어놓고 도움을 청하라고 하세요. 그리고 거취 문제는 이 총병이 해결해 줄 거라고 말하세요. 그 다음은 제가 알아서 처리하겠습니다. 물론 내가 아이의 정체를 안다는 것은 여전히 비밀이어야 합니다."

"그렇게 하면 틀림없겠지?"

우쟁천은 확신이 깃든 얼굴로 고개를 끄덕였다. 송인홍은 어쩔 수 없

다는 표정을 지으며 앞으로 나아갔다. 홀로 남겨진 우쟁천은 쓸쓸한 표
정을 지으며 고진의 등을 바라보았다.

초원의 도시 탁극탁에서 밤을 보낸 상단은 이른 아침에 다시 길을 떠
났다. 그 하루 사이에 변한 것이 있다면 추인량과 고진이 급속도로 가까
워졌다는 것이고, 그들을 비롯한 몇몇 사람들이 몽골포에 요대를 차고
가죽신에 피견모를 써, 어색한 몽골인의 복색을 하고 있다는 것이었다.
　탁극탁이 보이지 않는 황량한 초원에 이르자 우쟁천이 손을 들어 상단
을 멈춰 세웠다. 우쟁천은 추인량과 진소화가 늘 맴돌고 있던 첫 번째 마
차 위로 뛰어올랐다.
　고진의 눈빛이 흔들렸다. 그때 추인량이 남모르게 손을 뻗어 고진의
동요를 가라앉혔다.
　우쟁천이 손을 들며 말했다.
　“송 노야! 두 번째, 세 번째 마차들을 좌우로 붙여주세요.”
　송인홍이 지시하자 마부들이 마차를 좌우로 가져다 붙였다. 우쟁천은
첫 번째 마차에 실린 짐들을 좌우의 마차로 옮겨 실었다. 남은 것은 중앙
에 단단하게 묶여 있는 비단 상자뿐이었다.
　“됐군.”
　우쟁천은 손을 탁탁 털고는 불안한 눈빛으로 바라보고 있던 추인량과
진소화를 향해 소리쳤다.
　“추 대협! 진 여협! 지금부터 이 마차는 두 분이 책임지시오!”
　우쟁천은 대답도 듣지 않고 훌쩍 뛰어내려 고승도에게로 달려갔다.
　“할아버지, 여기서 헤어져야 할 것 같습니다. 조심하세요.”
　고승도가 미소를 지으며 고개를 끄덕였다.
　“나보다 네가 더 험한 길을 가니 조심은 네가 해야지.”

“짐이 없으니 별달리 곤란할 일도 없을 겁니다.”

사실이었다. 호전적이라고 알려진 몽골인들이지만 사실은 순박한 이들이 대부분이어서 실제로 싸움을 하는 경우는 드물었다. 그들이 싸움을 하는 경우란, 명백한 적을 만난 경우와 살기 위해 약탈이 필요한 경우, 그리고 자신들의 영역을 침범당한 경우뿐이었다. 결국 마차에 상자 하나 덜렁 실어놓은 우쟁천 일행이 습격을 당할 경우는 약탈이 필요할 때뿐인데, 몽골인의 약탈 목적이 돈이 아닌 주로 식량에 있다는 것을 감안한다면 크게 걱정할 일은 아니었다. 아직은 식량이 모자라지 않는 가을이었고, 비단이나 쓰지도 못할 중원의 전표 따위는 몽골인에게 별 의미가 없기 때문이었다.

고승도는 우쟁천의 말뜻을 알아듣고 고개를 끄덕였다.

“그래. 그럼 두어 달 후에 태원에서 보자꾸나.”

“보중하세요.”

우쟁천이 허리를 접었다. 그때 송인홍이 짐짓 울상을 지으며 다가왔다.

“이보게. 정말 저 비단들 가져가려는가?”

우쟁천은 대답하지 않고 송인홍의 얼굴을 빤히 바라보았다.

“비싼 건데.”

“왜요? 소주금견(蘇州金絹)이라도 됩니까?”

“자네 정말 귀신인가? 그걸 어찌 안 거야?”

“흠! 잘됐네요. 가는 동안은 황자에 걸맞는 이불이 될 것이고, 만투굴에게는 좋은 선물이 될 테니 다얀이 좋아하겠군. 아까워하지 마세요. 이왕 쓰는 거 확실히 써야 목적을 달성할 것 아닙니까? 소주금견이라면 산해관까지 가는 여정이 훨씬 더 편해질 겁니다.”

“후우! 내가 장사꾼 맞나? 기분 더러워지는군.”

우쟁천은 벙긋 웃으며 포권을 취하고 고개를 숙였다.

"장사꾼도 큰 장사꾼이지요. 자! 긴말하지 말고 헤어집시다. 서로 갈 길이 멀잖습니까?"

송인홍은 정색을 하고 고개를 끄덕였다.

"이번 장사는 시작도 하기 전에 망쳤네만, 자네가 잘만 해준다면 나중에 만 배는 보상받을 수 있겠지. 잘 부탁하네."

우쟁천의 말처럼 두 패로 나뉜 상단은 긴말하지 않고 헤어졌다. 고승도 일행은 북서쪽으로 향했고 우쟁천 일행은 동북쪽으로 나아갔다.

고승도 일행이 보이지 않게 되자 우쟁천은 다시 일행을 멈춰 세웠다.

추인량이 아무것도 없는 주변을 둘러보며 물었다.

"또 무슨 일이오, 우 소협?"

우쟁천은 웃으며 마차 위로 올랐다. 그리고 다짜고짜 상자를 열어 비단을 꺼내기 시작했다. 그 순간 추인량과 진소화가 바로 도를 뽑아 들었고, 고진이 말에서 내려 소리치며 달려왔다.

"쟁천!"

우쟁천은 비단 꺼내기를 멈추지 않고 말했다.

"언제까지 어린아이를 이 좁은 곳에 가둬둘 생각이오? 내 비록 당신들이 장성을 넘어서까지 산해관으로 가는 이유는 모르오만, 이 안에 아이가 있다는 것쯤은 알고 있소. 그러니 더 이상 숨길 필요 없는 일이지."

우쟁천은 추인량 등이 놀란 눈으로 바라보는 중에도 비단을 꺼내고 상자의 밑바닥을 뜯었다.

"꼬마야, 안녕?"

과연 상자의 밑바닥을 드러내니 그 안에 비밀 공간이 있고 그 속에 아이가 누워 있었다. 바닥에는 두툼한 양털이 깔려 있었고 그 주변에는 수통과 음식물들이 있었다. 우쟁천은 자신을 멀뚱멀뚱 쳐다보는 아이의 겨드랑이에 손을 넣어 아이를 들어 올렸다.

"갑갑했지? 아이가 장성을 넘을 수 없는 일이니 할 수 없이 숨겼다만, 이제 그 속에 있을 필요 없다."

"정말 괜찮아요?"

우쟁천이 미소 짓자 아이도 희미한 미소를 지었다. 아이는 주변을 두리번거리다가 추인량을 발견하고 밝게 웃었다. 우쟁천은 아이를 마차 위에 놓아주었다.

"외삼촌!"

아이가 추인량의 품속으로 뛰어들었다.

우쟁천은 소주금견을 다시 상자에 담고 뚜껑을 닫았다. 마차에서 뛰어내린 우쟁천은 고진을 바라보며 말했다.

"자! 그럼 약속한 일을 처리해 볼까? 형님, 칼을 뽑으시오."

"무슨 뜻이냐?"

우쟁천은 차갑게 말했다.

"대충 눈치채지 않았소? 형님이 정 참장 그 인간으로부터 받은 임무는 아무런 의미가 없다오. 죽을 자리를 찾아 나선 것뿐이오."

고진은 눈을 감으며 중얼거렸다.

"이상하다고 생각은 했었다. 다얀 쪽의 정세를 살피는 일은 편관이 아닌 산해관의 일. 의심스러웠지만 명령이니 따랐다. 하! 하하하! 하지만 허무하구나. 나를 죽이려는 자가 나를 살려준 너라니."

"쯧쯧쯔, 고지식한 것도 정도가 있지. 내가 전에 말한 적이 있지요? 두루뭉술하게 살라고. 고지식하게 행동하니까 위에서 싫어하지 않소? 눈 감아줄 건 눈감아주고 살아야지. 자! 내게 사감이 없다는 건 아시지요? 칼 뽑으세요."

고진은 눈을 뜨고 우쟁천을 바라보았다.

“내가 너의 실력을 아는데 칼을 뽑아서 무엇 하겠느냐? 네가 구해준 생명 네가 거두어가는 것이니 어쩔 수 없는 일. 죽여라!”

고진은 비분에 찬 눈을 감고 어깨를 늘어뜨렸다. 그때 추인량이 조우당을 진소화에게 넘기고 고진에게로 달려왔다. 그러나 옥유산과 방도렴이 그의 앞길을 막아선 탓에 추인량은 더 다가오지 못했다.

추인량이 소리쳤다.

“우 소협! 이 무슨……?”

추인량이 말을 다 마치기도 전에 번운이 허공을 갈랐다.

쉑!

번운은 고진의 머리 위를 스치고 지나갔다.

“하하하! 놀랐죠? 정말 재미없는 사람이라니까. 죽여라가 뭐야? 죽여라가?”

고진이 눈을 뜨고 의아한 눈빛으로 우쟁천을 바라보았다. 우쟁천이 미소를 지으며 말했다.

“내가 왜 형님을 죽입니까? 죽이려면 정 참장 그 돼지를 죽이지. 걱정 마시오. 다음에 그 돼지를 보게 되거든 형님 대신에 죽고 싶을 만큼 패주겠소. 돈 몇 푼 못 번다고 수하를 죽이려 하다니, 죽어 마땅한 놈이오.”

고진이 우쟁천을 노려보며 말했다.

“놀린 거냐?”

우쟁천은 빙긋 웃으며 고개를 끄덕였다.

“형님은 놀려먹기 좋은 사람이오.”

그 순간 고진은 불을 토하는 듯한 눈빛으로 우쟁천을 노려보며 거칠게 칼을 뽑았다.

“내 비록 실력은 너만 못하다 하나 사내다. 모욕은 참을 수 없어!”

“어? 에이, 이러지 맙시다. 내가 잘못했소.”

우쟁천은 오히려 번운을 도집에 돌려놓고 마차 뒤로 숨었다.

고진이 피식 웃으며 칼을 집어넣었다.

"나도 한번 놀려봤다."

우쟁천은 장난스럽게 한숨을 내쉬고 마차 앞으로 나왔다.

"휘유! 형님이 장난을 치니 진짜 같소. 형님, 그런데 계산은 분명히 합시다. 이걸로 두 번째요. 사실 내가 형님을 우리 쪽에 합류하게 유도했소. 거기 있으면 언젠가는 또다시 된통 당할 것 같아서 이번에 아예 산해관으로 옮겨갈 수 있게 수작을 부린 것이오. 산해관의 이 총병 정도면 형님의 사람됨을 알아보고 제대로 써줄 것 같아서 말이오. 내가 전말을 말해 줄 테니 어떻게든 그 밑에 붙어 있어보시오."

고진은 웃으며 고개를 끄덕였다.

"그랬구나. 고맙다."

우쟁천은 고진이 너무나 순순히 고맙다고 말하자 오히려 당황하여 눈살을 찌푸렸다. 하지만 곧 그의 눈에서 비애와 동시에 피곤함을 느끼고는 고개를 저었다. 그 피곤함이 육체에서 기인한 것이 아니라 삶과 인간에 지쳐 드러나는 것임을 깨달은 탓이었다.

우쟁천은 쓴웃음을 지으며 진소화를 향해 두 손을 뻗었다. 진소화는 우쟁천의 뜻을 알아차리고 추인량을 힐끔 본 후에 조우당을 넘겼다.

우쟁천은 조우당을 품에 안고 고진을 가리키며 말했다.

"꼬마야, 저 양반은 착하고 바른 사람이란다. 그런데 많은 사람들이 저 양반을 싫어해."

조우당이 눈을 반짝이며 고진을 바라보았다.

"왜요?"

"너무 바르기 때문에 같이 있으면 자신들이 더럽다는 게 드러나 버리거든. 근묵자흑(近墨者黑)이라는 말을 알지?"

조우당이 고개를 끄덕이자 우쟁천이 말을 이었다.

"가까이 있으면 검어져야 친구가 될 수 있는데 저 양반은 가까이 있어도 항상 희니 마음에 안 드는 거지. 자기들처럼 검게 만들 수 없으니까 화가 나서 싫어하는 것이다. 무슨 말인지 알겠니?"

조우당은 자신이 없는 듯 힘차게 고개를 끄덕이지 못했다.

"이상하지? 왜 착하고 바른 사람이 곤경에 처하고 또 힘들게 살아야 할까?"

"응. 이상해요."

"꼬마야, 이 세상 사람들의 마음을 다 합하면 회색이란다. 속이 시커먼 사람이 많아지면 시커멓게 변하고 저 아저씨처럼 속이 하얀 사람이 많아지면 밝고 하얗게 되지. 어느 쪽이 살기 편할까?"

"물론 밝고 하얀 쪽이죠. 캄캄하면 무섭잖아요. 캄캄하면 길을 잃을 수도 있고 넘어져서 다칠 수도 있어요."

"그렇지? 세상이 어두우면 밝고 하얀 사람들은 살기가 괴롭단다. 하얀 마음을 지키는 일만으로도 너무나 피곤해지기 때문이야. 그래서 이 형은 앞으로 속이 시커먼 사람들을 모아서 혼내줄 거야. 그 사람들이 하얀 사람들을 괴롭히지 못하게 말이다. 꼬마야, 네가 나중에 어른이 되면 이 형하고 같이 일할까? 이 형은 시커먼 사람들을 혼내줘서 꼼짝 못하게 만들고, 넌 하얀 사람들이 많아질 수 있는 세상을 만드는 거야. 그렇게 되면 이 세상은 결국 밝고 하얗게 되겠지? 그런 세상이 되면 좋을 거다. 저 아저씨도, 너같이 힘없는 어린아이도 밝게 웃으며 살 수 있을 거다. 같이 할래?"

조우당은 입술을 꾹 다물고 눈을 빛내며 힘차게 고개를 끄덕였다. 우쟁천은 미소를 지으며 새끼손가락을 내밀었다.

"자! 약속."

조우당은 미소를 지으며 손가락을 걸었다.

“나 우쟁천은…….”

우쟁천이 눈짓을 하자 조우당이 곧 뜻을 알아차리고 말했다.

“나 조우당은…….”

“밝고 즐거운 하얀 세상을 만들기 위해 노력할 것을 천지신명께 맹세합니다.”

우쟁천은 조우당을 번쩍 목말 태우고 초원을 뛰어다녔다. 우쟁천은 소리쳤다.

“우당아! 보아라! 세상이 밝고 넓어 좋지? 하지만 가끔은 이 넓은 세상이 어두워지고 그곳에 너 혼자밖에 없을 때도 있을 거야. 외롭고 무섭고 힘들 거야. 하지만 그런 때일수록 하얀 마음을 지켜내야 해. 강하고 커져야 한다. 네 하얀 마음이 온 세상을 비출 수 있게 강해져야 해. 알겠니?”

조우당이 밝게 웃으며 고개를 끄덕였다. 우쟁천은 조우당의 두 발 아래 손을 받치고 말했다.

“두 다리에 힘을 줘보렴. 일어서 봐. 그렇지.”

조우당은 번쩍 치켜든 우쟁천의 두 손 위에 서서 세상을 내려다보았다.

“그렇게 두 다리에 힘을 주면 외로울 때도 꿋꿋하게 서 있을 수 있단다. 언제든지 그렇게 서 있을 수 있도록 강해져라. 알겠지?”

“응, 강해지겠어. 반드시 내 하얀 마음을 지켜낼게. 세상을 지금처럼 밝고 하얗게 만들게.”

우쟁천은 조우당을 땅에 내려놓고 마주 보며 웃었다.

“좋았어. 이제 우린 동지다. 그렇지?”

“응, 우린 동지야.”

우쟁천은 조우당의 손을 잡고 사람들에게로 돌아왔다. 사람들이 묘한 눈으로 바라보고 있음을 느낀 우쟁천은 자신이 분위기에 취해 의심받을 짓을 했음을 깨달았다. 하지만 곧 사람들의 시선을 무시하고 말했다.

"자! 이제부터 내 말을 잘 들으세요. 여기서부터 패자묘까지는 안심하고 갈 만한 지역이 아닙니다. 동쪽에 다얀이라는 새로운 왕이 일어나 영역을 넓히고 있지만 아직 이곳에까지 그의 힘이 미치지 않습니다. 한마디로 군웅들이 할거하는 지역인 것입니다. 어떻게든 피해갈 생각입니다만, 어쩔 수 없이 맞닥뜨리게 되면 그때그때의 상황에 따라 임기응변으로 대처할 수밖에 없습니다."

추인량이 심각한 어조로 물었다.

"조금 더 안전한 방도는 없소?"

"아시겠지만 몽골인들은 유목 생활을 하지요. 슬슬 날씨가 차가워지기 때문에 물과 초지를 찾아 남쪽으로 이동하는 이들이 많아집니다. 몽골인들에게는 각자의 영역이 있어서, 따뜻한 곳이면 아무 곳이나 가는 것이 아니라 자신들의 영역 안에서 움직입니다. 그 영역을 침범당하면 적으로 간주하고 싸우지요. 우리는 일곱 사람밖에 안 되기 때문에 적으로 오인받지는 않겠지만, 그들의 기분이 나쁘든지 혹은 우리가 눈에 거슬리는 행동을 하는 경우에는 싸울 수밖에 없습니다. 그러니 패자묘에 이를 때까지 모든 행동은 나를 통해서 해주시기 바랍니다. 혹시 싸우게 되더라도, 마적들이 아니라면 피를 보아서는 안 됩니다. 압도적인 힘의 우위를 보여주는 정도로 끝내야 합니다. 그렇게 할 수 없다면 차라리 사로잡히는 게 낫지요. 명심하세요. 산해관까지는 여하간의 경우에도 내 지시에 따르셔야 합니다. 알겠습니까?"

추인량과 진소화, 그리고 고진은 어두운 표정으로 순순히 고개를 끄덕였다.

우쟁천은 웃으며 말했다.

"그렇게 심각한 표정 지을 것 없습니다. 노파심에서 하는 말일 뿐, 몽골인들과 다투는 일이 생길 거라고는 생각지 않으니까요. 하지만 여정은 힘들 겁니다. 패자묘까지는 강행군을 불사할 생각이니까요. 자! 그럼 출발하지요."

우쟁천이 미리 예고했듯이 여정은 혹독했다. 낮에는 당연히 달렸고 밤에도 짐마차 위에서 번갈아 잠을 자면서 계속해서 나아갔다. 처음 이틀은 모두가 쉽게 견뎠다. 우쟁천과 옥유산, 그리고 방도렴은 초원의 생활에 익숙한 사람들이었고, 고진은 혹한에서 생활한 강건한 군인이었으며, 추인량과 진소화, 그리고 조우당은 쫓겨 다니는 생활에 익숙한 때문이리라. 하지만 사흘째가 되자 진소화를 필두로 하나둘씩 지친 기색을 드러내기 시작했다.

추인량은 마차를 몰다가 힐끔 뒤돌아보았다. 진소화와 조우당은 비단 상자에 등을 대고 서로에게 어깨를 기댄 채 졸고 있었다. 처음에는 더럽고 냄새가 난다고 기겁했던 양털 몽골포가 목까지 올라가 있었다.

추인량은 부르튼 입술을 핥으며 우쟁천의 뒷모습을 바라보았다. 쉬었다가 가자는 말이 목젖까지 올라왔지만 쉽게 뱉어낼 수 없었다.

멀쩡해 보였지만 지난 이틀간 누구보다도 고생한 사람은 우쟁천이었다. 다른 이들은 그저 따라가면 그만이었지만 우쟁천은 늘 한발 앞서 달리고, 방향을 살피고, 주변의 변화를 주시하고 있었다. 짐작컨대 다른 이들보다 두 배는 더 움직이고 있으리라.

다시 한 번 뒤돌아본 추인량은 들뜬 입술의 보풀을 이로 뜯어 씹고서 우쟁천을 향해 소리쳤다.

"우 소협, 오늘 밤은 좀 쉬어갑시다! 다들 너무 지친 것 같소."

진소화가 억지로 눈을 뜨고 우쟁천을 바라보았다. 우쟁천이 아직 고개도 돌리지 않았는데도 그녀의 힘겹게 뜬 두 눈에는 간절함이 담겨 있었다.

우쟁천은 말 머리를 돌려 마차로 다가가서 추인량과 나란히 움직였다.

"만 이틀 만에 구백여 리를 왔으니 지치는 건 당연하지요. 하지만 아무 탈 없이 이렇게까지 올 수 있었던 것은 운이 좋은 것이고 또한 계속 달린 탓이기도 합니다. 물도 얼마 남지 않았고, 이제 건량 먹기도 지겹지 않습니까? 조금만 더 견디자구요."

추인량은 우쟁천의 말뜻을 잘 알고 있었다. 탁극탁에서 구백 리를 왔다면 패자묘까지 남은 길은 사백여 리에 불과했다. 그렇게 멀리까지 오면서 일행은 단 한 번도 몽골인들을 만나지 않았다. 생각보다 수월하게 온 것이지만 운이 좋아서 그렇게 된 것은 아니었다. 매번 말을 바꿔 타고서 북동쪽 멀리까지 미리 나아가 두루 살피고 난 후에 일행을 전진시킨 우쟁천의 노고가 없었다면 불가능한 일이었으리라.

"가장 힘든 사람이 우 소협이란 건 아오. 하지만 저런 상쾌라면 전체의 발목을 잡아 오히려 여정이 길어질 수도……."

추인량은 말끝을 흐리고 진소화를 바라보았다. 우쟁천도 진소화를 바라보았다. 자고 있는 조우당은 그나마 괜찮았다. 지쳐 보이긴 했지만 사람들의 지극한 보호 속에 있었기 때문이다. 하지만 진소화의 탈진한 듯한 상태는 우쟁천이 보기에도 문제가 있었다.

우쟁천은 눈살을 찌푸리는 대신 미소를 지었다.

"훗! 이런! 진 여협이 추녀가 돼버렸네요."

진소화는 희미한 미소를 지으면서 털옷 바깥으로 두 손을 내어 얼굴을 감쌌다.

우쟁천은 하늘을 바라보며 고개를 끄덕였다.

"알겠습니다. 한 시진 정도 지나면 어두워지겠군요. 어두워질 때까지만 달리고 밤에는 야영을 하지요. 하지만 내일은 무리를 해서라도 패자묘까지 가야 합니다.”

추인량은 안도의 한숨을 내쉬며 고개를 끄덕였다.

우쟁천이 앞을 향해 소리쳤다.

“도렴! 앞에 야영할 만한 곳이 있는지 확인해 봐. 유산! 살펴보고 와.”

방도렴은 가고 있는 방향으로 치달렸고, 옥유산은 손을 흔들고 우쟁천이 손으로 가리킨 북동쪽을 향해 달렸다.

그때 조우당이 몸을 뒤틀며 눈을 떴다. 우쟁천이 조우당을 향해 손을 뻗었다.

“우당, 이리 와라.”

추인량이 마차를 세우자 조우당은 눈을 비비고 웃으며 우쟁천에게로 달려갔다. 우쟁천은 조우당을 앞에 앉히고 진소화에게 장난스럽게 말했다.

“우당은 한동안 내가 볼 테니, 진 여협은 편히 주무시고 과거의 미모를 되찾으소서. 크크큭!”

진소화는 웃으면서 주먹을 쥐어 우쟁천에게 힘없이 흔들어 보였다. 우쟁천은 미소를 짓고 앞으로 나아갔다. 진소화는 상자에 기대어 누우면서 추인량에게 말했다.

“우 소협 같은 사람을 만나 다행이에요. 특히 우당에게는.”

추인량은 고삐를 흔들며 고개를 끄덕였다.

“그래, 고맙게 생각하고 있다. 너와 나는 우당을 평범하게 대하려고 해도 어쩔 수 없이 과하게 보호할 수밖에 없다만, 저 친구에게는 우리 같은 마음이 없다. 사내아이라면 당연히 저렇게 커야지. 내 생각 같아서는 한동안 우당을 우 소협에게 맡기고 싶구나.”

진소화는 누운 채로 고개를 비틀어 앞서 가는 우쟁천을 바라보았다.

“내 보기에는 우 소협이 우당의 신분을 아는 것 같은데, 가가는 그런

느낌 못 받았어요?"

"그래? 그렇게 생각하면 그런 것 같기도 하고……. 혹시 송 노야가 말을 했을지도……. 아니야. 말했다면 내게 미리 말했겠지. 그리고 그게 무슨 상관이냐? 지금처럼 대해주는 게 우당에게도 좋아."

진소화는 눈을 감으며 고개를 끄덕였다. 늘 추인량과 그녀의 곁에 찰싹 붙어 어딘지 모르게 위축되어 있던 조우당이 우쟁천을 만나 바뀌어가고 있었다. 위축감은 사라지고 우쟁천처럼 밝고 당당하게 변해가고 있었다. 많은 것을 알려고 했고 우쟁천은 거기에 부응하여 재미있는 스승이 되어주었다. 배우는 것이라고 해봐야 태양과 꽃들, 그리고 바람과 별자리를 보고 방향을 찾는 방법, 강호의 신선들 이야기, 몽고의 정세와 관련된 야사들이 대부분이었지만, 그런 이야기들을 통해서 조우강은 사내답게 변해가고 있었다. 결국 추인량의 말처럼 그것으로 충분했다. 진소화는 가는 미소를 지으며 마차의 진동에 몸을 맡기고 잠에 빠져들었다.

간만에 모닥불까지 피우고 편하게 잠을 잤다. 말들까지 짐을 풀고 휴식을 취했다. 세 시진 남짓의 휴식. 누적된 피로를 생각하면 충분하다고 말할 수 없었지만, 진소화를 비롯해서 다시 짐을 꾸리는 일행들의 표정은 밝았다.

우쟁천이 따로 말을 하지도 않았는데 일행은 서로의 눈빛만으로 합의를 보고 기꺼이 마차를 출발시켰다. 밤바람을 막아주던 사구를 벗어났다. 상쾌한 기분으로 주위를 살피던 우쟁천이 갑자기 눈살을 찌푸렸다.

'역시 쉬는 게 아니었어. 책임을 맡은 이상 잔정에 마음이 흔들리는 일이 있어서는 안 되는 거야. 덕분에 또 하나 배웠군.'

진소화의 상태가 너무나 안쓰러워서 미처 말하지 못한 게 있었다. 지금 우쟁천 일행이 있는 지역은 근동에서 가장 강대한 세력을 형성하고

있는 웅고르의 영역이었다. 웅고르가 이끄는 부족은 용사가 많기로 소문
난 호전적인 부족으로 수장인 웅고르가 어린 다얀을 칸으로 인정하지 못
하여 서로 대립하고 있는 상태였다.

우쟁천은 내심 한숨을 내쉬고 북쪽에 시선을 고정시키고 손을 들어 일
행을 멈춰 세웠다. 일행들이 일제히 우쟁천의 눈길을 따라 고개를 돌렸
다. 거기에 삼백여 기의 인마가 늘어서 있었다.

떠날 채비를 할 때만 해도 활기에 차 있었던 추인량과 진소화의 얼굴
이 흙빛이 되었다. 두 사람은 책임감을 느끼는 듯 차마 앞을 보지 못하고
눈을 감아버렸다.

고진이 우쟁천의 옆에 붙어 물었다.

"마적일까?"

"아니오. 이 근역을 지배하는 몽골인들이오."

"남자들뿐인 듯한데 어떻게 확신하는 거지?"

"깃발이오."

고진은 인마의 중앙에서 펄럭이고 있는 붉은 깃발을 뚫어지게 바라보
았다. 너무 멀어서 확신할 수는 없었지만 새의 날개 같은 것이 보이는 것
같았다.

"새 같은데?"

"혈응기(血鷹旗)잖소. 웅고르라는 자가 이끄는 부족의 상징이오. 다얀
의 서진을 홀로 막고 있는 강한 부족이오."

다얀의 이름 정도나 겨우 알고 있는 고진으로서는 금시초문이었다. 고
진은 추인량과 진소화의 사이에 서 있는 조우당을 힐끔 보고서 물었다.

"어떻게 할 것이냐?"

우쟁천은 다시 상대를 살폈다. 미동도 하지 않고 바라만 보고 있어서
그들이 어떤 뜻을 가지고 있는지 가늠조차 할 수가 없었다.

"일단 가서 예의를 갖추고 이야기부터 해봐야지요. 후우!"

심호흡으로 마음을 가다듬은 우쟁천은 말의 옆구리를 가볍게 찍었다. 바로 그때,

뿌우우우우웅! 뿌웅! 뿌웅! 뿌우웅!

뿔 나팔 소리가 연이어 들렸다. 그 순간 꼼짝도 않고 바라만 보던 삼백여 사내들이 일제히 허리를 숙여 활을 들었다.

우쟁천은 이 장 앞으로 나갔다가 급히 말 머리를 돌리며 소리쳤다.

"진 여협은 우당과 함께 마차 아래로, 나머지는 마차를 지킨다!"

우쟁천은 마차를 한 바퀴 돌면서 칼을 휘둘러 말과 마차를 분리시켰다.

"제기랄! 먼저 족쳐 놓고 보겠다는 소린가? 무엇엔가 단단히 화가 난 모양이군."

우쟁천은 얼굴을 일그러뜨리며 말에서 훌쩍 뛰어내렸다. 다른 이들도 우쟁천처럼 말에서 내려 말들의 엉덩이를 후려쳐 쫓아 보내놓고 마차의 주변에 섰다.

뿌웅!

다시 한 번 짧은 나팔 소리가 들리는 순간 삼백여 발의 화살들이 일거에 날아왔다.

"다녀올 테니 어떻게든 견뎌!"

우쟁천은 소리치고 화살을 향해 앞으로 튀어나갔다.

쉭! 쉭!

두 번 발을 찍는 순간 우쟁천은 십여 장을 이동하여 화살 비의 아래쪽으로 들어갔다. 제자리에서 정확하게 가늠을 하여 쏜 화살들이라 단 한 발도 마차 근처에서 벗어나지 않았고, 그 덕에 우쟁천은 화살로부터 위협을 받지 않고 계속해서 나아갔다.

"하앗! 핫!"

상대 쪽에서도 두 기의 인마가 맹렬한 속도로 튀어나왔다. 우쟁천과 두 기의 인마는 서로를 향해 쏜살같이 나아갔다.

채챙!

말을 탄 두 몽골인들이 눈을 부릅뜨며 몽골도를 뽑아 들고 휘둘렀다. 거리는 겨우 십여 장. 서로 한 번씩만 나아가면 부딪칠 수밖에 없는 상황에서 우쟁천은 눈으로 번득이며 앞으로 나아가면서 두 손을 내뻗었다. 두 마리 말들도 우쟁천을 짓밟을 듯 허공으로 솟구쳤다.

콰쾅!

우쟁천의 두 주먹에서 튀어나온 권력이 애꿎은 바닥을 후려치는 순간 땅바닥이 뒤집어지면서 구멍이 파였다. 두 몽골인들이 휘둘리던 도를 허공으로 치켜들었다. 바로 그 순간 두 마리 말들은 미리 약속이나 한 듯이 우쟁천의 권력이 파놓은 구멍 속에 발을 디뎠다. 두 마리 말들이 서로를 향해 기울어졌다가 몸통끼리 부딪쳤다.

키히히히힝!

우쟁천은 두 마리 말들이 부딪쳤다가 떨어지는 그 틈 사이를 파고들었다. 마치 말들에게 짓밟히는 것 같았는데, 우쟁천의 신형은 그 좁은 틈을 바람처럼 스며들었다가 튀어나왔고, 두 마리 말들은 주인들을 허공으로 튕겨내면서 좌우로 꼬꾸라졌다.

후두두두두둑!

말들이 고꾸라지고 우쟁천이 멀쩡하게 튀어나오자 이십여 기의 인마가 일제히 앞으로 쇄도했다. 두서없이 튀어나온 말들이 미리 약속을 한 듯이 이 열을 지어 우쟁천을 향해 달려왔다.

이미 육십여 장을 단축한 우쟁천은 선두마와의 거리를 가늠하다가 십여 장을 나아가 세차게 바닥을 찍었다.

쿵!

세차게 발을 구른 덕에 속도를 줄일 수밖에 없었던 우쟁천은 삼 장을 이동하여 또다시 바닥을 찍고 다시 삼 장을 이동하여 한 번 더 바닥을 찍었다. 아무런 의미도 없이 속도만 줄인 것 같은 세 번의 발 굴림 뒤에 우쟁천은 빠른 속도로 마주 오는 말들을 향해 나아갔다.

쿠쿠쿵!

선두에서 달려오던 두 마리 말 앞에서 갑자기 땅이 솟구쳤다. 사람 몸통보다 더 굵은 흙기둥이 갑자기 허공으로 튀어 오르자 말들이 놀라 좌우로 갈라졌다. 의미가 없는 것 같던 세 번의 발 굴림은 결국 지뢰출세를 연거푸 펼친 것이었다.

우쟁천은 몸을 날려 허공으로 솟아오르는 흙기둥 위로 올라갔다. 그 순간 삼 장 앞에서 또 다른 흙기둥이 튀어 올라왔다. 우쟁천은 좌우로 흩어지는 말들을 내려다보며 흙기둥을 옮겨 탔다. 그리고 마지막 흙기둥 위로 이동했다.

막 솟구쳐 오르는 세 번째 흙기둥 위에서 깃발까지의 거리는 겨우 십여 장. 하지만 이백여 개가 넘는 활들이 우쟁천 한 사람에게로 겨누어지고 있었다.

쉑!

"하아아아아합!"

첫 번째 화살이 활을 벗어나는 소리를 듣는 순간 우쟁천은 두 손을 모아 천근추의 공력을 운기했다. 순간 우쟁천의 신형은 솟구쳐 오르고 있는 흙기둥 속으로 파고들었다. 수백여 개의 활들이 조금 전까지 우쟁천이 있던 곳을 스쳐 지나갔다.

표적을 잃은 몽골인들이 어리둥절한 눈으로 일 장을 솟구쳐 올랐다가 위에서부터 부서져 내리는 흙기둥을 바라보았다. 그때 흙기둥이 일순간에 부서져 사방으로 흩어졌다. 뿌연 흙먼지가 그 일대에 휘몰아쳐 눈을 감게 만들었다. 그 속에서 시커먼 무엇인가가 튀어나와 깃발 바로 앞에서 몸을 드러냈다.

우쟁천은 왼손으로 눈 위를 가리고 있던 중년인의 등 뒤로 튀어 올라가 사내의 목을 휘감았다. 잠시 후 흙먼지가 가라앉았다. 그사이에 우쟁천은 왼손으로 사내의 말고삐를 잡아당겨 말 머리를 돌렸다.

우쟁천은 오른손 엄지와 검지로 사내의 목젖을 지그시 누른 채 몽고말로 또박또박 말했다.

"왜 쏘았나? 웅고르의 용사들, 이유없이, 싸움하는가?"

사내가 눈을 부릅뜬 채 대답했다.

"너희가 먼저 시비 걸었다. 우리 일족을 몰살시키지 않았던가?"

"말 빠르다. 못 알아듣겠다. 천천히, 간단히 하라."

그때서야 사내는 우쟁천이 몽골인이 아니라는 것을 깨달았다. 사내는 고개를 비틀어 우쟁천의 얼굴을 코앞에서 마주 보았다. 흙먼지 가득하여 사람이라는 것 말고는 알 수 없는 얼굴이었다.

"너는 남쪽 사람인가?"

"그렇다. 장성 넘었다. 패자묘 간다. 장사하러."

사내는 우쟁천의 눈을 똑바로 바라보고는 손을 들어 흔들었다. 그 순간 우쟁천에게로 향해 있던 수많은 화살들이 아래로 내려갔다.

사내가 말했다.

"여자 낀 마적단, 먼저 남하한 우리 일족 죽였다. 너흰 줄 알았다. 잘못했다. 미안하다."

우쟁천은 눈살을 찌푸리며 말했다.

"싸움 끝났나?"

"끝났다. 졌다."

우쟁천은 사내의 목젖에서 손을 떼고 말에서 내렸다. 사내도 따라서 내렸다. 우쟁천은 기분 상한 표정을 역력히 드러내면서 몽골포를 벗어 털기 시작했다. 그리고 손바닥으로 속에 입고 있던 경장도 벗어서 털었다.

경이에 찬 눈으로 우쟁천의 일거수일투족을 살피던 사내가 눈을 치떴다.

"그 목걸이 어디서 났나?"

'아뿔싸! 겨우 진정시켰는데.'

웅고르와 다얀이 적대적이라는 것은 세상이 다 아는 사실이었다. 다얀이라는 이름이 황금으로 조각된 목걸이를 보았으니 또다시 싸우게 될지도 모를 일이었다.

우쟁천이 금세 대답하지 못하고 사내를 바라보았다. 그런데 이상하게도 사내의 눈빛에 적의가 드러나지 않았다.

사내가 말했다.

"네가 혹시 한주먹으로 곰을 잡은 용사?"

우쟁천이 놀라 눈을 치뜨고 사내를 바라보았다.

"어떻게 아느냐?"

"다얀 칸 자랑했다. 멋진 용사 친구로 삼았다고."

"그쪽, 다얀, 사이 나쁘다."

사내가 웃으며 고개를 저었다.

"아버지와 난 다르다. 아버지는 늙었다. 부족밖에 모른다. 하지만 난 대몽골을 꿈꾼다. 우리 부족만으로는 이룰 수 없다. 힘을 합쳐야 한다. 다얀을 칸으로 모셨다. 아버지도 인정했다."

우쟁천은 그때서야 완전히 긴장을 풀고 한숨을 내쉬었다. 우쟁천은 사내에게 손을 뻗었다.

“물!”

사내는 자신의 말에 걸려 있던 수통을 직접 꺼내 우쟁천에게 건넸다. 우쟁천은 수통을 흔들어 고맙다는 표시를 하고 물을 마셨다. 그리고 수통을 다시 건네준 후에 말했다.

“우리 말 도망갔다. 마차 부서졌다. 패자묘 갈 수 없다.”

“기꺼이 도와주겠다.”

“도움 아니다. 보상이다.”

사내는 씩 웃으며 고개를 끄덕였다.

“그래, 보상해 주겠다.”

사내가 손을 흔들고 빠르게 소리치자 수십여 기의 인마들이 사방으로 흩어졌다. 말들을 찾으러 가는 것이었다.

사내가 물었다.

“그것이 너희들 무공이냐? 대단하다. 나도 대라마께 이런 거 배웠는데 꼼짝도 할 수 없었다.”

사내는 자랑하듯이 손을 들었다. 순간 사내의 손이 은은한 붉은 기운을 드리우며 부풀어 올랐다.

우쟁천은 의아한 눈빛으로 사내의 손을 보며 말했다.

“대수인(大手印)?”

“대수인이라고 하는가? 우리는 크고 붉은 손이라고 부른다.”

“그것은 서장 무공. 어떻게?”

“우리 대라마, 랏싸에 가서 수행했다. 대라마, 현명하신 분이다. 그분이 다얀을 칸으로 모시라고 아버지를 설득했다.”

그때서야 전후 사정을 모두 납득한 우쟁천은 웃으며 고개를 끄덕였다.

“친구들에게 가보겠다. 아직 불안하다. 말해 줘야 한다.”

“칸의 친구는 곧 나의 친구. 그냥 가면 안 된다. 말하고 함께 와라. 오늘은 내 파오에서 쉬어가야 한다. 내일 패자묘까지 데려다 주겠다."

하루 늦겠지만 웅고르 부족의 호위를 받으며 가는 것만큼 안전한 것은 없다고 생각한 우쟁천은 흔쾌히 고개를 끄덕이고 일행에게로 돌아갔다.

후두두두두두둑!

다얀이 우쟁천 일행을 위해 붙여준 오십여 호위병들이 먼지를 일으키며 돌아갔다. 우쟁천 일행은 그들이 보이지 않을 때까지 손을 흔들어주고 돌아섰다.

우쟁천이 미소를 지으며 중얼거렸다.

"후우! 덕분에 편안하게 왔구나."

지호촌에서 패자묘까지의 일천오백 리가 넘는 길을 엿새 만에 갔었다. 긴장의 연속이었고, 피로에 피로가 겹친 여정이었다. 하지만 패자묘에서 산해관 인근까지의 여정은 그 이상 편안하고 여유로울 수 없었다. 겨우 칠백 리 길을 이동하는 데 무려 열사흘이나 걸렸는데, 그 이유가 다얀의 파오에서 열하루를 칙사 대접을 받으며 묵은 때문이었다.

"너에게는 매번 놀라는구나. 네가 다얀과도 친분이 있을 줄은 미처 몰랐다."

고진은 멀리 엿보이는 산해관의 성벽 윗부분을 바라보며 고개를 저었다.

처음 그가 우쟁천을 만난 것은 곽주에서 구봉산으로 향하는 수인 마차를 호송할 때였다. 그때만 해도 어린 소년에 불과했던 우쟁천이 겨우 몇 년 사이에 고진의 잣대로는 가늠할 수 없는 실력을 지닌 강호인이 되었다는 사실만으로도 놀라운 일이었다. 그런 그가 명의 명장이자 산해관의 총병인 이정웅과 친분이 있는 것은 물론이고, 몽골의 새로운 왕 다얀에게서 친구로 대접받는 것은 더욱더 놀라운 일이었다. 여전히 하위 군관에 머물고 있는 고진으로서는 부러운 일이기도 했다.

우쟁천은 웃으며 말했다.

"오해는 하지 마시오. 사적인 친분일 따름이니까. 하아! 보이는구려, 산해관이. 이제 내 책임은 다한 거나 마찬가지네. 형님, 이제부터는 너무 벽창호처럼 살지 말고 잘 좀 해보시오. 공과 사를 가르는 것과 옳고 그름을 가르는 것은 때로 다른 일이기도 하지 않소? 이 총병님은 그것을 잘 아는 분이니 모시다 보면 형님 같은 사람이 살아가는 방법을 알려줄 것이오."

고진이 미소를 지으며 말했다.

"흥! 이제 네가 나를 가르치려 하는구나."

우쟁천이 웃으며 말했다.

"사람 마음이 다 형님 같지 않은 이상, 형님은 세상 사는 법을 좀 배워야 하오. 보는 사람 불안해 죽겠으니, 빨리 배워서 높은 곳으로 올라가시오. 그 성격이야 어디 가지 않을 테니 여전히 남들에게 미움을 사겠지만, 높은 곳에 있으면 조금은 더 자유로워질 수는 있지 않겠소?"

고진은 쓴웃음을 지으면서도 고개를 끄덕였다.

"그러냐? 알겠다. 네 말대로 출세해 보마. 그런다고 과연 자유로워질 수 있을는지 모르겠다만."

"이 총병님을 모시다 보면 느끼는 게 있을 거요. 재밌는 분이거든요. 아! 완전히 보이는구려. 저기가 산해관이오."

우쟁천은 손을 들어 일행을 멈춰 세웠다. 짐마차가 아닌 다얀이 내어 준 이두마차에 편하게 몸을 싣고 있던 진소화와 조우당이 마차에서 내렸고, 그 마차를 몰던 추인량도 감개무량한 표정으로 산해관의 전모를 바라보았다.

우쟁천이 추인량을 바라보며 말했다.

"추 대협, 산해관 근처에 입성을 기다리는 이국인들을 위한 객잔들이 많다는 거 아시지요?"

추인량이 고개를 끄덕였다.

"일단 한 곳을 잡아 머물러 계시는 게 좋을 것 같습니다. 산해관에는 추 대협을 아는 사람이 있을지도 모를 일. 잘못하면 다 된 밥에 재 뿌리는 격이 될 수도 있을 겁니다."

추인량은 우쟁천의 말을 즉시 이해했다. 이정웅의 수하로 있다고 해서 모두가 그에게 호의적인 것은 아니리라. 잘못해서 조우당의 신분이 들키게 되면 이정웅으로서도 막을 수 없는 일이 생길 수도 있었다. 거기까지 생각한 추인량은 의아한 눈빛을 드러내며 우쟁천을 바라보았다.

우쟁천은 추인량의 눈빛을 읽고서 웃으며 조우당을 바라보았다.

"때로 신분이 사람 사이를 가로막는 벽이 되기도 하지요. 그런 거 싫습니다. 강호에서는 사해가 동도라 하지 않습니까? 우당과 나는 같은 꿈을 지닌 동지. 그것으로 충분하지요. 그렇지 않느냐, 우당?"

조우당은 말뜻을 다 알아듣지 못하고 무조건 고개를 끄덕였다. 고진은 놀란 표정을 지었고 추인량과 진소화는 쓴웃음을 지으면서도 고개를 끄덕였다.

우쟁천이 말했다.

"지금 당장 이 총병님을 자유롭게 만날 수 있는 사람은 그 양반의 신표를 가진 저뿐일 터. 일단 제가 먼저 그분을 만나 사정을 말하도록 하겠습니다. 그 이후의 일은 이 총병님이 알아서 하시겠지요."

추인량이 말했다.

"그게 제일 좋겠소. 수고해 주시오."

"그럼 가볼까요? 숙소를 정하는 대로 저 혼자 들어가 보겠습니다."

우쟁천은 다시 산해관을 향해 말 머리를 돌렸다.

"에이! 정말 그 양반 끈질기네. 사람을 달달 볶다 못해 아예 협박을 하는구만."

옥유산, 방도렴과 함께 산해관을 빠져나온 우쟁천은 남문을 바라보며 투덜거렸다. 옥유산과 방도렴의 얼굴도 질려 있었다.

옥유산이 말했다.

"대형, 그 양반 정말 장군 맞소?"

"아닌 것 같지? 그냥 장군도 아니고 명장, 덕장 소리 듣는 양반인데 주책바가지처럼 왜 그러나 몰라? 군포 제대로 냈는지 확인할 때까지 못 간다고? 지호촌 사람한테 그게 가당키나 한 소리야? 물론 이제는 아니지만. 에구! 아까와라. 그 돈이면 천하를 유람할 수도 있었는데."

우쟁천은 다시 산해관을 흘겨보았다.

지긋지긋한 닷새였다. 추인량 일행이 와 있음을 알리고 인사한 후에 바로 떠나려 했다. 그러나 이정웅은 우쟁천과 옥유산, 방도렴을 놓아주려 하지 않았다. 처음에는 장난처럼 종군할 것을 권하더니 나중에는 노골적으로 남아 있기를 청했다. 결국 우쟁천은 산해관과 추인량 사이를 오가며, 근동에 추인량 일행의 거처를 마련해 주고 고진을 이정웅에게 천거해 준 이후에야 겨우 산해관을 벗어날 수 있었다. 그 와중에 우쟁천은 추인량 일행을 위해 육백 냥이라는 거금을 토해놓아야만 했다.

"내 다시는 산해관에 오나 봐라. 이쪽으로 오줌도 안 쌀 거야."

우쟁천도 이정웅이 자신을 잡으려 하는 이유를 알고 있었다. 바로 다얀의 세력 팽창 때문이었다. 장성을 넘어 산서와 북직례를 초토화시킨 오이라트가 분열되면서 한숨 돌렸다고 생각하는 순간, 다얀이라는 새로운 강자가 나타났다. 그들을 목전에서 맞서야 하는 이정웅으로서는 대비를 하지 않을 수 없으리라. 그런데 그의 눈앞에 다얀과 친분이 있고 또 그쪽 사정을 잘 알고 있는 우쟁천이 나타났으니 욕심 내지 않을 수 없는 것이었다. 더구나 우쟁천과 방도렴, 그리고 옥유산의 무위를 생각하면 더 더욱 놓치고 싶지 않았으리라.

우쟁천도 당장 전쟁이 터질 것 같은 상황이었다면 알아서 종군했으리라. 그와 같은 경우는 우쟁천이 이미 다얀에게 말한 바가 있었다. 하지만 아직 오이라트의 힘이 남아 있는 상황에서 다얀의 팽창이 동몽골과 명의 싸움으로 이어질 가능성은 희박했다. 그런 상황에서 꿈을 실현시키는 일을 늦출 수는 없는 일이었다.

우쟁천은 산해관을 외면하고 말에 올랐다.

"대형, 이제 태원으로 가는 거요?"

방도렴이 물음에 우쟁천은 야릇한 미소를 지었다. 옥유산이 우쟁천을 노려보며 물었다.

"그 음흉한 미소의 의미가 뭐요?"

"응? 음흉하다니? 행복에 겨운 미소야. 어찌할까? 여기까지 왔는데 바로 태원으로 가면 섭섭하겠지? 가자! 일단 때 빼고 광낸 후에 북경에 가서 산해진미로 취해보자. 네놈들이 또 북경에 가볼 기회가 있겠어?"

"정말이오?"

"정말이고말고. 그 다음엔 대동 인근과 무주산 일대를 유람하자. 그리고 태원으로 돌아가지 뭐. 프흐흐흐!"

옥유산은 아무래도 믿지 못하겠다는 듯한 눈초리로 우쟁천의 미소 띤 얼굴을 살폈다.

우쟁천은 문득 하늘을 올려다보았다. 보기 드물게 구름 한 점 보이지 않는 청명한 하늘이었다.

'물론 네놈들이야 천불동에서 똥오줌 다 싸봐야지. 나는 태원으로 가겠지만. 그런데 뭘 해야 하나? 수신제가 치국평천하! 수신은 대충 된 것 같으니 이제 제가할 가정이나 꾸려볼까? 그래야 치국할 근간을 마련할 수 있는 거 아냐? 추 대협과 진 여협을 보니까 나도 사랑이란 걸 한번 해 보고 싶긴 한데, 할머니 옷이 잘 어울리는 여자를 찾을 수 있을까? 그래. 뭘 하든 간에 태원에 가면 신나는 일 많이 생기겠다.'

우쟁천은 맑은 하늘에 기옥화의 얼굴을 그리며 밝게 웃었다.

『쟁천구패』 4권에 계속…